席慕蓉

精選集

陳義芝 主編

風裡的哈達

目錄

125

輯二 昨夜

277 輯三 此刻

編輯前言

陳義芝

熟識中文創作的人，對先秦諸子散文、漢代紀傳體散文，以及李密、陶淵明、江淹、庾信等人的六朝文，韓、柳、歐、蘇代表的唐宋文，必不陌生。清初吳楚材、吳調侯叔侄編注的《古文觀止》，網羅歷代名篇雖有遺漏，但大體輪廓的掌握分明，仍是研讀古代散文最重要的讀本。

今天我們讀古代散文，除《古文觀止》上的文章，論、孟、莊、荀，也不可棄，因為是源遠流長的文化氣質。歸類為小說的《世說新語》，寫人敘事清雅生動，當小品文讀也不錯，可欣賞它精鍊的筆觸、機智的餘情。而繼明代歸有光、張岱之後，猶有黃宗羲、袁枚、姚鼐、蔣士銓、龔自珍……

古人說，「文之思也，其神遠也」，又說，「事出於沉思，義歸乎翰藻」，當文統與道統釐清，藝術的想像力與語言的精緻性即獲得高度發揚；迨至明代獨抒性靈，清代提倡義法，民國梁啟超錘鍊的新文體（雜以俚語、韻語及外國語法），兩千年來中文散文的山形水貌，因而更見壯麗。可惜今人不察中文散文有其獨特鮮明的傳統，往往以西方不重視散文為名，任意貶損散文價值，誤導文學形勢。

究實而言，粗糙簡陋的經驗記述，與不具審美特質的應用文字，當然算不得散文，就像這世界充斥許多聲音，只為溝通、發洩之用，或無意為之，毫無旋律可言，也就算不得是音樂。但我們不能因為聲音之產生容易而漠視聲音之創造，同理，不能因「非散文」之充斥而不承認散文所展現的生命價值、啟蒙作用。〈庖丁解牛〉、〈出師表〉、〈桃花源記〉、〈滕王閣序〉之所以千古傳誦，正在於作家內在精神之凝注與文學意趣之揮灑，代代有感應。

清末劉熙載〈文概〉講述作文七戒：「旨戒雜，氣戒破，局戒亂，語戒習，字戒僻，詳略戒失宜，是非戒失實。」分別關切文章的主題、文氣、布局、語字、結構、義理，我們拿這個標準來檢視現代散文，也很恰適。試以現代（白話）散文前期名家的看法為例。

周作人主張散文要有「記述的」、「藝術性的」特質，「須用自己的文句與思想」，「真實簡明便好」。

冰心主張散文創作「是由於不可遏抑的靈感」，並且是以作者自己的靈肉「來探索人生」。

朱自清說：「中國文學大抵以散文學為正宗，散文的發達，正是順勢。」他認為散文「意在表現自己」，當然也可以「批評著、解釋著人生的各面」。

魯迅主張小品文不該只是「小擺設」，「生存的小品文，必須是匕首，是投槍，能和讀者一同殺出一條生存的血路的東西；但自然，它也能給人愉快和休息。」

林語堂說小品文，「可以發揮議論，可以暢洩衷情，可以摹繪人情，可以形容世故，可以札記瑣屑，可以談天說地」，又說散文之技巧在「善冶情感與議論於一爐」。

梁實秋特重散文的文調，「文調的美純粹是作者的性格的流露」，「散文的美，不在乎你能寫出多少旁徵博引的故事穿插，亦不在多少典麗的辭句，而在能把心中的情思乾乾淨淨直截了當地表現出來。」

以上這些話皆出現在一九二〇年代，可見白話散文的基礎一開始就相當紮實。

梁實秋以降，台灣文壇的散文名家，從琦君到張曉風，從林文月到周芬伶，從王鼎鈞到簡媜，從董橋到蔣勳，並時聚焦的大家如吳魯芹、余光中、楊牧、許達然，幾乎沒有一個不是集合了才氣、人生閱歷、豐富學養與深刻智慧於一身。他們的散文大筆馳騁自如，頗能融會小說情節、戲劇張力、報導文學的現實感、詩語言的象徵性。散文的屬性被發揮得淋漓盡致，散文的世界乃益加遼闊；散文的樣式不再只循舊式美文、雜文、小品文或隨筆的路徑，科學散文、運動散文、自然散文、文化散文或旅行文學、飲食文學，為人間開發了無數新情境，闡明了無數新事理。

隨著資訊世紀的來臨，文類勢力迭有消長，我預見散文的影響力將有增無減，而每位作家收入一兩篇的散文選，光點渙散，已不足以凸顯這一文類的主流成就。「新世紀散文家」書系（九歌版）因而邀當代名家自選名作彙輯成冊。柳宗元談讀諸子史傳的收穫，曾說：「參之《穀梁氏》以厲其氣，參之《孟》、《荀》以暢其支，參之《莊》、《老》以肆其端，參之《國語》以博其趣，參之《離騷》以致其幽，參之太史公以著其潔，此吾所以旁推交通而以為之文也。」必先了解各家的藝術風格、表達技法，方能於自我創作時創新超越。這套書以宜於教學研究的體例呈現，歡迎走文學大道的朋友從散文下手！這批優秀作家的作品見證了一個輝煌的散文時代，他們的創作觀更合力建構出當代中文散文最精粹的理論！

推薦席慕蓉

席慕蓉兼備文學創作與美術才藝。我曾看她的畫展，看得入迷；也曾聽她朗誦詩，聽得熱淚湧起。而今我讀她精選的散文，以天地想像、人世感應，掌握精確之外有屬於不可求、包容著美的無盡意。

席慕蓉莊嚴而敏感，矜持而親切。她用有情之眼穿透現象面，構圖佈局，不只是說她自己，不只是寫一時一地一景；帶著歷史意識、壯遊的心，她的筆追根究柢，問身世、問國族、問天命，心搏如日光牽繫著遠方的高原，完成代表她的蒙古史詩。

——陳義芝

寫給穆倫・席連勃

——序《席慕蓉精選集》

蔣　勳

重看了席慕蓉一九八二年以後，一直到最近的散文精選。看到一個頗熟悉的朋友，在長達三十年間，持續認真創作，看到她寫作的主題意識與文字力量都在轉變。而那轉變，同時，也幾乎讓我看到了台灣戰後散文書寫風格變化的一個共同的縮影。

席慕蓉第一本散文集是《成長的痕跡》，作者對自己那一時間的文學書寫，定了一個很切題的名字。席慕蓉寫作的初衷，正是大部分來自於自己的成長經驗。她在《成長的痕跡》這本集子中很真實也很具體地述說自己成長中的點滴，圍繞著父親、母親、丈夫、孩子、學生，席慕蓉架構起八零年代台灣散文書寫的一種特殊體例。

讀到第一篇〈我的記憶〉，我就停下來想了很久。

席慕蓉年長我應該不超過四歲，但是她在〈我的記憶〉裡講到在戰爭中的「逃難」經驗，我愣了一下，那「逃難」是具體的，有畫面的，有細節的。我忽然想起來，我一出生就跟著父母逃難，但是，我的「逃難」沒有畫面，沒有我自己的「記憶」，而是經由父母轉述的情節。

席慕蓉在〈我的記憶〉裡這麼清晰地描述——

> 我想，我是逃過難的。我想，我知道什麼叫逃難。在黑夜裡來到嘈雜混亂的碼頭，母親給每個孩子都穿上太多的衣服，衣服裡面寫著孩子的名字。再給每個人手上都套一個金戒指。

我在這裡沒有看到戰爭的直接書寫，但是看到了戰爭前「逃難」時一家人為離散落難做的準備。

台灣戰後散文書寫一直持續著這個主題，是「戰爭移民」離亂到南方以後，安定一陣子，隔著一點安全距離對「逃難」的記憶。

席慕蓉寫〈我的記憶〉是在八零年代，那個時候，每天早晨，孩子跟父母道別，上班的上班，上學的上學，沒有哪一個父母需要把孩子的名字寫在衣服裡面。

席慕蓉野心不大的散文書寫，並不想寫戰爭，甚至也不是寫「逃難」，而是在幸福的年代輕輕提醒——我們是幸福的。

我初識席慕蓉是在七零年代的後期，台灣還沒有解嚴，我剛從法國回來，在雄獅美術做編輯，也在大學兼幾門課。席慕蓉比我早兩年從歐洲回國，結了婚，在大學專任教職，有兩個孩子，家庭穩定而幸福。

多年後重讀那一時期席慕蓉的作品感觸很深，〈我的記憶〉裡寫到「母親」被人嘲笑，因為逃難的時候，還帶著「有花邊的長窗簾」。別人嘲笑「母親」——「把那幾塊沒用的窗簾帶著跑」。

「誰說沒用呢？」席慕蓉反問著——「在流浪的日子結束以後，母親把窗簾拿出來，洗好，又掛在離家萬里的窗戶上。在月夜裡，隨風吹過時，母親就常常一個人坐在窗前，看那被微風輕輕拂起的花邊。」

席慕蓉對「安定」「幸福」「美」的堅持或固執，一直傳遞在她最初的寫作裡。或許，因為一次戰爭中幾乎離散的恐懼還存在於潛意識中，使書寫者不斷強調著生活裡看來平凡卻意義深長的溫暖與安定，特別是家庭與親人之間的安定感。

席慕蓉持續寫作畫畫，然而她的文學與藝術創作，不曾干擾攪亂她幸福安定的婚姻與家庭生活。

不是很多創作者能在兩者之間找到平衡，也不是很多創作者在現實生活的安定與藝術之間能夠做到兼顧兩全。

席慕蓉處理創作時的感性自由，與在處理現實生活時的理性態度，有令人羨慕的均衡。尤其做為她的朋友，除了感覺到她在創作領域任由情感肆無忌憚地馳騁奔瀉之外，卻也捏一把冷汗，常常慶幸那馳騁奔瀉可以適當地在現實生活裡不逾越規矩。

喜愛席慕蓉散文和詩的書寫的讀者，應該讀得出她在文字間流露的兼具感性與理性的聰敏智慧。

在精選集收錄自《有一首歌》的散文裡席慕蓉這樣分析自己——

到底哪一個我才是真正的我呢？

是那個快快樂樂地做著妻子，做著母親的婦人嗎？

是那個在暮色裡，手抱著一束百合，會無端地淚落如雨的婦人嗎？

是那個謹謹慎慎地做著學生，做著老師的女子呢？

還是那一個獨自騎著單車，在迂迴的山路上，微笑地追著月光走的女子呢？

席慕蓉一連串地自我詢問，似乎並沒有一個確切的答案。事實上，她的「謹謹慎慎」，似乎是為了守護一整個世代在戰爭離亂後難得的安定幸福吧，而那「謹謹慎慎」對生活安定的期盼也一點不違反她內心底層對自由、奔馳、狂放熱烈夢想的追求。

多年前，有一次席慕蓉開車帶我和心岱夜晚從高雄縣橫越南橫到台東，車子在曲折山路裡飛馳，轉彎處毫不減速，幽暗裡看到星空、原野、大海，聞到風裡吹來樹木濃郁的香，一樣還要大叫大嚷，驚嘆連連，也一樣毫不減速。

我坐在駕駛座旁，側面看著席慕蓉，好像看著一個好朋友背叛著平日的「謹謹慎慎」的那個自己，背叛著那個安定幸福的「妻子」與「母親」的腳色。我好像看到席慕蓉畫了一張結構工整技法嚴謹的油畫——（她正規美術學院出身的科班技巧，總使我又羨慕又忌妒，她創作上的認真，也一直使我又尊敬又害怕）但是，她忽然不滿意了，把一張可能受眾人讚美的畫作突然都塗抹去了，狂亂不羈地大筆觸揮灑下，隱隱約約還透露著細緻委婉的底蘊心事。我想像她坐在畫前，又想哭又想笑，拿自己沒辦法。

我喜歡那時候的席慕蓉，又哭又笑，害怕失去安定幸福，又知道自己自由了，像她在南橫山路上的狂飆，像她在大地蒼宇間全心的驚嘆呼叫，看到一個在安定幸福時刻不容易看到的席慕蓉，看到一個或許在更長久基因裡就一直在傳承的游牧種族的記憶，奔放，自由，豪邁，遼闊，激情——

我忽然看著車速毫不減緩的席慕蓉說：「妳真的是蒙古人唉——」

席慕蓉前期的散文書寫裡提到的「蒙古」並不多，〈飄蓬〉應該是比較重要的一篇。讀者隱約感覺到席慕蓉應該有另一個名字——穆倫・席連勃。我有一次央求席慕蓉用蒙古語發音給我聽。「慕蓉」聽起來像一條在千里草原上緩緩流著的寬闊「大河」。我很高興我的朋友有一個叫「大河」的名字，她，當然是不應該永遠是「謹謹慎慎」的。

這一本散文精選，分為三輯，第一輯結束在《寫給幸福》、《寫生者》。已經到了接近九零年代前後，台灣從戒嚴走向解嚴是在一九八八年。公教人員的解嚴是一九八九年八月一日，席慕蓉在這一年八月底前就到了蒙古高原。

九零年代以後，台灣解嚴了，一般人容易看到初初解嚴後社會被放大的失序、混亂、吵雜，甚至因此懷念起戒嚴時代的「謹慎」「安定」。

但是，從文學書寫來看，九零以後的議題顯然多起來了，議題多，絕不是「失序」，絕不是「吵雜」，而是一種「自由」的開始。

九零年代，台灣的創作者和讀者，一起開始經驗從剛剛由「威權」控制的「秩序」裡解放出來的「自由」，享受那種忍不住的「自由」的快樂與狂喜。

「自由」的初期總是要有一點放肆任性的，每一個人都爭相發言，用來掙脫綑綁太久的束縛感，用來表達自己，用來讓別人聆聽自己、理解自己。

收在這本集子裡「輯二」的作品，都是席慕蓉創作於九零年代解嚴以後的散文。

席慕蓉書寫自己家族歷史，尋找自己血緣基因的作品多起來了。從書名來看——《我的家在高原上》、《江山有待》、《黃羊・玫瑰・飛魚》、《大雁之歌》、《金色的馬鞍》、《諾恩吉雅》，那深藏在席慕蓉血液裡的蒙古基因顯露了出來。她一次一次去蒙古，她不斷向朋友講述蒙古，她書寫蒙古，要朋友跟她一起去蒙古，一九九一年十六名朋友跟她去烏蘭巴托參加了蒙古國的國慶。

或許我們很少細想，台灣解嚴以前，是不會有「蒙古國」的，我們也不可能去參加「蒙古國」的「國慶」。

文學書寫裡的個人和她所屬的社會一起經歷著思想心靈上的「解嚴」。

在那個時期，席慕蓉一說起蒙古就要哭，像許多人一樣激動，迫不亟待，要講述自己，講述別人不知道的自己。

有一次跟席慕蓉去苗栗一家作客，主人熱情，當時積極推動台灣獨立，他熱情好客，親自下廚做菜，拿出好酒，酒喝多了，私下偷偷問我：「席慕蓉為什麼老說蒙古？」

我笑了笑，看著這個從早到晚「愛台灣」掛在口邊的朋友說：「你老兄不是也老是說台灣嗎？」

喝多了酒，這「老兄」忽然眼眶一紅，就哭了起來。

我喜歡台灣的九零年代，我珍惜台灣九零年代的文學書寫，我珍惜每一個人一次天真又激動的自我講述。每一個人都開始講自己，因此，每一個人也才有機會學習聆聽他人。台灣九零年代的散文書寫記錄著解嚴以後的真實歷史。

收在精選集「輯二」中的幾篇作品相對於「輯一」，篇幅都比較長。很顯然，席慕蓉的散文書寫，到了九零年代之後，由於對歷史時間縱深與地理空間的開展，她前期來自於個人成長單純生活經驗的感觸，必須擴大，可以容納更具思想性與資料性的論述，她在「輯一」裡比較純粹個人感性的散文文體風格，也一變而加入了時代深沉感喟的論辯。

對於熟悉席慕蓉前期文體唯美風格的讀者，未嘗不也是一種新的挑戰。創作者，讀者，都在與整個時代對話，一起見證九零年代台灣解嚴以後的新文學書寫的變化。

〈今夕何夕〉、〈風裡的哈達〉都是席慕蓉第一次回蒙古尋根之後的心事書寫。那是一九八九年，解嚴後的第一年，許多人踏上四十年不能談論、假裝不存在，無從論述的土地，許多人開始回去，親自站在那土地上，重新思考「故鄉」的意義。台灣的散文書寫擺脫了假想「鄉愁」的夢魘回憶。

〈今夕何夕〉只是在找一個「家」，一個父親口中的「家」，父親不願意再回去看一眼的「家」，席慕蓉回去了，到了「家」的現場，然而「家」已經是一片廢墟。

> 就是那裡，曾經有過千匹良駒，曾經有過無數潔白乖馴的羊群，曾經有過許多生龍活虎般的騎士在草原上奔馳，曾經有過不熄的理想，曾經有過極痛的犧牲，曾經因此而在蒙古近代史裡留下了名字的那個家族啊！
>
> 就在那裡，已成廢墟。

以前讀到這一段，我就在想，席慕蓉原有散文的篇幅大概已經不夠容納這麼複雜的家族故事了。

在席慕蓉對安定幸福生活的夢想中，有一段時間，她也許不知道，也許不想清楚知道，為什麼父親要長年在德國大學教授蒙古歷史文化，不願意回故鄉，也不願意回台灣。

席慕蓉的母親是中華民國第一屆國民大會蒙古察哈爾盟八旗群的代表，母親一九八七年去世，在散文書寫裡席慕蓉要晚到二〇〇四年才透露了母親受到情治單位「監視」的事，收在「輯三」的第一篇〈記憶廣場〉裡寫到一個家庭多年好友在母親去世後說出如下的話：「其實我當初接近你的媽媽，是有任務的，你們在香港住了那麼多年才搬到台灣來，我必須負責彙報她的一切行動。」

進入二〇〇〇年前後，徹底的思想解嚴，台灣的散文書寫裡大量出現自己家族或自身的經驗回憶。在這一方面，相對來說，席慕蓉卻仍然寫得不很多。她的父親母親的故事，牽連著蒙古近代在幾個政治強權之間求族群存活的血淚歷史，牽連著國共兩黨的鬥爭，也牽連著中國、俄國、日本或更多列強的利益鬥爭。

席慕蓉矛盾著，她站立在蒙古草原上，嗅聞著廣大草原包圍著她的清香，或在暗夜裡仰望滿天繁星，淚如雨下，她相信那是父親母親少年時都仰望過的同樣的星空。

然而，她寫了篇幅巨大的〈嘎仙洞〉，追溯到公元四四三年三月一日北魏鮮卑王朝拓拔太武帝的歷史，席慕蓉引證史書，參考當代學者的考古報告，親自到現場勘查，似乎要為一個湮沒無聞的被遺忘的族群曾經存在過的強盛做見證。

那曾經是輝煌的歷史，但那確實已是廢墟。

我更喜歡的可能是「輯二」裡的〈丹僧叔叔——一個喀爾瑪克蒙古人的一生〉，席慕蓉用近於口述歷史的方式，記錄了家族長輩丹僧叔叔的一生，牽連到新疆北部一支蒙古族群從十七世紀以後遷徙流離的故事，牽連到近代二戰中這一支蒙古族在中國、俄羅斯、德國納粹之間求夾縫生存的悲辛歷史，他們十幾萬人東飄西盪，只是要找一個「家」，為了找一個「家」，十幾萬人死亡流散超過一半。

席慕蓉的散文書寫有了更廣大的格局，有了更深刻的視野。但是，我相信她仍然是矛盾的，或許她仍然願意是那個對一切美好懷抱夢想，隔著距離，單純嚮往美麗草原的過去的自己，但是，顯然書寫創作使她一往直前，再也無法回頭了。

〈異鄉的河流〉寫父親的一九九八年十一月三十日的逝世，寫跟父親相處的回憶，寫父親的一生，寫得如此安靜——

> 追悼儀式中，父親的同事，波昂大學中亞研究所的韋爾斯教授站到講台上，面對大家，開始講述父親一生的事蹟之時，我才忽然明白，我一直都在用一個女兒的眼光來觀看生活裡的父親，那範圍是何等的狹窄。
>
> 我從來沒有想過應該也對自己的父親做一番更深入的了解——

是的，那個在蒙古自治運動遭遇種種險難的「拉席敦多克先生」是席慕蓉散文書寫裡的「父親」，席慕蓉不像有些書寫者可能更重視歷史裡的「拉席敦多克」，她勿寧更願意耽溺在享受萊茵河畔父女依靠著談話的美好時光。

她願望那時光停止，凝固，變成真正的歷史——

三十年前，初識席慕蓉，我們都有健在的父母，如今，我們都失去了父親母親，我們也都有了各自的滄桑。

席慕蓉的散文與詩，在華文書寫的世界，為許多人喜愛，帶給讀者安慰、夢想、幸福的期待。

她的認真、規矩常常使我敬佩，因為是好朋友，我也常常頑皮地故意調笑她的拘謹工整。

但是她一直在改變，「輯三」裡的最後一篇〈瑪麗亞・索——與一位使鹿鄂溫克女獵人的相遇〉，席慕蓉記錄了二〇〇七年五月她在大興安嶺北端探訪八十歲鄂溫克女獵人的故事，敘述一個只有兩萬多人口的鄂溫克人，鄂溫克人分為三部，而其中，使鹿鄂溫克人又是三個部裡人數最少的一支，如今已不到兩百人。

席慕蓉看到瑪利亞・索，她寫道——

山林已遭浩劫，曾經在山林中奔跑飛躍的女獵人，白髮已如霜雪，一目已眇，卻仍然不肯屈服，寂然端坐在自己的帳篷裡，隱隱有一種懾人的氣勢。

這篇壓卷的作品不只是一個女獵人的傳奇故事，也在寫使「山林浩劫」的現代文明。席慕蓉反覆詢問著、質問著，一種敬天愛地的傳統存活方式，為什麼常常被認為與「現代文明」衝突。而巨大國家政策的「封山育林」又將使這些世代狩獵維生的小小族群何去何從？

席慕蓉的散文書寫有了更深沉也更現代性的命題。

一本精選集的出版，書寫者回頭省視自己一路走來，可能忽然發現，原來走了那麼久，現在才正要開始。

有了滄桑，不再是父親的女兒，不再是丈夫的妻子，席慕蓉的文學與繪畫，是不是又將要有全新的起點了。

席慕蓉一定知道，說這句話時，我是心裡悸動著說的。

我多麼希望在自己的書寫裡永遠不要面對滄桑。但是，如果一定要面對，相信這條路上，是有好朋友可以結伴同行的。

——二〇〇九年十一月十五日

席慕蓉 散文觀

NEW CENTURY ESSAYISTS

實在談不上有過什麼散文觀。

畫筆和鋼筆，總是混在一起使用的。如果一定要分類的話，或許可以這樣說：繪畫是我的理想，詩是我的痴狂，至於散文，則是我的生活筆記，且行且註記，作為對自己生活的記錄和整理。

不過，現在看來，由於這二十年來在蒙古高原上的不斷行走，生活筆記寫到此刻，好像也變成是一種對理想的追求了。

那理想，雖然渺不可及，卻又是極為真實的存在啊！

輯一 前塵

成長的痕跡（民國七十一年三月十日初版）
三弦（民國七十二年七月二十日初版）
有一首歌（民國七十三年十月初版）
同心集（民國七十四年三月十日初版）
寫給幸福（民國七十四年九月二十日初版）
寫生者（民國七十八年三月初版）

我的記憶

學生們一向和我很親，上課時常常會冒出一些很奇怪的問題，我也不以為意，總是儘量給他們解答。

有一天，一個胖胖的男生問我：

「老師，你逃過難嗎？」

他問我的時候還是微笑著的，二十歲的面龐有著一種健康的紅暈。

而我一時之間，竟然不知道該如何回答。

●

我想，我是逃過難的。我想，我知道什麼叫逃難。在黑夜裡來到嘈雜混亂的碼頭，母親給每個孩子都穿上太多的衣服，衣服裡面寫著孩子的名字，再給每個人手上都套上一個金戒指……。

我知道逃難，我想我知道什麼叫逃難。在溫暖的床上被一聲聲地喚醒，被大人們扯起來穿衣服、穿鞋、圍圍巾、睡眼惺忪的被人抱上卡車。車上早已堆滿行李，人只好擠在車後的角落裡，望著乳白色的樓房在晨霧中漸漸隱沒，車道旁成簇的紅花開得驚心。而忽然，我最愛的小狗從車後奔過來，一面吠叫，一面拚了全力在追趕著我們。小小心靈第一次面對別離，沒有開口向大人發問或懇求，好像已經知道懇求也不會有效果。淚水連串地滾落，悄悄地用圍巾擦掉了，眼看著小狗越跑越慢，越來越遠，而五、六歲的女孩對一切都無能為力。

然而，年輕的父母又能好多少呢？父親滿屋子的書沒有帶出一本，母親卻帶出來好幾幅有著美麗花邊的長窗簾，招得親友的取笑：「真是浪漫派，貴重的首飾和供奉的舍利子都丟在客廳裡了，可還記得把那幾塊沒用的窗簾帶著跑。」

誰說那只是一些沒用的物件？那本是經過長期的戰亂之後，重新再經營起一個新家時，年輕的主婦親自出去選購，親自一針一線把它們做出來，再親手把它們掛上去的，誰說那只是一些沒用的物件呢？那本是身為女人最美麗溫柔的一個希望啊。

在流浪的日子結束以後，母親把窗簾拿出來，洗好，又掛在離家萬里的窗戶上，在月夜裡，微風吹過時，母親就常常一個人坐在窗前，看那被微風輕輕拂起的花邊。

這是我所知道的逃難，而當然，還有多少更悲傷更痛苦的不同的命運，我們一家相比之下，反倒是極為幸運的一家了。年輕的父母是怎樣牽著老的、帶著小的跌跌撞撞地逃到香港，一家九口幸而沒有在戰亂中離散。在這小島上，我們沒有什麼朋友，只是一心一意地等待，等待著戰爭的結束，等待著重返家鄉。

父親找到一個剛蓋好的公寓，門前的鳳凰木還新栽下去不久，新舖的紅鋼磚地面還灰撲撲的都是些細碎的砂石，母親把它們慢慢地掃出去。父親買了家具回來，是很多可以摺疊的金屬椅子，還有一個可以摺疊的同樣質料的方桌子，擺在客廳裡，父親還很得意地說：

「將來回去的時候還可以帶著走。」

全家人都接受了這種家具。儘管有時候吃著吃著飯，會有一個人忽然間被椅子夾得動彈不得。或者晚上做功課的時候，桌子會忽然陷下去，大家的書和本子都混在一起，有人乘勢也嘻嘻哈哈地躺到地上，製造一場混亂。不過，大家仍然心甘情願地用這些奇妙的桌椅，因為將來可以帶回去。

一直到有一天，木匠送來一套大而笨重的紅木家具，可以摺疊的桌椅都不見了。沒有人敢問一句話，因為父親經常鎖緊眉頭，而母親也越來越容易動怒了。

香港公寓的屋門上方都有一個小小的鐵窗，窗上有塊活動的木板，我記得我家的是塊菱形的，窗戶開得很高，所以，假如父母不在家而有人來敲門時，我們就需要搬個椅子爬上去，把那塊木板推開，看看來的客人是誰。

我們的客人很少，但是卻常常有人來敲門，父母在家時，會不斷地應門，而在有事要出去的時候，總會拿出一疊一毛或者五分的硬幣放在桌上，囑咐我們，有人來要錢時就拿給他們。

我們這些小孩從來都不會搞錯，什麼人是來拜訪我們的而什麼人是來要錢的。因為來要錢的人雖然長得都不一樣，卻都有著相同的表情，一種很嚴肅，很無奈的表情。他們雖然是在乞討，卻不像一個乞丐的樣子。他們不哭、不笑、不出聲；只在敲完了門以後，就安靜地站在那裡，等我們打開小窗，伸出一隻小手，他就會從我們的手中接過那一毛錢或者是兩個斗零（五分），然後轉身慢慢走下樓去，從不道一聲謝。

在一天之內，總會有七、八個，有時甚至十一、二個人來到我們的門前，敲門，拿了錢，然後走下樓去。我們雖然對那些面貌不太清楚，但是卻知道絕不會有人在一天之內來兩次，而且，也知道，在一個禮拜之內，同一個人也不會天天來，有時候也會加上一些新的面孔，而那些面孔，常常都是很年輕的。

我們不知道他們從哪裡來，也不知道他們要去哪裡。可是，我猜他們拿了錢以後是去下面街上的店子裡買麵包皮吃的。我看過那種麵包皮，是為了做三明治而切下的整齊的邊，或者是隔了幾天沒賣出去的陳麵包，有好心的老闆，仍然把它們像糖果一樣地放在玻璃罐子裡，也有些麵包店就把它們亂七八糟地堆在店門口的簍子裡，給他一毛錢，可以買上一大包。

有時候，在公寓左邊那個高台上的修女辦的醫院也會發放這種麵包皮。那些人常常在去過醫院以後，再繞到我們家來。我們在三樓，可以看到他們一面嚼著一面低頭向我們這邊走過來。他們從不會兩個人一起來，總是隔一陣子出現一個孤單的人，隔一陣子，傳來幾響敲門的聲音，我和妹妹就會爭著擠上椅子，然後又很不好意思地打開那扇小門，對著一個年輕卻憔悴的面孔，伸出我們的小手。

日子就這樣一天天地過去，門外的面孔按時出現。夏季過了，我進了家後面山上的那個小學，新學校有一條又寬又長的階梯，下課時常常從階梯上跳著走回家，外婆總會在家門前的鳳凰樹下，帶著妹妹和弟弟，微笑地迎接我。

學校的日子過得很快樂，一個學期過了，又是一個學期，然後妹妹也開始上學，我們在家的時間不多，放了學就喜歡在鳳凰木底下消磨，樹長得滿高的了，弟弟跟在我們身後跑來跑去，胖胖的小腿老會絆跤。

「姥姥，怎麼現在都沒人來跟我們要錢了？」

有一天妹妹忽然想起來問外婆。可不是嗎？我也想起來了，這一向都沒看到那些人，他們為什麼不來了？

外婆一句話也不說，只是深深地嘆了口氣，然後就牽著弟弟走開了，好像不想理我們兩個，也不想理會我們的問題。

後來，還是姐姐說出來的：家裡情況日漸拮据，一家九口的擔子越來越沉重，父母再餘不出錢來放在桌子上。而當有一天那些人再來敲門時，父親親自打開了屋門，然後一次次地向他們解釋，我們已經沒有能力再繼續幫助下去了。奇怪的是，那些一直不曾說過謝謝的人，在那時反而都向父親深深地一鞠躬後才轉身離去。

向幾個人說過以後，其他的人好像也陸續都知道了，兩三天以後，就再也沒有人來我們家，敲我們的門，然後，安靜地等待著我們的小手出現了。

姐姐還說：

「爸爸不讓我們告訴你們這三個小的，說你們還小，不要太早知道人間的辛苦。可是，我覺得你們也該多體諒一下爸爸媽媽，別再整天叫著買這個買那個的了……。」

姐姐在太陽底下瞇著眼睛說這些話的樣子，我到今天還記得很清楚。

我不知道，我是不是從那天起開始長大？

●

我始終沒有回答我學生的那個問題。

不是我不能，也不是我不願，而是，我想要像我的父母所希望的那樣，要等到孩子們再長大一點的時候才告訴他們，要他們知道了以後，永遠都不忘記。

——選自爾雅版《成長的痕跡》

貓緣

1

女孩有一個很甜蜜的家。在高高的山坡上，有一個很大的庭園。父親和姊姊們都愛養狗，因此院子裡總有一兩隻小狗跑來跑去。女孩也很喜歡狗，不過，她最愛的，恐怕是一隻尾巴折起來的小黃貓。

那是她上大學時，一個男同學送她的，剛帶回來的時候，又瘦又醜，一副不討喜歡的樣子。她耐心地餵食，慢慢地調理，過了一個春天，居然也長得很有模有樣了。貓大概自己也知道，坐在牆上曬太陽時，總裝得很威武，金黃色的毛閃閃發光。只是母親有令，貓狗一律不准進屋子，父親和孩子們只好趁母親不在家時，偷偷地把寵物抱進來玩一玩。

女孩那時候想出國，晚上常去上西班牙文課，或者法文課，回家總是很晚了，她的貓常常會跑到巷口來等她。有月亮的晚上，剛剛爬上坡，離家門還有好遠的距離的時候，貓就認出她來了。巷子裡空無一人，忽然之間，從牆上跳下一個東西，在地上打起滾來，雖然明知是她的貓，可是，每次還是會嚇一跳。

然後，就會想到這小東西不知道從什麼時候就開始等在這裡，從高高的牆上引頸等待牠的主人，不禁從心裡對牠又愛又疼起來。就一路咪咪咪咪地叫過去，貓大概也知道主人的心，所以總是躺在地上撒嬌，一直到女孩走近，把牠抱起來，牠才心滿意足呼嚕呼嚕地靠在她懷中。

2

出國以後，想家想得緊，女孩唯一能解鄉愁的方法就是給父母親寫一封又一封的長信，最後總會帶上一句，拜託多抱一抱小黃貓。

剛離家，心裡總是慌慌的，也不大出去玩，中國同學會的會長硬到她宿舍把她請出來，帶她到學生中心去過週末。有中國人的地方是比較溫暖，大家擠在廚房裡包餃子，女孩雖然不會包，但是跟著打雜，心裡也高興起來了。

「嗨！老兄，怎麼不吃飯就走？」會長向餐廳那個方向大聲說話，大概有個同學有事要先走。

「抱歉，我約好了去車站接人，等會兒再來，給我留點兒餃子好嗎？」那個同學一面回答一面打開門走了。他大概是北方人，說得一口標準國語，聲音也非常好聽，好像是有一種磁性的男低音。

女孩下意識地從廚房伸頭出去看看，卻剛好看到關上的門，心中不禁有點失望。她實在有點好奇，想看看有這麼好聽的聲音的人，長得是什麼樣子。

不知道是車子誤點，還是朋友把他帶走了，一直到最後一個餃子都被人吃光了為止，那個聲音都沒出現。女孩想問會長為什麼不替他留幾個餃子？卻又不知道該怎麼開口。

有一點悵然，想著下個禮拜還要來。

3

接下來的幾個禮拜，學校功課很多，到了週末還要趕作業，加上女孩生性好強，考試總想出人頭地，於是，更沒有時間出去玩了，早已把這件事情忘記得乾乾淨淨。

一直到夏天都到了，會長的一個電話，才又讓她去了一趟學生中心。

火車到站時，她自己已認得路，慢慢地找過去。時間還早，圖書館裡沒人，乒乓球室也沒人，餐廳也是空的。到了廚房，只看到有一個高大的男生蹲在角落裡忙著，她走過去一看，在剛做好的舒適的窩裡，四隻圓滾滾的小貓睡成一堆，有白有黑有黃，可愛極了，她不禁叫起來：

「噯呀！好可愛喲！」一面就要伸手去抱。

「小姐，別碰！讓牠們的媽媽把這碗飯吃完好嗎？」

那個男生伸手攔住她，同時還指一下在窩旁不安的老貓，那個老貓可真瘦！

「好可憐的老貓，沒東西吃還要餵小的，你看，幾天就瘦下來了。」

還是那個男生在講話，這時候，女孩想起來了，這就是那個她很想看一下的男低音，不禁好奇地對男生看過去，那個男生也正好轉過臉來。

於是，故事就這樣開始了。

4

兩年以後，他們訂了婚，再過兩年，他們結了婚。

在結婚的前夕，女孩問男孩，他想不想知道，她為什麼嫁給他。新郎說想聽，於是，新娘就說了，很鄭重其事地：

「第一，我愛聽你的聲音，你的標準國語。第二，因為你愛貓。我想，一個那麼愛貓的男生，一定有一顆良善的心，將來除了愛貓之外，一定也愛太太，愛小孩。」

新娘果然沒有猜錯，她的新郎極愛她，婚後沒多久，就給她帶回一隻很小的安哥拉貓來。

母親不在身邊，新娘極度地縱容這隻又小又兇的貓，整天開著房門讓牠進進出出，到超級市場買嬰兒食品回來餵牠。讓牠睡在沙發上牠還不知足，總是在新娘剛洗好燙好的衣服堆上睡覺。為了怕牠寂寞，還買了幾隻小鳥，在客廳裡做了一個大鳥籠來陪牠。

貓也很聰明，能夠分辨得出男主人回家的車門開關的聲音，一聽到那個聲音，馬上會從鳥籠頂上跳下來，走到屋門前，跳起來抓住門把，把門打開。男主人興奮得很，每次有客人來就要叫他的貓出來表演，可是見了生人，貓每次都怯場，客人也只好將信將疑地回家了。

要回國時，女主人流著淚把鳥籠拆了，小鳥分送給朋友，貓送給了一個外國老太太，聽說也極寵牠。

5

回國好多年，他們也有了自己的孩子，女人沒猜錯，丈夫也很愛孩子。

但是，有了孩子以後，女人變成一個有了潔癖的主婦，整天不停地洗這洗那，常常為了抱一次嬰兒而洗上兩三次手，總要確定手是完全乾淨以後，才敢碰孩子。孩子的床一定要沒有灰塵，孩子的房間一定要沒有蟲蟻，貓和狗忽然變成世界上最可怕的東西了。

可是，丈夫卻繼續愛他的貓，只是，每次他抱一隻貓回來，她都會大叫，丈夫只好又送回去。

孩子們慢慢長大了，也跟父親一樣愛貓，有時候也跟著他們的父親向她哀求，留下一兩隻貓。

有一天，在房間裡給自己的母親寫信，她聽到女兒在向鄰居介紹：

「這是我們的大咪、二咪。牠們還有一個爸爸咪不常回來，牠們的媽媽咪給我的媽媽送走了。有時候會有一隻母貓跟著爸爸咪回來，我們就叫牠情婦咪。那邊那個小小的是孤兒咪，是自己跑來的。還有一隻醜咪常常來偷飯吃，還有一隻客人咪。不過，平常在家的，只有大咪、二咪兩兄弟。我爸爸天天餵牠們，跟牠們講話。」

「不過，我媽媽很討厭貓，貓一進屋子她就大叫，我們跟爸爸只好趁她不在家的時候，把貓偷偷地放進來，抱一抱。」女兒的聲音帶著稚氣，卻還是一本正經的。

女人對著信紙，不禁微笑起來。傍晚的室內，有一種溫馨的柔光。

——選自爾雅版《成長的痕跡》

成長的痕跡

山百合

也許事情總是不一定能如人意的。可是，我總是在想，只要給我一段美好的回憶也就夠了。哪怕只有一天，一個晚上，也就應該知足了。

很多願望，我想要的，上蒼都給了我，很快或者很慢地，我都一一地接到了。而我對青春的美的渴望，雖然好像一直沒有得到，可是走著走著，回過頭一看，好像又都已經過去了。有幾次，當時並沒能馬上感覺到，可是，也很有幾次，我心裡猛然醒悟：原來，這就是青春！

那一個夏天，我快十八歲了，和大學的同學們到橫貫公路去寫生，住在天祥。夏日的山綠得逼人，有一個下午，我和三個男同學一時興起，不去和別的同學寫生，卻什麼也不帶的，往一座被我們端詳了很多天的高山上爬去。那是一座非常清秀的山，被眾山環繞，隱隱然有一種王者的氣質。

而當我們經過一個多小時累人的攀爬，終於到了一處長滿了芳草的斜坡時，天已經慢慢暗下來了。面對著眼前起伏的峰巒，身後一片挺秀斜斜地延展上去的草原，風從下面的山谷裡吹上來，我們驚訝地發現，在這高山上，在這長滿了荒草的高山上，竟然四處盛開著潔白的百合花。

而在那一刻，我心裡開始感到一種緩慢的痛苦，好像有聲音在我耳旁，很冷酷地告訴我：你只能有這一剎那而已。在這以前，你沒料到你會有，在這之後，你會忘掉你曾有。百合花才是完完全全屬於這裡的，而你只不過是一個過客，必得走，必得離開。不能像百合一樣，永遠在這座山巒上生長、盛開。

黃昏時的山巒有一種溫柔而又悽愴的美麗，而我心何所歸屬？三個男孩子躺在我身後的草坡上，大聲地唱著一些流行的歌曲，荒腔走板地，一面唱一面笑。青春原該是這樣快樂無憂的，而我，我為什麼不能和他們一樣呢？為什麼卻怔怔地站在這裡，對這些在我眼前盛開著的山百合懷著那樣一份忌妒的心思？

是懷著那樣一份強烈的忌妒，我叫一位男同學替我採下一大把純白的百合，我把它們緊緊地抱在懷裡，帶下山去。

可是，沒有用，真的沒有用。正如那聲音所告訴我的一樣，我仍然無法把握住那些逝去的時刻。而那些被我摘下的百合雖然很快地都凋謝了，可是，在我每次回想起來的時候，它們卻總是依舊長在那有著淡淡斜陽的高山上，盛開著，清純而又潔白，在灰綠色的暮靄裡，對我展現出一種永不改變和永遠無法觸及的美麗。

那一輪月

因此，在那個晚上，當月亮照進那古老的山林裡的時候，我必也曾深深地感動過吧。

當時那樣的年輕，總以為這些時刻是本來就會出現的，是我該享有的，心裡的感動只是因為它們出奇的美麗而已。卻一點也沒想到，能有那樣的一個晚上，能在初春的季節來到那樣高的一座山上，能有那樣一大片鬱鬱蒼蒼的林木，能有那樣一整夜清清朗朗的月光，實在是一種人間稀有的遇合，一場永不會再重現的夢境。

那天晚上，站在那條曲折的山徑前的時候，我剛剛二十歲，月亮剛剛從山邊昇起。

那是怎樣的一輪月啊！

在它還沒出現的時候，世界一片陰暗，小徑顯得幽深可怕，我幾乎沒有勇氣舉步。而當月亮從山後昇起來的時候，就在那一剎那之間，所有的事與物都和月亮一樣，對我發出一種如水般清明透亮的光澤，我的心也在那剎那之間，變得飽滿、快樂和安詳。

幸福有時候就只是一種非常單純的感覺而已。在那一夜，當我順著那一條長滿了羊齒植物的小徑，緩緩地往山上走去的時候，也許是因為路的迂迴，也許是因為心中的快樂，竟然一點也不覺得攀爬的辛苦和費力。

走到一塊林木稍微稀疏的空地上，剛好有幾塊大石頭可以讓我們坐下來休息一下，當我抬頭仰望天空的時候，只覺得那些樹怎麼長得那樣直，那樣高。月亮在那樣清朗的天空上如水銀般直瀉下來，把我們整個人都浸在月光裡，覺得心也變得透明起來了。青春真如醇酒，似乎都在那夜被我一飲而盡，薰然而又芬芳。

那是怎樣的一種青春啊！

而並不是夜夜都能有那樣一輪滿月，也並不是人人都能遇到那樣的一輪滿月。青春的美麗與珍貴，就在於它的無邪與無瑕，在於它的可遇而不可求，在於它的永不重回。

而今日的我，在悵然回顧時的我，對造物的安排，除了驚訝與讚嘆之外，還有一份在年輕的日子裡所沒能察覺到的，一份深深的信服與感激。

八里渡船頭

說不上來是為了什麼。每一次，在眼前的工作越積越多的時候，在又忙又累地拚過一陣子以後，或者，在心裡若有所失的時候；我就很想一個人再去一次淡水。

只想去走一趟那條長長窄窄的老街，想去坐一趟渡船，再渡一次，渡我到對岸。

對岸就是那個古舊的地方，那個很早很早的時候就有的地方，那個有著一個很樸拙和溫柔的名字的地方——八里渡船頭。

在這世界上，很多事與物都會改變，而且改變得很快，改變得很大，因此，我已經開始提防起來了。每次在碰到那樣的時刻的時候，心裡就早已築起一座厚厚的牆，把最柔弱的一處保護起來，竭力使自己不要受傷。幾次之後，牆越築越厚，在日子久了以後，竟然會忘了在自己的心中，曾經有過一處不能碰觸的弱點了。

可是，當有一次，不能置信的一次，在面對著經過那麼多年，仍然堅持著，怎樣也不肯改變，並且依然如年輕時那樣對我微笑，愛憐地俯視著我的那一座山巒時，我心中最柔弱的那一點忽然甦醒了，並且以驚人的速度膨脹了起來。

那是一個初冬的下午。好多年沒有來了，在一個偶然的機緣之下，我坐上了渡船。心裡本來是很煩躁的，因為要應付那麼多陌生的人，要說出那麼多客套的話，那樣地勉強和不情願。可是，當我走到淡水港邊那個古舊的碼頭前時，忽然覺得有些什麼東西似曾相識，有些什麼非常安靜的氣氛進入我心中，使得我整個人也逐漸地安靜了下來。

上了船以後，船慢慢往對岸過去。海風就一直吹著我的臉和我的衣裳，水鳥從船頭掠過。我靜靜地凝視著對岸的觀音山，那對我逼近的山色，忽而碧綠，忽而灰藍，忽而淡紫，而每一種變化與每一種顏色都似曾相識。

是了！那就是一直縈繞在我心中的那種記憶和那種顏色。無法敘述、無法描繪也無人能相信的那種心事，還有，還有那在很年輕的時候就有的那種憂傷。

隔了那麼多年，重來過渡，憂傷竟然仍然在那裡。在暮色蒼茫的渡口前，在靜靜地俯視著我的山巒之間，憂傷竟然仍然在那裡等待著我。而那一剎那，我心裡最柔弱的那一部分終於被觸痛了，傷口重新裂開，熱血迸出，淚如泉湧。

原來，原來世間一切都可傷人。改變可以傷人，不變卻也可以傷人。所有的一切都要怪那顆固執的怎樣也不肯忘記的心。

原來，年輕的時候感覺到的那種不捨，那種對造物安排的無奈，在二十年後，竟然又重新而且非常強烈地來到心中。儘管周遭有些事物確然已經改變了，儘管有許多線索與痕跡都已經消失了，卻仍然有些不變的見證還堅持地存在著。那就是迎面而來高高聳立的觀音山，和陡削狹窄長長地延伸到海中的——八里渡船頭。

從此，這一處地方就變成了我的一種隱祕的疼痛，也因而更變成了一種隱祕的安慰。每當我想逃離永遠堆積在目前的工作的時候，每當我心裡覺得非常疲倦的時候，我就很想一個人再去一次淡水。

想去走一趟那條長長窄窄的老街，想去再坐一趟渡船，再渡一次，渡我到對岸。渡我到我的對岸。

在南下的火車上

有時候，對事物起了珍惜之心，常常只是因為一個念頭而已，這個念頭就是：這是我一生中僅有的一次，僅有的一件。

然後，所有的愛戀與疼惜就都從此而生，一發而不可遏止了。而無論求得到或者求不到，總會有憂傷與怨恨，生活因此就開始變得艱難與複雜起來。

而現在，坐在南下的火車上，看窗外風景一段一段的過去，我才忽然發現，我一生中僅有的一次又豈只是一些零碎的事與物而已呢？

我自己的生命，我自己的一生，也是我只能擁有一次的，也是我僅有的一件啊！

那麼，一切來的，都會過去，一切過去的，將永不會再回來，是我這僅有的一生中，僅有的一條定律了。

那麼，既然是這樣，我又何必對某些事戀戀不捨，對某些人念念不忘？

既然是這樣，為什麼在相見時仍會狂喜，在離別後仍會憂傷？

既然沒有一段永遠停駐的時候，沒有一個永遠不變的空間，我就好像一個沒有起點沒有終點的流浪者，我又有什麼能力去蒐集那些我珍愛的事物？蒐集來了以後，又能放在哪裡？

而現在，坐在南下的火車上，手不停筆的我，又為的是什麼呢？

我一直覺得，世間的一切都早有安排，只是，時機沒到時，你就不能領會，而到了能夠讓你領會的那一剎那，就是你的緣份了。

有緣的人，總是在花好月圓的時候相遇，在剛好的時間裡明白應該明白的事，不多也不少，不早也不遲，才能在剛好的時刻裡說出剛好的話，結成剛好的姻緣。

而無緣的人，就總是要彼此錯過了。若真的能就此錯過的話倒也罷了，因為那樣的話，就如同兩個一世也沒能相逢的陌生人一樣，既然不相知，也就沒有得失，也就不會有傷痛，更不會有無緣的遺憾了。

遺憾的是那種事後才能明白的「緣」。總是在「互相錯過」的場合裡發生。總是在擦身而過之後，才發現，你曾經對我說了一些我盼望已久的話語，可是，在你說話的時候，我為什麼聽不懂呢？而當我回過頭來在人群中慌亂地重尋你時，你為什麼又消失不見了呢？

年輕時的你我已是不可再尋的了，人生竟然是一場有規律的陰錯陽差。所有的一切都變成一種成長的痕跡，撫之悵然，但卻無處追尋。只能在一段一段過去的時光裡，品味著一段又一段不同的滄桑。可笑的是，明知道演出的應該是一場悲劇，卻偏偏還要認為，在盈眶的熱淚之中仍然含有一種甜蜜的憂傷。

這必然是上蒼給予所有無緣的人的一種補償吧。生活因此才能繼續下去，才會有那麼多同樣的故事在幾千年之中不斷地上演，而在那些無緣的人的心裡，才會常有一種似曾相識的模糊的愁思吧。

而此刻，坐在南下的火車上，窗外的天已經暗下來了。車廂裡亮起燈來，旅客很少，因而這一節車廂顯得特別的清潔和安靜。我從車窗望出去，外面的田野是漆黑的，因此，車窗像是一面暗色的鏡子，照出了我流淚的容顏。

在這面突然出現的鏡子前，我才發現：原來不管我怎樣熱愛我的生活，不管我怎樣惋惜與你的錯過，不管我怎樣努力地要重尋那些成長的痕跡；所有的時刻仍然都要過去。在一切的痛苦與歡樂之下，生命仍然要靜靜地流逝，永不再重回。

也許，在好多年以後，我唯一能記得的，就是在這列南下的火車上，在這面暗色的鏡前，我頰上的淚珠所給我的那種有點溫熱又有點冰冽的感覺了吧。

——選自爾雅版《成長的痕跡》

蓮座上的佛

風聲是很早就放出去了，因為，我很愛看朋友們那種羨慕得不得了的樣子：

「真的要去尼泊爾啊？」

朋友的眼睛好像在剎那間都亮了起來，於是，我就可以又得意又謙遜地回答他們：「是啊！不過還不知道手續辦得怎麼樣？假如辦成的話，我們還要去印度，去喀什米爾哩！」

是一種什麼樣的心情！當年去歐洲讀書的時候，好像還都沒這麼興奮。向別人說起那些遙遠的地方的名字時，真有種陶陶然、薰薰然的感覺。

我一直想去那種地方，遙遠、神祕和全然的陌生。不管是金碧輝煌的古老，或者是荒蕪髒亂的現代，一切都只是在一種道聽塗說的傳言裡存在，和我沒有絲毫痛癢相關，我可以用欣賞童話的那種心情去欣賞那塊土地，不必豔羨，不必比較，也不必心傷。

而飛機飛到加德滿都盆地上空時，也真給了我一種只有童話裡才能有的那種國度的感覺。

從特別白、特別厚的雲層掩映下，一點點地向我們逐漸展露出來的豐饒的綠色高原，有那樣乾淨美麗的顏色，房屋、樹木、山巒都長得恰像我夢裡曾經臆測過的模樣。又好像一張年代稍有點久遠，可是筆觸仍然如新的透明水彩畫。

在那個時候，我並沒想到，有一件事情正在等待著我。在事情發生之前，我是一點也沒能料到的。

到了加德滿都，住進了「香格里拉」旅館，稍事休息，喝了旅館特別為我們準備的迎賓酒後，我們就開始參觀活動了。第一站就是城郊東方的山上那座「四眼神廟」，那是世界上最大也是最古老的一座佛塔。同行的尼泊爾導遊很熱心地為我們講解：塔是實心的，底下的圓座代表宇宙，而上面四方座上畫的四面佛眼代表佛在觀看注視著眾生，然後，然後……。他的英文帶有很重的土腔，聽起來很費力，於是，我們就一個兩個地慢慢溜開了。要溜要趕快，否則，只剩下你一個人時，就很不好意思而必須硬著頭皮聽下去了。

我溜到佛塔旁邊一個賣手工藝品的小店裡，剎時間目迷五色，把外面的佛塔、寺廟全都忘了。小小的店裡，擺滿了精緻美麗的東西：鑲著銀絲套子的彎刀，綴滿了彩色石頭的胸飾，還有細筆畫在畫布上的佛畫，還有拿起來叮噹作響的喇嘛教的法器，我簡直迫不及待地想問：

「怎麼賣？多少錢？」

不過，同行的愛亞比我早，已經拿起一個銀鐲子來問價錢了。她要店主翻譯那鐲子上刻著的文字是什麼意思。看他們兩個說得正熱鬧，我只好在旁邊先挑一些東西出來，等他們說完話。

可是，他們兩個大概碰到難題了，僵在那裡半天，愛亞過來叫我，要我給她翻譯一下，因為有一句話她怎麼也聽不懂。

面孔黝黑的尼泊爾店主指著手上拿著的那個銀鐲子說：

「這是一句經文，我唸給你聽，它的意思是說：蓮座上的佛。」

他唸出了那句經文：

「唵嘛呢叭彌吽。」

然後，我整個人就呆住了。

愛亞在旁邊等著我的翻譯，店主也在旁邊等著我翻譯，店裡還有幾個同行的朋友也在看著我，可是，我就是說不出話來。

我無法說話，因為我心裡在剎時之間忽然覺得很空，又忽然覺得很滿。

那樣熟悉的一個句子，卻在那樣陌生的地方，從那樣陌生的一個人的嘴裡說出，怎麼可能？怎麼可能！多少年了！

多少年以前的事了？外婆還在的時候，在我還很小的時候，我就常常聽到外婆唸這句經文。常常是傍晚，有時候是早上，外婆跪在乾乾淨淨的床上，一遍又一遍地俯拜、叩首。長長的蒙古話的經文我聽不懂，可是，這一句反覆地出現，卻被我記住了。

而當時的我，甚至，過了這麼多年的我，並不知道我已經把它記住了。在這一剎那之前，我是一點也不知道，我已經把這句經文記住了。

外婆只有我母親一個女兒，我們這幾個孩子是她心中僅有的珍寶。不管我們平常怎麼淘氣、怎麼不聽話、怎麼傷她的心，在她每天晨昏必有的日課裡，在她每次向佛祖祈求的時候，一定仍是一遍遍地在為我們禱告，為我們祈福的吧。

隔了這麼多年，我仍然能清晰地記起外婆在床上跪拜，我在門外注視著她時的那些個安靜而遙遠的清晨或傍晚。我還能記得從院子裡飄進來的桂花的香氣，巷子裡走過的三輪車的鈴聲，還有那個年輕的我，有點慚愧又有點感激的我，裝著毫不在意似地倚在門邊，心裡卻深深地知道，知道外婆永遠會原諒我、永遠會愛我的。

一定是這樣的吧。所以，隔了這麼多年，要我走了這麼多路，就只是為了在這裡，在這個時候，再向我證實一次她對我的愛吧。一定是這樣的吧！

我竭力想把這些思緒暫時放下，竭力想恢復正常，好來應付眼前的局面。可是，我的聲音還是出不來，然後，眼淚就成串地掉了下來。

人生遇合的奇妙遠超過我所能想像的。在那一剎那，胸臆之間充塞著的，似乎不單只是一種孺慕之情而已，似乎還有一些委屈，一些悲涼的滄桑也隨著熱淚奪眶而出。

事情就是這樣了。在一、兩分鐘後，我終於能夠哽咽地把這句經文譯了出來，也終於能用幾句簡單的話把我的失態向愛亞解釋了一下。愛亞真正是能體貼我心的好友，她一直安靜、忍耐地等在旁邊，當時並沒有急著要來安慰我，事後也沒有再提過一句，卻能讓我感受到她的了解與關懷。

從那一刻以後，加德滿都盆地的美麗風光對我就變得不再只是神祕遙遠的香格里拉而已了。從那一刻以後，有些莊嚴而又親切的東西將我繫絆住了，我與那一塊仙境似的土地之間竟然有了關連。

蓮座上的佛啊！這一切，想必是祢早已知道，並且早已安排好的吧？

——選自爾雅版《成長的痕跡》

那串葡萄

以前一直是很恨史坦因的，當然也恨那個王道士，每次一碰到些什麼有關敦煌的報導，讀到這一段，我總會跳過幾頁，躲著不去看它。想著那些被英國人一批批運走的珍寶，心裡就急了起來。其實，也已經是好幾十年、好幾十年以前的事了，可是，只要一提到這件事，仍然像有把火在什麼地方猛然燒了起來一樣，整個人就慌亂氣悶得不知如何是好。

而今年夏天，在印度新德里的國家博物館裡，我卻與他們碰個正著。

事先，我和同行的朋友們都以為要參觀的是古老的印度文物。開始時也確是如此，從史前時代的石器、銅器開始，我們一個展覽室一個展覽室的閒逛著。離我們那樣遙遠的生活，被標上了年代放在大櫃子裡，就變得更遙遠和更冷漠了，不過，博物館不是一向就是如此的嗎？

所以，當我懷著同樣冷漠而淡然的心走上了樓梯，走進了二樓的一個展覽室之後，忽然覺得有些什麼感覺不大一樣了。在還不太能分辨得出來到底是什麼緣故的時候，只覺得室內的燈光變得柔和了，牆上繽紛的藝術品也跟著發出一種溫柔和細緻的光彩，我好像置身在一個似曾相識的夢境裡。

「好像在哪裡見過。」

果然是見過的。牆上掛滿了敦煌的絹畫、佛幡，櫃子裡成列的都是從高昌的古墓裡發掘出來的遺物，都是史坦因找到的，在運回英國的途中，留了一部分在新德里的國家博物館。

而那串葡萄，就放在一個密閉的玻璃盒子裡。盒子再放在一個密閉的玻璃櫃子裡，旁邊的標示寫著，是公元七到八世紀，隋朝高昌故址阿斯塔那（Astana）古墓裡的祭物。

那就是說，這一串葡萄是在一千多年以前，被人從樹上摘下來放在墓園裡的了。是那種傳說裡晶瑩甜美的吐魯番的馬奶葡萄嗎？是那種入口爽脆而又有著玫瑰香味的碧綠葡萄嗎？在一千多年以前把它從枝上摘下來的人是誰呢？不知道是男子還是婦人？不知道摘下它的那一天是個什麼樣的天氣？

而在我眼前，在密閉的玻璃盒子裡，葡萄已經乾枯皺縮，分辨不出什麼顏色來了，卻仍然枝連著枝，果連著果，在一千多年以後，在我的眼前，莊嚴地堅持著它原來該有的形狀和名字。生命到底是脆弱的還是永久的呢？留下來的，究竟是一些什麼？

「葡萄美酒夜光杯，欲飲琵琶馬上催。」應該是真有其事的了。喝酒的征人容或已經消失了，可是，這麼多年來，只要想起他們，他們就會在你眼前在你心中不停地飲，不停地醉，不停地彈著琵琶，不停地上馬；而他們的豪情，伴著那夜裡漠上的風沙，就會不停地向你撲過來，你想一想，他們什麼時候消失過呢？和他們比，我們現在似乎是實，他們似乎是空，但是，再過幾十年，我們會變成空，而在我們子孫的心裡，他們卻仍然是實的。只要我們子孫中任何一人讀起這首詩，他們就會重新出現、重新開始不停地飲，不停地醉，不停地彈著琵琶，不停地上馬；而我們，我們又會到哪裡去了呢？

一千多年以來，在這塊土地上，烽火沒有停過，天空卻照樣晴朗，葡萄在那樣晴朗的天空下熟過多少次？釀了多少杯？醉過多少征人？熙熙攘攘的形象最後都復歸於塵土。可是，在那天，被一雙也許是極為溫柔的手所摘下的這串葡萄，被安置在燥熱的沙土之下，卻在幾萬個日夜的時光之後，被一雙也應該是極為溫柔的手所發掘了出來，重新走進了人世，走進每一個見過它，被它說服的人的心中。我在這裡用了「說服」這兩個字，是因為我找不到別的可以代替的字眼。因為，是這一串葡萄說服了我，讓我重新認識了生命的另外一種溫柔而又不變的堅強。

在那一剎那，我幾乎要感謝史坦因了。也許，一個考古學者最大的願望，就是要讓很多人看見他所看見的，因而也就能相信他所相信的吧。也許，他也不過是一個和我一樣的人，在初見這串葡萄時，覺得它的堅持的可笑，離開這串葡萄時，領悟了它的堅持的莊嚴，而最後，在回想起這串葡萄時，卻終於發現了它的堅持中所含的溫柔和美麗了吧。

他應該也不過是一個和我一樣的人吧？

——選自爾雅版《成長的痕跡》

生日卡片

剛進入台北師範藝術科的那一年，我好想家，好想媽媽。

雖然，母親平日並不太和我說話，也不會對我有些什麼特別親密的動作，雖然，我一直認為她並不怎麼喜歡我，平日也常會故意惹她生氣；可是，一個十四歲的初次離家的孩子，晚上躲在宿舍被窩裡流淚的時候，呼喚的仍然是自己的母親。

所以，那年秋天，母親過生日的時候，我特別花了很多心思做了一張卡片送給她。在卡片上，我寫了很多，也畫了很多，我說母親是傘，是豆莢，我們是傘下的孩子，是莢裡的豆子，我說我怎麼想她，怎麼愛她，怎麼需要她。

卡片送出去了以後，自己也忘了，每次回家仍然會覺得母親偏心，仍然會和她頂嘴，惹她生氣。

好多年過去了，等到自己有了孩子以後，才算真正明白了母親的心，才開始由衷地對母親恭敬起來。

十幾年來，父親一直在國外教書，只有放暑假時偶爾回來一兩次，母親就在家裡等著妹妹和弟弟讀完大學。那一年，終於，連弟弟也當完兵又出國讀書去了，母親才決定到德國去探望父親並且停留下來。出國以前，她交給我一個黑色的小手提箱，告訴我，裡面裝的是整個家族的重要文件，要我妥善保存。

黑色的手提箱就一直放在我的閣樓上，從來都沒想去碰過，一直到有一天，為了找一份舊的戶籍資料，我才把它打開。

我的天！真的是整個家族的資料都在裡面了。有外祖父早年那些會議的相片和札記，有祖父母的手跡，他們當年用過的哈達，父親的演講紀錄，父母初婚時的合照，朋友們送的字畫，所有的紙張都已經泛黃了，卻還保有著一層莊嚴和溫潤的光澤。

然後，我就看到我那張大卡片了。用紅色的原子筆寫的笨拙的字體，還有那些拼拼湊湊的幼稚的畫面，一張用普通的圖畫紙摺成四摺的粗糙不堪的卡片，卻被我母親仔細地收藏起來了，收在她最珍惜的位子裡，和所有莊嚴的文件擺在一起，收了那麼多年！

卡片上寫著的是我早已忘記了的甜言蜜語，可是，就算是這樣的甜言蜜語也不是常有的。忽然發現，這麼多年來，我好像也只畫過這樣一張卡片。長大了以後，常常只會去選一張現成的印刷好了的甚至帶點香味的卡片，在異國的街角，匆匆忙忙地簽一個名字，匆匆忙忙地寄出，有時候，在母親收到的時候，她的生日都已經過了好幾天了。

所以，這也許是母親要好好地收起這張粗糙的生日卡片的最大理由了吧，因為，這麼多年來，我也只給了她這一張而已。這麼多年來，我只會不斷地向她要求更多的愛，更多的關懷，不斷地向她要求更多的證據，希望從這些證據裡，能夠證明她是愛我的。

而我呢？我不過只是在十四歲那一年，給了她一張甜蜜的卡片而已。她卻因此而相信了我，並且把它細心地收藏起來，因為，也許這是她從我這裡能得到的唯一的證據了。

在那一剎那裡，我才發現，原來，原來世間所有的母親都是這樣容易受騙和容易滿足的啊！

在那一剎那裡，我不禁流下淚來。

——選自爾雅版《三弦》

星期天的早上

每個星期天，是我要自己洗菜煮飯的日子。很喜歡早上隨意在菜市場裡採買的那種心情，是一種尋常的市井人生，尋常的熙熙攘攘，手上拿著一斤半斤的青菜，在木瓜、西瓜和荔枝之間挑挑揀揀，享受著一個尋常婦人所能得到的種種快樂。

現在，回到家來，開始在水龍頭下整理起來了，紅的蕃茄和綠的芥菜在源源不絕的水流沖洗之下，顏色顯得格外新鮮宜人。

太陽很好，後院裡，蓮霧開始結果了，纍纍掛滿枝頭，鄰家的九重葛開得正歡，鮮紫的花簇都擠到我們的院子裡來了。有女孩子在牆外唱著歌走了過去，細嫩的嗓音唱的竟然是一隻老歌：

你知道，你是誰？

你知道，華年如水……

我微笑地拿起一顆包心菜，開始一片一片地剝了起來。外層的大葉子帶著很深的綠，有很多皺摺，大概是因為天熱的關係，都變得又黃又軟了。可是慢慢剝下去，葉子卻一層比一層白，一層比一層脆嫩，一層比一層光潔。

忽然之間，有了一種很奇怪的感覺，原來正在靈活地洗著菜葉的手忽然停住了，我站在夏日的窗前，心中掠過一陣恍惚的愁思。

我，我又是誰呢？

我到底是個什麼樣的人？到底，哪一個我才是真正的我？

在很多朋友和很多事物的前面，我總是由衷地覺得快樂，覺得興奮。我由衷地喜歡這個世界，也很希望這個世界能喜歡我，希望能永遠和我的朋友們在一起，希望所有的事物都不會改變，在那種時刻裡，我是一個既滿足又快樂的人。

可是，在另外的一些時刻裡，當只有和少數幾個朋友處在一起的時候，我那顆憂愁的心就會慢慢地洩露出來，然後，逐漸而緩慢地，將我完全淹沒。

有一次，一個男孩在他們植滿了相思樹的大學校園裡問我：

「你現在說的和你剛才說的為什麼不一樣？」

是嗎？我是這樣的嗎？剛才的我，在他們燈火明亮的教室裡，和一班人嘻嘻哈哈地聊了兩個鐘頭。我說我怎樣無牽無掛，怎樣無需無求，我說我怎樣知足快樂，怎樣的灑脫，並且也希望他們能和我一樣，凡事都能往開裡去看。最後，向大家微笑地道了再見，轉過身來，在這個燈光照不到的角落裡，和幾個留下來問我問題的同學們坐在草地上，娓娓道來的，卻是我的憂慮，我的惶懼，我對時光逝去的不甘心，卻完完全全是和剛才截然不同的另一種心情了。

所以，那個男孩才會問我：

「你現在說的和你剛才說的為什麼不一樣？」

是的，我是說的不一樣了，但是，我不是故意的，我也沒有在任何一個時刻裡說過謊，我只是換了角色，因而也不得不換了心情，如此而已。

一直覺得，在一些特殊的時刻裡，我似乎同時又是演員又是觀眾。一個在繽紛喧嘩的台上，興高采烈地扮演著上蒼賜給我的那個角色，另外一個卻遠遠地站著，站在離這場熱鬧很遠的地方，含著淚，心懷疼痛地看著這一切。知道無論我曾經擁有過多麼豐厚的賞賜，無論我曾經怎樣盡力使我自己值得這一份賞賜，無論這世界曾經怎樣溫柔與美麗，生命仍然如一條河流，無日無夜不在我們身旁悄無聲息地流過。

戲永遠在上演，然而我們卻只能佔有那極短極短的剎那，再甜美的一生也只是一閃而過。我的歡樂與悲傷便由此而生，我的不捨與不甘心也是因為這個原因。

在我心裡，我是怎樣愛戀著這繽紛的人間世啊！卻又怎樣戰戰兢兢地在享用著每一分和每一秒。我是怎樣慷慨地想和朋友分享著一切，卻又緊緊守住一個孤獨的角落，從不肯輕易開啟。對著迎面而來的歡樂與幸福，我心中是怎樣欣喜又怎樣惶懼啊！

菜葉一層一層地剝下去，顏色越來越淺，水份卻越來越多。

我也正一層一層地將我自己剝開，想知道，到底哪一層才是真正的我？

是那個快快樂樂地做著妻子，做著母親的婦人嗎？還是那個謹謹慎慎地做著學生，做著老師的女子呢？

是那個在畫室裡一筆一筆地畫著油畫的婦人嗎？還是那個在燈下一個字一個字地記著日記的女子呢？

是那個在暮色裡，手抱著一束百合，會無端地淚落如雨的婦人嗎？還是那一個獨自騎著車，在迂迴的山路上，微笑地追著月亮走的女子呢？

我到底是一個什麼樣的人？到底哪一個我才是真正的我呢？

而我對這個世界的熱愛與珍惜，又有誰能真正明白？誰肯真正相信？

菜葉剝到最後，越來越緊，終於只剩下一個小小的嫩而多汁的菜心。

我把它放在砧板上，一刀切下去，淚水也跟著湧了出來。

院牆外，唱歌的女孩子又繞了回來，仍舊是剛才那一首歌在反覆著：

你知道，你是誰？
你知道，華年如水……

夏日窗前，好一個美麗的星期天！

——選自洪範書店版《有一首歌》

飄蓬

1

據說，在我很小的時候，本來是會說蒙古話的，雖然只是簡單的字句，發音卻很標準，也很流利。

據說，那都是外婆教我的，只要我學會一個字，她就給我吃一顆花生米。

據說，我那個時候，很熱衷於這種遊戲，整天纏在外婆身邊，說一個字，就要一顆花生米。家裡有客人來時，我就會笑瞇瞇地站出來，唱幾首蒙古歌給遠離家鄉的叔叔伯伯聽。而那些客人們聽了以後，常會把我摟進他們懷裡，一面笑著誇我一面流眼淚。

可是，長大了以後的我，卻什麼都記不起來，也什麼都說不出來了。

每次有同鄉的聚會時，白髮的叔叔伯伯們在一起仍然喜歡用蒙古話來交談，站在他們身邊，我只能聽出一些模糊而又親切的音節，只能聽出，一種模糊而又遙遠的鄉愁。

而我多希望時光能夠重回，多希望，我仍然是那個四五歲的幼兒，笑眯眯地站在他們面前，用細細的童音，為他們也為我自己，唱出一首又一首美麗的蒙古歌謠來。

可是，今天的我，只能默默地站在他們身邊，默默地，獨自面對著我的命運。

2

當然，有些事情仍然會留些印象，有些故事聽了以後也從沒忘記。

童年時最愛聽父親說他小時候在老家的種種，尤其喜歡聽他說參加賽馬的那一段。

父親總是會在起初，很冷靜很仔細地向我們描述，他怎樣渴盼著比賽那一天的來臨，怎樣懷著一顆忐忑的心騎上那匹沒有鞍子的小馬，怎樣臉紅心熱地等著那一聲令下，怎樣拚了命往前衝刺，怎樣感覺到耳旁呼嘯的風聲與人聲，怎樣感覺到胯下愛馬的騰躍與奔馳。說著說著，父親就會越來越興奮，然後不自覺地站了起來，我們這幾個小的也跟著離凳而起，小小的心怦怦地跳著，小小的臉兒也跟著興奮得又紅又熱，屏息等著那個最後的最精彩的結局，一定要等到父親說出他怎樣英勇地搶到了第一，怎樣得到豐厚的獎賞之後，我們才會開始歡呼讚嘆，心滿意足地放鬆了下來。那個晚上，總會微笑著睡去，想著自己有一個英雄一樣的父親，多麼足以自豪！

長大了以後，想起這些故事，才會開始懷疑，為什麼父親小時候樣樣都是第一呢？天下哪裡會有那樣不可一世的英雄？

好幾次想問一個究竟，每次卻都是話到脣邊又給吞了回去。

有一次，父親注意到了，問我是不是有話想說？我一時找不出別的話來，就撒嬌地坐到他身邊，要他再講一遍小時候賽馬的事給我聽。

想不到父親卻這樣回答我：

「多少年前的事了，有什麼好提的？」

我以後就再也沒有提這件事了。

3

十幾年來，父親一直在德國的大學裡教蒙古語文。

那幾年，我在布魯塞爾學畫的時候，放假了就常去慕尼黑找父親。坐火車要沿著萊茵河岸走上好幾個鐘頭，春天的時候看蘋果花開，秋天的時候愛看那一塊長滿了荒草的羅累萊山岩。

有一次，父女倆在大學區附近散步，走過一大片草地，草是新割了的，在我們周圍散發出一股清新的香氣。

父親忽然開口說：

「這多像我們老家的草香啊！多少年沒聞過這種味道了！」說完深深地呼吸了一口。天已近黃昏，鳥雀們在高高的樹枝上聒噪著，是他們歸巢的時候了，天空上滿是那種黃金色的溫暖的霞光。

我心中卻不由得襲過一陣極深的悲涼。遠離家鄉這麼多年的父親，卻仍然珍藏著那一份對草原千里的記憶，然而，對眼前這個從來沒看過故鄉模樣的小女兒，卻也只能淡淡地提上這樣一句而已。在他心裡，在他心裡藏著的那些不肯說出來的鄉愁，到底還有多少呢？

我也跟著父親深深地呼吸了一口，這暮色裡與我有著關聯的草香，心中在霎時閃出了一個句子：

「那只有長城外才有的清香。」

又過了好幾年，有一天晚上，在我石門鄉間的家裡，在深夜的燈下，這個句子忽然又出現了。我就用這一句做開始，寫出了一首詩，沒怎麼思索，也沒怎麼修改，所有的句子都自然而順暢地湧到我眼前來。

這首詩就是那一首〈出塞曲〉。

4

以前，每當看到別人用「牧羊女」這三個字做筆名時，心裡就常會覺得，這該是我的筆名才對。

不是嗎？倘若我是生在故鄉、長在故鄉，此刻，我不正是一個在草原上牧著羊群的女子嗎？

每次想到故鄉，每次都有一種浪漫的情懷，心裡一直有一幅畫面：我穿著鮮紅的裙子，從山坡上唱著歌走下來，白色的羊群隨著我溫順地走過草原，在草原的盡頭，是那一層又一層的紫色山脈。

而那天，終於看見那樣的畫面了，在一本介紹塞外風光的雜誌裡，就真有那樣的一張相片！真有那樣的一個女子趕著一群羊，真有那樣一片草原，真有那樣遠遠的一層又一層綿延著的紫色山脈。

我欣喜若狂地拿著那本書給母親看，指著那一張相片問母親，如果我們沒離開過老家，我現在是不是就是這個樣子？

母親卻回答我：

「如果我們現在是在老家，也輪不到要你去牧羊的。」

解。

母親的口氣是一種溫柔的申斥，似乎在責怪我對故鄉的不了解，責怪我對自己家世的不了解。

我才恍然省悟，曾在庫倫的深宅大院裡度過童年的母親，曾吃著一盒一盒包裝精美的俄國巧克力、和友伴們在迴廊上嬉戲的母親，恐怕是並不會喜歡我這樣浪漫的心思的。

但是，如果這個牧羊的女子並不是我本來該是的模樣，如果我一直以為的卻並不是我本來該是的命運，如果一切又得從頭來起的話，我該要怎麼樣，才能再拼湊出一幅不一樣的畫面來呢？

有誰能告訴我？有誰能為我再重新拼湊出一個不一樣的故鄉來呢？

我不敢問我白髮的母親，我只好默默地站在她身邊，默默地，獨自面對著我的命運。

——選自洪範書店版《有一首歌》

黃粱夢裡

1

走上小路，穿過正午的稻田，我急著要給讀小學的女兒送中飯。

小紅帆布包裡裝著熱熱的便當，還放了水壺、水果和幾片小餅乾。我步子走得很急，怕便當冷了，又怕水果熱了，雖是初夏，正午的稻田可是又亮又熱，讓我出了一身的汗。

好在小路並不長，在路的盡頭等著我的，就是那幾棵高大濃密的相思樹，只要能走到樹底下，我就可以鬆口氣了。

在這幾棵老相思樹圍成的濃蔭裡，流過一條淺淺的溪澗，岸邊也因而長出不少種類的野花和野草，從眩目的陽光裡脫身，一下子會覺得林子裡特別暗、特別靜，好涼又好香。

在樹下的我是聞到一種清香，可是說不上來是花還是草的味道，涼風拂來，那香氣就飄浮在我周圍，久久不散，我不禁貪戀地站住了。

忽然之間，發現我在重複著一種動作，一種經驗。七歲的童年、十七歲和二十七歲的那些歲月裡，都有過同樣的經驗：在幾棵大樹之下呆呆地站住了，只因為是初夏時光，大自然裡充滿了一種沁人心脾的芳香。

不過只是一塊小小的樹蔭而已，不過只是一些常見的花草樹木，卻能永遠不變地，對我發出一種熟悉而又親切的馨香。伴隨著安靜地呈現出來的記憶，我的心因而也變得極為安靜和舒暢。忽然想通了，這麼多年來，我所追求的，不也就只是這樣一個清香襲人的小小世界嗎？

在平日的生活裡，因為怕看殘酷的景象，怕聽悲愁的故事，怕談戰亂和流離，所以，在有些朋友笑著說我是「鴕鳥」的時候，我也開始相信他們了。我想：也許真如他們所說的，我是一隻逃避現實的鴕鳥，我的生活態度是不健康和軟弱的，心裡因而始終感到內疚，覺得對不起朋友，也對不起這個社會。

可是，在這樣一個初夏的正午，樹蔭下的我忽然想得不一樣了。就是因為草葉間那種熟悉的清香。我忽然覺得，我其實不必那樣內疚的，我其實一直在很努力地生活，真的，我一直都是很努力的，努力要把一切混亂的痕跡除去，努力要求得一種簡單與真實的本質。

我所想要過的，就是上蒼原來賜給我們的那種生活。儘管這個世界已經被貪欲和無知搞得面目全非，儘管有很多美好的事物都已變質，可是，我仍然有權利，有權利要求一種原該屬於我們的真純和美麗。

所以，我也許不是「鴕鳥」，也許，我該算是一個「淘金者」，在渾濁的江水與砂粒之中，不斷地過濾、不斷地搜尋，希望，能在最後的篩底，找到那一粒，那一粒原該屬於我們的閃亮的金砂。

孩子的學校就在前面了，我已經可以聽到他們模糊的笑鬧聲，不知道叫嚷的是些什麼？但是可以確定的是，他們用的是一種最真純的聲音，因此，使牆外的我，也因而感染到了一種真純的快樂。

我所想保有的，是不是就是這一份赤子之心呢？

2

當我來到渡船頭時，才剛是近午時分。

賣票的小女孩告訴我，擺渡的船夫吃午飯去了，要我先去附近轉一轉再來。

一直生活在分秒不誤，規矩很嚴的社會裡，所以，乍聽之下，簡直不敢相信世間還有這樣隨意開船或者不開船的事，心裡一下子覺得很溫暖，人也跟著鬆散了下來。

我微笑地謝了她，再把她給我的船票仔細收好，好小好薄的一張紙，這麼多年了，什麼都變了，只有這張船票仍和當年的一樣，又小又薄又謙卑，一如我當年的心。

沿著岸邊，信步走著，風很柔，陽光也很柔。我穿著一件淺灰色有著很多細花邊的長袖襯衫，棉布的質料很清爽，穿在身上很舒服。兩隻手插在裙子的口袋裡，我十足是個悠閒的人，有整個長長的下午在我前面，不必急也不必趕。

潮漲得很高，不知道是陰曆的幾月幾號了？繫在岸邊的小船也跟著高高地浮起來，離岸好近。

在我眼前，就有兩條繫在一起的小船在滿滿的水面上浮著，船身都漆成粉藍色，在船邊勾出一些深藍、深紫和雪白的線條，倒映在動盪的水中，碎成一片片溫柔又明亮的色光。

我就在岸邊的石級上坐了下來，滿滿的潮水正像滿溢的幸福。我知道，潮汐有昇有落，我也知道，幸福也不能永遠停留；可是，當它滿滿地呈現在我面前的時候，我唯一該做的事，就是安靜地坐下來，觀察它、享受它和感激它。

不是嗎？在這樣一個風和日麗的日子裡，在這滿滿的潮汐之前，在這兩條粉藍粉藍的小船旁邊，我所該做的唯一的事情，就是找個地方坐下來，安靜地領受這一種單純的快樂與幸福。在這一剎那，什麼都還沒有發生，什麼都還來得及，來得及去說、去想、去生活、去愛與被愛。

等一會兒，等船夫回來了以後，我就會上了他的船，過河到對岸去了。我不知道在對岸會發生什麼事，我也不知道在我的前面，命運是以一種什麼樣的面貌在等待著我，正如二十年前來過渡的我一樣，一切都是全然的未知。

可是，今天的我，已經明白一些了。當然，我一樣會隨著起伏的命運來更改我的心情，我一樣會歡笑或者哭泣，可是，我想，我不會再後悔，也不會再覺得遺憾了。

原來，悲愁的來源並不是因為幸福的易逝，而是因為，在幸福臨近的時候沒能察覺。

所以，當幸福已經過去了的時候，我不一定非要悲傷流淚的，只要，只要在它來臨的時候，我能夠知道，並且安靜地領會與把握到了的話，就算它終於過去，我也很知足了。

遠遠的，船夫揮手與我相招，我微笑地站起身來，而在舉步之前，再回頭看了一眼。

風清雲淡，好一片溫柔的景象！我知道，在我離開之後，這陽光下的渡口也會永遠留在我心裡，永遠都不會忘記。

3

可是，「永遠」的定義是什麼？到底能有多長和多久呢？

小時候讀國文課本，唸到一些大文章，老是會猜想，寫這些義正詞嚴、慷慨激昂的文章的人，平常的生活又是什麼模樣呢？他們也應該會有軟弱或者天真的時候吧，也許也會偏愛甜的食物或者偏愛春天的柔風吧。

從課文後的註釋裡，我找不到任何的線索。所有的資料都只管告訴我他們得過什麼功名，寫過什麼書，自己取過幾個名字，哪年哪月生，哪年哪月死，死了以後，別人又給他們取了哪幾個名字等等而已。

也許是那個時候留下來的紀錄不多，也許是我們的老師或者編教科書的人只想給我們這麼多，也許是很多人都認為，我們只要知道這麼多就夠了。

可是，這樣的紀錄、這樣的資料、這樣的介紹哪裡可以說夠呢？在他們的道德文章，在他們的功名和是非之後，我更想要知道的，就是他們在獨處的時候，曾經有過一顆怎樣的心？他們一定也曾經年輕過、曾經笑過、曾經哭過，並且曾經深深地愛過吧？千年之前的他們，和千年之後的我，應該也沒有什麼不同的吧？

有誰能夠不理會仲春時拂面的柔風？有誰能夠經過滿樹的繁花而不為所動？在詩經裡活著的那些人、那些熙熙攘攘的小人物和他們的悲歡，原來該離我們非常非常遙遠的，可是，每次打開那些篇章，就好像打開了他們的世界，和他們同歌同舞、同樂同泣，就好像三千年前的那個開滿了桃花的春天就在眼前。

「永遠」的意思應該就是如此了吧。

就是說：在功名之外，在興衰之外，應該有一種東西是比較更長遠和更重要的，應該有一種東西是值得珍惜與寶藏的，應該有一種東西是我們可以相信並且希望它永遠不會消失的。

就是說：假如有人在古詩裡唱過：「涉江采芙蓉，蘭澤多芳草……」的話，今天的我，也可以接著唱下去：「采之欲遺誰，所思在遠道……」，而在我唱的時候，我也有當日的他所感到的一樣的惆悵與悲傷，而池中的荷花也可以盛開得一如當年。儘管千年前那個唱歌的人和被他思念的人都早已消失了，但是，只要有人，只要有歌，只要有四季的變換，在這世間就會存在著一種思慕的情懷，永遠也不會改變，永遠也不會消失。

那麼，人生還有什麼遺憾的呢？

4

好多人都喜歡告訴我們：人生不過如一場黃粱夢，在繁複的美麗與曲折的悲歡之後，悠然醒轉，新炊卻猶未熟。

可是我總是不服氣，我總覺得，生命本身應該有一種意義，我們絕不是白白來一場的。在這世間，有些事物是一直在重複著和綿延著的。每回抱我的兒女的時候，就會想到，年輕的母親曾經怎樣溫柔地抱持過我。每回在給孩子切洗蔬果的時候，就會想到，母親當年，曾經怎樣一寸一寸地把我們餵養長大。而有一天，我也終於會像今天的母親一樣地老去，那時候，我的女兒也會像今天的我一樣，在源源不絕的水龍頭下清洗著鮮美的蔬果，再來一寸一寸地把她的孩子餵養長大。所以，誰能說這些都僅僅只是一場黃粱夢而已呢？

而每回聞到草葉的清香，看到潮汐的漲落，就會想到那些我曾經擁有過的幸福時刻。不管時光如何飛馳，景物如何變換，大自然裡有些事物卻是永遠不變的，而我曾經努力生活過的記憶也永遠在那裡，每回翻尋，每回仍在，這樣的生命，你教我怎能不熱愛？

當然，我的朋友們也可以說，不管我如何努力，我仍然是在黃粱夢裡，一切仍然會逐漸逐漸地過去。

可是，總有一些什麼會留下來的吧，我雖然不能很清楚地知道那會是些什麼樣的事物，我卻深信，一切的努力都絕不會是白費的。

在綿延不絕的黃粱夢裡，一定也會有喜歡我並且和我有著相同心思的女子吧，當她在千年之後翻閱我的札記時，一定也會欣喜地發現，儘管這麼多年已經過去了，儘管世間依然無法避免仇恨和爭戰，可是只要草葉間依然有清香，潮汐依然按時昇落，所有的痛苦就比較容易忍受，而生命仍然是值得信任與值得熱愛的吧。

那麼，我們還有什麼遺憾的呢？

——選自洪範書店版《有一首歌》

時光

暑假後要讀四年級的凱兒，這幾天開始看福爾摩斯了。到處都可以看到他拿著書聚精會神地研讀，在牆邊、在樹蔭下、在大沙發椅的角落裡，我的小小男孩整個人進入了福爾摩斯詭異神祕的世界，任誰走過他的身邊，他都來不及理會了。

但是，偶爾他會忽然高聲呼喚我：

「媽媽，媽媽。」

我回答他之後，他就不再出聲了。有時候，我在另外的房間裡，沒聽見他的呼喚，他就會一聲比一聲高地叫著找過來，聲音裡透著些微的焦急和害怕，等他看見我的時候就笑開了，一言不發地轉身又回去看他的書，我在後面追著問他找我有什麼事？他說：

「沒事，只是看看你在不在。」

我不禁莞爾，這小男孩！他一定被書中的情節嚇壞了，又不肯向我透露，只好隨時回到現實世界來尋求我的陪伴。只要知道媽媽就在身旁，他就可以勇氣百倍地重新跟著福爾摩斯去探險了吧。

因此，這幾個炎熱的下午，我都故意找些事在他的身旁走來走去，心裡覺得很平安，知道我的小小男孩還需要我的陪伴，我是個幸福的母親。

●

我以前總認為母親並不愛我。

那是因為我一直覺得，我是五個孩子裡最不值得愛的一個。

我沒有兩個姊姊的聰慧與美麗，沒有妹妹的安靜柔順惹人憐愛，又不像弟弟是全家唯一的男孩。我脾氣倔強又愛猜疑，實實在在是這家裡多餘的一個。

但是，我又很希望母親能愛我。

從她那裡，我多麼渴望能聽到一句溫柔的話，得到一次溫柔的愛撫，我多麼希望母親能夠把我緊緊抱在懷裡，對我說：

「你是我最愛最愛的寶貝。」

然而，母親一向是個沉默的婦人。從我有記憶開始，我總是跟在外婆的身旁，母親好像從來也沒摟抱過我。她總是懷裡抱著妹妹或是弟弟，遠遠地對我微笑著，我似乎從來也沒能靠近過她。

長大了以後，有時候覺得不甘心，也會拐彎抹角地想一些問題來問母親，想從她那裡得到一些證明，證明我也是有優點，也是值得愛的一個。

可是母親對我的怪問題總是笑而不答，問急了，她就會輕輕地罵我：

「傻瓜，都是我生的，我怎麼會偏心？」

我有時候也會撒嬌似的賴在她身邊，希望她能回過身來抱我一下，或者親我一下。可是，無論我怎麼纏繞著她、暗示她，甚至嘻皮笑臉地央求她，母親卻從不給我任何熱烈一點的回應，她總會說：

「別鬧！這麼大的人了，也不怕別人看了笑話你！」

我每次都安靜地離開她，安靜地退回到我自己的角落裡去，心中總會有一種熟悉的不安與怨懟，久久不能消逝。

一直到我自己也有了孩子。

孩子剛生下來的那幾個月裡，和母親住在一起，學著怎樣照料小嬰兒。有一天，母親給我的孩子戴上一頂遮風的軟帽，粉紅的帽簷上綴著細小的花朵，襯得我孩子的面容更像一朵溫香的薔薇，母親忽然笑出聲音來：

「蓉蓉，快來看，這小傢伙和你小時候簡直一模一樣啊！」

說完了，她就把我的孩子，我那香香軟軟的小嬰兒抱進她懷裡，狠狠地親了好幾下。

我那時候就站在房門口，心裡像挨了重重的一擊，一時之間，又悲又喜。

我那麼渴望的東西，我一直在索求卻一直沒能得到滿足的東西，母親原來在一開始的時候就給了我的啊！

可是，為什麼要在這麼多年之後，才讓我知道，才讓我明白？

為什麼要安排成這樣呢？

●

我收拾書桌或者衣箱的時候，慈兒很喜歡站在旁邊看，因為有時候會有些她喜歡的物件跑出來，如果她軟聲央求，我多半會給她。有時候是一把西班牙的扇子，有時候是一本漂亮的筆記簿，有時候是一串玻璃珠子，她拿到了之後，總會欣喜若狂，如獲至寶。

這天，她又來看熱鬧了，我正在整理那些舊相簿，她拿起一張放大的相片來問我：

「這是誰？」

「這是媽媽呀！是我在歐洲參加跳舞比賽得了第一名時的相片啊！」

「亂講！怎麼會是你？你怎麼會跳綵帶舞？」

相片上的舞者正優雅地揮著兩條長長的綵帶，站在舞台的正中，化過妝後的面容帶著三分羞怯七分的自豪。

「是我啊！那個時候，我剛到比利時沒多久，參加魯汶大學辦的國際學生舞蹈比賽，我是主角，另外還有八位女同學和我一起跳，我們……」

話還沒說完，窗外有她的同學騎著腳踏車呼嘯前來，大聲地叫著她的名字，女兒一躍而起，向著窗外大聲回答：

「來了！來了！」

然後回身向我擺擺手，就高高興興地跑出去了。我走到門口，剛好看到她們這一群女孩子的背影，才不過是國中生而已，卻一個個長得又高又大，把車子騎得飛快。

我手中還拿著那一張相片，其實我還有很多話想告訴我的女兒聽。我想告訴她，我們怎樣認真地一再排練，怎樣在演出的時候互相關照，在知道得了第一的時候，男同學怎樣興奮熱烈地給我們煮消夜吃，圍著我們照相；其實不過是一場小小的校內活動而已，但是因為用的是中國學生的名字，在二十幾個國家之中得了第一，就讓這一群中國學生緊緊地連接在一起，過了一個非常快樂的夜晚了。

我很想把這些快樂的記憶告訴我的女兒，可是我沒有機會。在晚餐桌上，是她興奮熱烈地在說話，她和她的同學之間有那麼多有趣和重要的事要說出來，我根本插不進嘴去。

整個晚上，我都只能遠遠地對她微笑。

●

台灣的戶口名簿可以是一種很溫暖，也可以是一種很無情的東西。

每個人的動態，每一次的遷進遷出都仔仔細細地記在上面，既瑣碎又冗長。在同一個地方住久了之後，資料太多，還會在原來的本子上貼上一些附頁，拿進拿出的時候十分麻煩，我們當年在新北投的戶口名簿就是那樣的一份。

我現在很懷念那一份，因為那種熱鬧已經不再回來了。

母親在幾年以前，還常常出國到各地去探看，有時候住在父親那裡，有時住在姊妹的家裡，偶爾也會去弟弟的家裡住上幾個月；要辦這些探親手續的時候，就會寫信回來，要我去新北投的戶政事務所去申請以前那份全戶的戶口謄本，每次都會在信末註明：

「要多申請幾份，別弄丟了。」

因為我們都已遷出，房子也轉賣給了別人，所以，我們這戶的資料都已經收起來了，只剩下一個檔案號碼。我去申請的時候，報上那個號碼，戶政人員就會找出那個已經變舊變黃的檔案，給我影印一份。我才能重新看到我以前的那個家，那些親愛的名字，還有跟隨著那些親愛的名字回來的，所有幾乎要忘記了的溫柔記憶。

我想，我也許能明白母親總要我多申請幾份謄本的那種心情了。因為，她現在的那份戶口名簿非常乾淨，非常簡單，母親回國以後就住在我家對面，自成一戶，因此戶口名簿上只有戶長一個人的名字。

整本戶口名簿上，只寫著我母親一個人的名字。

●

在把病情向我詳細地分析了之後，醫生忽然用一種特別溫柔的語氣對我說：

「無論如何，你想再要回從前的那個媽媽，是絕對不可能的事了。」

醫生年紀大概也有六十開外了，穿得很講究，有種溫文的氣質，也有一種老年人特有的智慧和洞察力。他說完這句話以後，有一段極短的停頓，好像知道在這個時候我應該已經開始流淚了。

可是，我不上當，我就是不肯上當，我一滴淚水也沒讓它顯露出來。

我是不會輕易上當的。

在這世間，有些事你可以相信，有些事卻是絕對不能相信的。

絕不能流淚，一流淚就表示你相信了他的話，一流淚就表示你也跟著承認事實的無法改變了。

母親雖然是再度中風，但是，既然上一次那樣兇猛的病症都克服了，並且還能重新再站起來，那麼，誰敢說這一次就不能復元了呢？

誰敢對我說，我不能再重新得回一個像從前那樣堅強和快樂的媽媽？

我冷冷地向醫生鞠躬道謝，然後再回到母親的病床旁邊。母親正處在中風後愛睡的時期，過幾天應該就會慢慢好轉的。等稍微好了一點之後，就可以開始做復健運動，只要保持信心，應該就不會有什麼問題了。父親和姊妹們都打過長途電話來，說是會盡快回來陪她。我想，這位醫生並不太認識我的母親，並不知道她的堅強和毅力，所以才會對我說出這樣一個錯誤的結論來。

到了夜裡，我離開醫院一個人開車回家，心裡仍然在想著醫生白天說的那一句話，忽然之間，有什麼從腦子裡閃了過去，我整個人因為這突來的意念而驚呆住了。

醫生說的，其實並沒有錯啊！

從前的那個媽媽，從前的那個媽媽，醫生說的其實並沒有錯啊！日子一天一天地過去，從前的那個媽媽一天一天地在改變，從來也沒能回來過啊！

到底那一個才是我從前的那個媽媽呢？是第二次中風以前，在石門鄉間，那個左手持杖一步一頓滿頭白髮的老太太？還是再早一點，第一次中風以前，和夫婿在歐洲團聚，在友人的聖誕餐會裡那個衣衫華貴的婦人？還是更早一點，在新北投家門前的草地上，和孩子們站在一起，笑起來仍然嬌柔的那個母親？還是更早一點，在南京的照相館裡，懷中抱著剛剛滿月的幼兒，在丈夫與子女的環繞之下望著鏡頭微笑的那個少婦？還是更早一點，在重慶鄉間的山野裡，倉皇地躲避著敵人的空襲，一面還擔心著不要驚嚇了身邊孩子，不要壓傷了腹中胎兒的那個女子？

還是更早、更早，在一張泛黃的舊相片上，穿著皮領黑呢長大衣，站在北平下過雪的院子裡，那個眼睛又黑又亮的少女？

還是更早、更早，我只是不經意地聽說過的，在蒙古的大草原上，那個十歲左右，最愛在河床上撿些圓石頭回家去玩的小女孩呢？

從前的媽媽，從前的媽媽啊！日子就這樣一天一天地過去了，為了我們這五個孩子，從前的那些個媽媽也就一天一天地被遺落在後面，從來也沒能回來過啊！

現在的媽媽當然是可以再復元，然而，卻也絕對不能再是我從前的那個媽媽了。

「媽媽，媽媽。」

在深夜的高速公路上，我輕輕呼喚著在那些過往的歲月裡對我溫柔微笑的母親，我從前那些所有的不能再回來的母親，不禁一個人失聲痛哭了起來。

車子開得飛快，路好黑好暗啊！

——選自九歌版《同心集》

嚴父

八月，夏日炎炎，在街前街後騎著摩托車叫賣著：「牛肉，肥美黃牛肉。」的那個男子，想必是個父親吧。新修的馬路上，壓路機反覆地來回著，在駕駛座上那個沉默的男子，想必是個父親吧。不遠處那棟大樓裡，在一間又一間的辦公室批著公文、抄著公文、送著公文的那些逐漸老去的男子之中，想必也有很多都是父親了吧。一切的奔波，想必都是為了家裡的幾個孩子。

●

風霜與憂患，讓奔波在外的父親逐漸有了一張嚴厲的面容，回到家來，孩子的無知與懶散又讓他有了一顆急躁的心。怎麼樣才能讓孩子明白，擺在他們眼前的，是一條多麼崎嶇的長路。怎麼樣才能讓孩子知道，父親的呵護是多麼有限和短暫。

可是，孩子們不想去明白，也不想去知道，他們喜歡投向母親柔軟和溫暖的懷抱，享受那一種無限的縱容和疼愛。

勞苦了一天的父親，回到自己的家，卻發現，他用所有的一切在支撐著的家實在很甜美也很快樂，然而這一種甜美與快樂卻不是他可以進去，可以享有的。

於是，憂慮的父親，同時也就越來越寂寞了。

——選自爾雅版《寫給幸福》

貝殼

在海邊，我撿起了一枚小小的貝殼。

貝殼很小，卻非常堅硬和精緻。迴旋的花紋中間有著色澤或深或淺的小點，如果仔細觀察的話，在每一個小點周圍又有著自成一圈的複雜圖樣。怪不得古時候的人要用貝殼來做錢幣，在我手心裡躺著的實在是一件藝術品，是捨不得拿去和別人交換的寶貝啊！

在海邊撿起這一枚貝殼的時候，裡面曾經居住過的小小柔軟的肉體早已死去，在陽光、砂粒和海浪的淘洗之下，貝殼中生命所留下來的痕跡已經完全消失了。但是，為了這樣一個短暫和細小的生命，為了這樣一個脆弱和卑微的生命，上蒼給牠製作出來的居所卻有多精緻、多仔細、多麼地一絲不苟！

比起貝殼裡的生命來，我在這世間能停留的時間和空間是不是更長和更多一點？是不是也應該用我的能力來把我所能做到的事情做得更精緻、更仔細、更加地一絲不苟呢？

請讓我也能留下一些令人珍惜、令人驚嘆的東西來吧。

在千年之後，也許也會有人對我留下的痕跡反覆觀看，反覆把玩，並且會忍不住輕輕地嘆息：

「這是一顆怎樣固執又怎樣簡單的心啊！」

——選自爾雅版《寫給幸福》

孤獨的樹

在我廿二歲那年的夏天，我看見過一棵美麗的樹。

那年夏天，在瑞士，我和諾拉玩得實在痛快。她是從愛爾蘭來的金髮女孩，我們一起在福萊堡大學的暑期法文班上課，到週末假日，兩個人就去租兩輛腳踏車漫山遍野地亂跑，附近的小城差不多都去過了。最喜歡的是把車子騎上坡頂之後，再順著陡削彎曲的公路往下滑行，我好喜歡那樣一種令人屏息眩目的速度，兩旁的樹木直逼我們而來，迎面的風帶著一種呼嘯的聲音，使我心裡也不由得有了一種要呼嘯的欲望。

夏日的山野清新而又迷人，每一個轉角都會出現一種無法預料的美麗。

那一棵樹就是在那種時刻裡出現的。

剛轉過一個急彎，在我們眼前，出現了一座不算太深的山谷，在對面的斜坡上，種了一大片的林木。

大概是一種有計畫的栽種，整片斜坡上種滿了一樣的樹，也許是日照很好，所以每一棵都長得枝葉青蔥，亭亭如華蓋，而在整片傾斜下去一直延伸到河谷草原上的綠色裡面，唯獨有一棵樹和別的不同。

站在行列的前面，長滿了一樹金黃的葉片，一樹絢爛的圓，在圓裡又有著一層比一層還璀璨的光暈。它一定堅持了很久了，因為在樹下的草地上，也已圓圓地鋪上了一圈金黃色的落葉，我雖然站在山坡的對面，也仍然能夠看到剛剛落下的那一片，和地上原有的碰在一起的時候，就覺得後者已經逐漸乾枯褪色了。

天已近傍晚，四野的陰影逐漸加深，可是那一棵金黃色的樹卻好像反而更發出一種神祕的光芒。和它後面好幾百棵同樣形狀、同樣大小，但是卻青翠逼人的樹木比較起來，這一棵金色的樹似乎更適合生長在這片山坡上，可是，因為自己的與眾不同使它覺得很困窘，只好披著一身溫暖細緻而又有光澤的葉子，孤獨地站在那裡，帶著一種不被了解的憂傷。

諾拉說：「很晚了，我們回去吧。」

「可是，天還亮著呢。」我一面說，一面想走下河谷，我只要再走近一點，再仔細看一看那棵不一樣的樹。

但是，諾拉堅持要回去。在平日，她一直是個很隨和的遊伴，但是，在那個夏天的午後，她的口氣卻毫無商量餘地。

於是，我終於沒有走下河谷。

也許諾拉是對的，隔了這麼多年，我再想起來，覺得也許她是對的。所有值得珍惜的美麗，都需要保持一種距離。如果那天我走近了那棵樹，也許我會發現葉的破裂，樹幹的斑駁，因而減低了那第一眼的激賞。可是，我永遠沒走下河谷，（我這一生再無法回頭，再無法在同一天，同一剎那，走下那個河谷再爬上那座山坡了。）於是，那棵樹才能永遠長在那裡，雖然孤獨，卻保有了那一身璀璨的來自天上的金黃。

又有那一種來自天上的寵遇，不會在這人世間覺得孤獨的呢？

——選自爾雅版《寫給幸福》

畫幅之外的

美的歸還

我常常想，當這個世界還沒有「美學」這一門學問的時候，生活應該比今天容易得多了吧？

在那個時候，「美」應該只是一種單純的事物，配上一種單純的生活態度，如此而已。

在那個時候，美或許是一種衷心的喜悅，或許是一種深沉的悲傷，圍繞在你身邊或直刺入你的心中；而你不必用文字來將它歸類，也不必用言語來加以形容。

在那個時候，美是屬於所有的人的。

當然，為了文化的延續，我們不得不讓學者和權威來把一切的思想與感情分門別類，不得不去用心研讀那些厚厚的、長篇大論的著作，並且，還要設法讓下一代也能明白，每一派每一種學說之間的異同。

可是，更多的時候，我總是會在那些咄咄逼人的論調之前覺得疲倦。開始懷疑了，想要了解美，竟然是這麼痛苦的一件事嗎？如果，把美麗的事物與心情變成了一種學問之後，就一定要捨棄它們原來最單純與最動人的面貌了嗎？

這又是何苦？

美應該只是一種真實、自然與寬容的生活態度而已。

美應該是一種大家都可以擁有的幸福。假如傳遞文化真是需要有那麼多那麼深奧的學說和理論的話，那麼，我們也相信，它同時也一定需要有像我們這種不發一言的感覺，不著一字的眼神來一代一代地傳下去。

美應該是可以無處不在的，它是你，它是我，它是這世間最最質樸的生活。

請把美再歸還給我們這些普通人吧。

魔鬼與天神

但是，美同時也是一種絕對的精確。

西元一八八三年五月，畫家莫內舉家搬到離巴黎六十多公里的一個小鎮上，在那裡，在綿延的山谷與河流之間，他有了一個開滿了花的莊園。

那年，四十三歲的畫家寫信給他的朋友說：「等一切都安定妥當之後，我希望能在這裡畫出我的代表作品來。因為，我極愛這裡的自然景色，這種心情始終無法更改。」

從表面上看來，他果然從心所欲，在這個莊園裡度過了他的後半生，並且畫了很多張代表作品——整整的再畫了四十三年。

在這四十三年裡，他種了各色睡蓮，也畫了無以數計的睡蓮：清晨的、傍晚的、灰紫的、金紅的、細緻溫柔的、狂放灼人的；在畫家筆下，睡蓮有了千百種不同的面貌，而這千百種面貌只為了要告訴我們一句話：

「這世間充滿了無法描摹的美與生命！」

是的，想莫內一生反覆追求的，不也只是為了要精確地說出一句話而已嗎？那是一種無法形容的渴望，渴望能透過畫幅來表達一些他看過、想過，並且生活過的東西。

一九二六年，在他臨死的前幾個月，視力衰退得很厲害，然而，他還是常從畫室的窗前遠眺那一池的蓮，畫架上仍然是待完成的花朵。最後，完全看不見了，衰老的畫家在黑暗中逝世，而在他周遭，他畫的睡蓮和他種的睡蓮卻依然光華燦爛。對莫內來說，他留下了一句讓人無法忘記的話語：「人的一生和創作的欲望比較起來是怎樣的短暫和恍惚啊！」

而這種創作的欲望，在每個藝術家的體內都是一種反覆的折磨和誘惑，從來沒有人會認為自己已經把話說完了的。也許在一件作品完成之後會有一種狂喜，但是接踵而來的必然是惶恐、猶疑和不滿意，於是，為了想精確地表達出那一句已經說了一生的話，在彼岸的千朵睡蓮有時候化身為魔鬼，有時候卻是天神。

所有的藝術家都活在這兩者之間。

美的來源

而這種精確性是無法替代的。

正如，你所愛的人在這世間是無法替代的一樣。

你也許可以說：有誰的眼睛長得有點像他的眼睛，有誰的嘴脣長得有點像他的嘴脣，你甚至可以從一種相似的語音裡想起一些有關他的笑諾和豪情，可以從一個相似的背影裡重新感覺到一些曾經存在過的欣喜與落寞；可是，你心裡很清楚地知道，在這世間，「他」只有一個，一切都是無法替代的。

藝術品也是這樣。

所以，我不太喜歡觀眾或者讀者要求一個畫家或者詩人解釋他的作品。

也許，創作者可以回答一些問題，諸如創作的背景或者創作時所遭遇到的困難等等，也許他可以試著去回答一些這類問題。

但是，他不必去解釋他自己的作品。

因為，那不是他的責任，也不是他的義務，他的責任與義務在創作的過程中就已經完成了，他想說的那一句話，在他的作品裡就應該已經說出來了。

所以，假如觀賞者明白了，就不應該發問，因為已經沒有疑惑。而假如有了疑惑，必須要發問，那只有兩種可能：一種是觀賞者本身也許和創作者不是同類，所以沒辦法很清楚地進入他的內心。另一種是創作者本身的自我訓練還不夠，所以無法精確地表達出他內心原來想要表達的意念。在這個時候，藝術家所要做的，也並不是用其他的言語來作補充，而是，必然是，要重新再來一次——再來畫一張畫，或者，再來寫一首詩。

所以，創作者的責任與義務既然是盡心盡力地去創作，作品完成之後，他就有權利保持緘默。

分析與探討，解釋與批評都是別人的事，也因此，了解與誤會對一個創作者來說，是必然要同時遭逢到的兩種命運，不管是對其中的任何一種，他都要學習來保持不受影響的心情，並且，繼續保持那原有的緘默，一直到再下一張畫，或者，再下一首詩。

更何況，最重要的是：在藝術品完成之後，有時候會有一些精確之外的感覺進入了畫面的光影之間與詩句的段落之中，這種感覺甚至連創作者本身也不能預先察覺與把握，而這一種精確之外的恍惚，才是美的來源，美真正的容身之處。

美，其實是不可求的。

——選自爾雅版《寫給幸福》

街景

1

一個小小的嬰兒躺在嬰兒車上，他的母親一手扶著車把，整個人卻轉過身去看後面的商店。在商店的玻璃櫃台前，孩子的父親正在選購奶瓶還是奶嘴，好像遲遲無法決定選那一種廠牌的。

小嬰兒卻無牽無掛，笑嘻嘻地正在和自己的身體玩耍。他先是吮著白白胖胖的小手，覺得不過癮了又把白白胖胖的小腳也塞進嘴巴裡。高興起來他雙手和雙腳都同時隨意地交叉揮舞著，我站在街邊，看得如痴如醉。

他的四肢柔軟靈活得令人心驚，生命在最初原來是沒有上下沒有內外也沒有手腳之分的。

小嬰兒雙腳向上交叉著的姿態竟然像是一雙祈禱的手臂，那樣優雅又那樣自然。

在小小嬰兒美麗和從心所欲的示範裡，也許深藏著每一個舞蹈者的夢想吧。

2

七八歲的時候我們家住在香港，有一對夫婦結婚很久才生下一個女孩，週歲的時候特意去照相館裡給她拍了好多張可愛的相片，還把其中一張放大了配上框子拿來送給我們。

我記得父親笑嘻嘻地向他們道賀，然後馬上釘了個釘子把相片掛在客廳牆上，照片裡一歲的小女兒正微笑地拍著小手。

那是我第一次感覺到，原來如果我們願意，是可以把生命停頓在某一個特定的剎那的。

如果我們真的願意。

3

可是，有的時候我們並不知道內心深處真正的意願。

有時候，上一秒鐘正在橫過台北的街道，下一秒鐘卻忽然想起在荷蘭或者在盧森堡的一個下午，那個記憶與眼前的一切毫無關聯，卻會突然出現然後與周遭的景物互相重疊起來。

那時候，站在街邊的我，常會有一陣恍惚空茫的感覺，想著那十幾二十年前一個日子裡的幾秒鐘，怎麼會那樣完整那樣精緻地一直藏在我的心裡，而我竟然毫不知情。

可是，經過了這麼久的埋藏之後，為什麼又會忍不住在這一刹那裡忽然重新露面、重新出現呢？

是因為相似的風？相似的雲？還是因為生命裡那一種不易察覺的相似的心情？

4

有人在街道的拐角處拴了一隻狗。

狗不兇，細細的鐵鍊子也拴得很鬆，所以牠如果想要站起來活動的話，可以走出去好幾步，鍊子伸直了加上狗的身長正好把整條人行道擋住。

牠此刻就是這樣擋在路中間，一個目瞪口呆的小女孩站在牠面前。

女孩大概有六七歲了，穿著一件蓬鬆美麗的花衣服，裙邊很短，露著兩截渾圓結實的小胖腿。大概是要去附近的小朋友家裡作客吧，她興致勃勃地沿著人行道一路走來卻偏偏碰上了這個難題。

我的車子從他們身旁經過的時候，那個小女孩緊張得發紅的小臉上，有著一種非常認真非常嚴肅的表情。

每一個人面對著生活上的難題時，不也都有著同樣的表情嗎？

5

兩個少年坐在街邊的鐵椅子上，大概坐了很久了，彼此卻又不說什麼話。然後一起站起來，一起背著書包朝回家的路上走去，仍然不怎麼交談。

在街角要分手的地方，兩個少年忽然舉起手來互拍了一下，再緊緊地握了握，然後就各自轉身走了。

我坐在冰菓店的大玻璃窗後端詳著他們，肝膽相照的朋友大概只有在少年時才能求得到吧？彼此互相分擔著心事，分擔著對前面的憂慮、希望和好奇。

這樣的朋友，我也曾經有過幾個。

6

去旅行時，忽然不想照相了。總覺得照出來的，常常不是我原來看見的，原來所想保留的那些東西。

還不如多花點時間在一生也許只會經過一次的城市裡散散步。

7

父親去年回來的時候，看到街上那些親熱地共騎一輛摩托車的青年男女就會微笑，有一次忍不住問我：

「騎在摩托車後面是不是很舒服？」

那天我正開車陪父親去赴一位老鄉親的邀宴，紅燈時停在十字路口，父親指著車窗外的一輛摩托車讓我看。

年輕的男孩背朝著我們騎在車上，也在等紅綠燈。他身後的女孩一身輕爽的牛仔裝，兩腿跨坐著，兩隻手臂環繞著男孩。男孩的後背又寬又厚，長髮的女孩就整個人貼靠在那寬寬厚厚的背上，臉微微向我們側過來，細柔的眉目配上細柔的姿態，那表情彷彿準備跟著他走到天涯海角。彷彿世間的一切都不值一顧，只有這一刻，只有這一個男子的寬廣胸懷是她唯一的依戀，唯一的歸宿。

我很誠實地回答了父親：

「我想應該是很舒服的吧。」

8

朋友在幾年前送了我一本他自己寫的書，在扉頁上他給我寫了幾句話，意思是說一個藝術家，一個真正的藝術家的特質就在於不會也不肯被人所利用。

我喜歡他的文字和他文字後面那份誠摯的心思。人到中年，總會有一種堅持，有時候分不清楚到底是為了什麼，可是一旦在別人的思想裡發現了自己想說的話，真恨不得能馬上跑到那個人的面前去擁抱他。

喜歡去逛書店，喜歡去翻一翻認識的或者不認識的朋友們的書，讀著每一個不同的心思和相同的熱情，我真為他們覺得歡喜和驕傲。

9

有時候遇見年老的丈夫載著白髮的妻子，騎著一輛輕型的摩托車緩緩駛過街頭，我總要目迎目送，不知道自己為什麼會那樣激動。

10

在新竹街上遇見了一位多年不見的女老師，她忽然問起我的年齡來，我告訴了她以後，她連聲說：

「好年齡啊！好年齡啊！」

我想我明白她的意思，比我年長了二十多歲的她是要我好好地來過我的今天。

新竹街上的風很大，我一個人走在風裡，想到我還有我那些同齡的朋友們，我們真是處在一種最好的時間裡，正是可以犯錯也可以修正，可以遊戲也可以工作的好年齡啊！

11

有一次看見一位老先生牽著他的老伴兒橫過南京東路。

他們應該等紅綠燈走斑馬線的，但是老先生一開始就錯了，到最後在馬路當中陷身在兩旁飛馳而過的車陣裡。老先生臉都急紅了，卻還一直用左手來拍拍他右手牽著的妻子的臂膀，意思是安慰她，叫她不要怕。

那位老太太果然安靜地站著，一句話也不說，等著她那手足無措的丈夫帶她過馬路。

看著他們兩人踉蹌走過，在夕陽西下車如流水的南京東路上，忽然發現時光可以使人狼狽如此，心裡微微害怕起來。

12

阿伊達有一頭很漂亮的金色長髮，那年夏天，她剛剛二十歲，和我住在布魯塞爾市中心同一個宿舍裡。

那年春天來得特別早，夏天也特別熱，阿伊達把一頭柔順的金髮紮在頸後，在打結的地方插上了很多朵粉粉藍藍的鮮花，穿著寬鬆的白色衣裙，走在街上吸引了所有來往行人的目光。

二十歲的她在夏天的陽光裡是一張令人不捨得挪開視線的圖畫。

她自己知道，我們這幾個走在她身旁的女孩子也都知道。

那樣令人豔羨的青春啊！

她自己很知道，所以髮上的花朵每天更換，越插越熱鬧。有一天晚上，整個宿舍的女孩子在晚餐的桌前都笑了起來，因為阿伊達盛裝前來，不單在髮上插滿了鮮花，並且在手上腳踝上也戴著花環，好像是玻提且里（S. Botticelli）畫中的人物，我們笑著問她敢不敢就這樣走到街上去？她說她就是要這樣上街，並且希望能有朋友陪她這樣一直走下去。

我們七八個女孩子果然起鬨陪著她走出了宿舍，開始的時候大家又笑又鬧的真是讓所有的行人都對我們側目，後來走著走著街道就變得燈火稀落了，我們也都安靜了下來，彷彿感覺到盛筵已散，知道人的一生沒有幾次可以任性的狂歡。

那個夏天的夜晚，空氣裡一直飄浮著玫瑰的甜香，我卻總是記得那些逐漸稀落的燈火。

13

在旅館的窗前俯視整個城市的道路，我想，在每一個街角都會有著一段大同小異的故事吧？

我要一個能陪我度過一生的伴侶在這樣的窗前擁著我。

14

一個灰髮的老先生手裡拿著一大張配好了框子的彩色照片和我錯身而過。

相片裡是一個嚴肅而又溫柔的盛裝婦人，正微微地笑著。

我回頭看他，那孤獨的身影剛要轉過街角。

相片要掛在屋裡的那一面牆上呢？

——選自爾雅版《寫給幸福》

回音

站在湍急的流水前，向著對岸的山谷，我一次又一次地高聲呼喚，為的是想要聆聽，那婉轉而又遙遠的回音。

那種比我原來的呼喚要美麗上千百倍的聲音。

●

是不是也正因為如此，記憶中的一切演出，才總會完美得令我們落淚？

不知道這樣算是生命給我們的懲罰呢？還是獎賞？

●

在時光的幽谷中，不斷反覆迴響著的，是你我心中無數次呼喚的回音吧。

一次比一次微弱，一次比一次遙遠，卻又一次比一次地更讓人詫異。

原來曾經是多麼粗糙和狂烈的音質，時光如何能將它修飾得這樣精緻和優雅？
像這樣的行為，可以說是欺騙嗎？

●

在真正的深谷裡，潭水的水色碧青，好像是假的一樣。
在真正的愛裡，說出來的話也永遠令人無法置信。

●

真實的現象，我們總是無法接受。
唯一的方法是將它放進歷史之中。
或者是——寫在詩裡，畫在畫上。

●

德爾浮（P. Delvaux）就真的畫過「回音」。
月光下，裸身的女子舉起手來，彷彿有所追尋，同樣的人體、同樣惶惑的姿勢重複了三次，一次比一次稍稍縮小，一次比一次稍稍退後。
在畫前，我幾乎想開始大聲呼喚。
當然，沒有人會准許我這樣做。
甚至我自己也不同意。

●

於是，我只能在夜裡，在我的燈下安靜等待。
等待那遙遠的聲音，從時光的幽谷中向我輕輕傳送回來。

——選自洪範書店版《寫生者》

軀殼

車子在高速的道路上疾馳。是秋天的夜晚，遠處城市燈火一盞盞早已相繼點燃，眼前的山林在車燈範圍之外卻都是漆黑的。在這些黑暗的山巒與林木之間，車子悄然往前滑行，車速逐漸加快，我整個人跟著那增加的速度，彷彿也一寸一寸地逐漸變得透明了起來。

依格爾，你在那裡？

我似乎能夠穿越這片黑暗，穿越遠處那一城的燈火，甚至可以逐漸往上飛昇，穿越那整個的星空，可是，為什麼？為什麼我卻怎樣也穿越不過叢生在我心中的那片荊棘？

依格爾，你在那裡？

眾多的靈魂一如沙岸上眾多的卵石與貝殼，隨著海浪不斷地淘洗，所有多餘的雜質與浮表都將消失，最後剩下的才是那些最堅實的本質，一如那支撐了我們一生卻始終藏在血肉最深處的骨幹。

在年輕的時候，因為生命才剛剛開始成長，看不出有什麼分別，幾乎沒有什麼標準可以讓我們來分辨人與人之間的異同。於是，那些外表光滑美麗的、或者位置剛好放在耀眼地方的就會得到所有的注意與羨慕。

但是，時光逐漸過去，我們逐漸希望生命裡能有一個主題，有一種強烈的個性。那樣的靈魂才能寄託我們一生的需索，我們最終的愛。

可是，荊棘已叢生，依格爾，你在那裡？

要在怎樣的過程裡，才能說是歷練而不是被扭曲變形？要在怎麼樣的焚燒之後，才能向你證明我原本也有一顆堅持的心？

要在什麼時候，才能將軀殼轉為完全透明，將荊棘拔去，然後向上飛越過所有的山林，在任何一條河流中也不留下一絲倒影？

在這個秋天的夜晚，在澄澈的星空中，你可曾聽到山風正在將我的呼喚四處擴散？

依格爾，你在那裡？

——選自洪範書店版《寫生者》

睡蓮

我一直相信，一個創作者所能做到和所要做到的，應該就只是盡力去呈現他自己而已。

但是，要讓這個「自己」能夠完整和圓滿地呈現出來，要在一件作品裡，把所有的思路與感觸都清清楚楚、脈絡分明地傳達出來，卻又是一件多麼困難的事。

那天下午，我站在紐約的現代美術館裡，長途飛行之後，最想見到的第一張畫仍然是莫內的大幅睡蓮。當那熟悉的波光與花影迎面襲來的時候，我心中無限酸楚，熱淚奪眶而出，我終於明白了，在這世間，所謂的「完整的傳達」，其實是不可能的。

在那樣巨大的畫幅之上，已近八十的莫內費盡氣力縱橫塗抹的其實那裡僅僅只是為了幾朵睡蓮？那裡僅僅只是為了一處池面與池中的光影變化而已呢？那畫布上重疊又重疊混亂而又激動的筆觸，幾乎就是一個藝術家從靈魂深處向我們發出的呼喚，努力想要告訴我們這個世界曾經怎樣對待過他，而他又曾經怎樣看待過這個世界。他幾乎是用了一生的時光，用了所有的朝晨與夕暮，用了所有的喜悅與痛苦來描繪他所熱愛的一切。

但是，能留下來的卻並不是那當初渴望著能完完整整留下來的一切啊！

藝術品掛在雪白的牆上，整個展覽室內都因而映照著一層明淨的幽光。莫內已逝，對他來說，他已經盡可能地把那一個夏天記錄下來了，但是，對我們來說，那個世界仍然太模糊而又遙遠。我們當然會依著所有的線索去尋求了解，但是，卻不一定能拿到每一條通路的鑰匙。

我們不一定能完全領會一個創作者原來的心意。

生命與生命感覺雖然近似，卻永遠不可能完全相同，有多少誤會與曲解要在傳達的途中發生。而在一個單獨的個體裡面，也不可能擁有每次都能精確再現的經驗。一個藝術家在創作的當時也不一定每次都能把握住那最初最強烈的感動，有多少凝視的眼眸，那顧盼的鋒芒在光影變遷之下稍縱即逝？有多少原來飛揚有力的線條，在執筆的輕重之間失去了原貌？在傳達的過程之中要經過無數次無法預見的誤導與挫折，要想把握的，要想說清楚的，在最後其實是所剩無多了。

畫已經掛在牆上了，我們所能了解的藝術品已經可以算作是完成了，但是，總有一些描繪不出來的感覺靜靜地橫梗在那裡，橫梗在整個空曠的展覽室中，也橫梗在觀賞者的心懷間，彷彿可以稍稍意會，卻又不能精確言傳。

畫已經掛在牆上了，我們可以微笑地面對著一池的波光雲影與花葉，心裡真正的疼痛卻是為了那些隨著藝術家的逝去而永遠不被人知悉的美麗的細節，為了那幾朵不在畫面上的睡蓮，想她們怎樣在一個無人能靠近的時間與空間裡，自開自落，靜靜綻放，不禁神往。

然後，我才發現，在藝術創作上，真正令人感動落淚的一部分就全在這裡了，全在這一種靜默而又堅持的環繞在作品後面的空白裡了。

——選自洪範書店版《寫生者》

昨日

有些字彙在從書本上學過一次之後，還要從生命裡再學一次。

二十年前，我和諾拉同遊過一個暑假。

我們兩個人，分別來自中國和愛爾蘭，有一天，在瑞士山間起伏的山道上騎了好幾個鐘頭的車子之後，終於精疲力竭地倒在一處小湖的湖邊。

夏日的正午，湖邊雜花生樹，草叢間也挺生著金黃和淡紫色的野花，周遭靜極了，只有我們兩個人的聲音。我還聽得見蜂蠅小蟲翅翼的振動，聞得到空氣裡滿滿的花香與草香，透過一層棉布衣裙，我灼熱的流著汗的肌膚感覺到身下青草的彈性和微微的刺癢，還有更底下的土地的堅實和那逐漸傳上來的陰涼。諾拉就躺在我身邊，金髮蓬鬆幾乎觸及我的面頰，她正高舉著雙臂來遮擋眩目的陽光，手臂上的汗毛也因為逆光而全都變成了透明發亮細細的金線。

「日子多好啊！」我們兩個人幾乎是同時發出了這樣的讚嘆，然後再為了這個巧合又一起大笑了起來。這實在是我們最自由最沒有負擔的時光了，生命彷彿自覺一切都剛剛準備好，而一切又都還沒有正式開始。

那天夜裡，回到寄宿的弗萊堡一所修院的小房間，上床之前，忍不住再推窗外望，窗外層層山巒只剩下黑色的剪影，想著白天去過的那處山間的小湖應該也已經完全在黑暗裡了。不論是湖水還是湖邊的花樹，不論在正午時分，在透明發亮躍動著的光線裡，曾經怎樣金黃怎樣藍紫怎樣粉白又怎樣翠綠的世界，此刻都已經進入了極深極暗的夜色中。而等到黎明，等到破曉，等到那些光點與色彩再重新開始甦醒之後，我和諾拉在湖邊說過的話，感覺過的快樂也就不得不從此成為昨日的事了。

那天夜裡，在有著許多迴廊的古老修道院的窗前，年輕的我好像聽見有人在一頁一頁地翻動著書頁的聲音，不覺起了一陣輕微的寒顫，開始明白了「昨日」這兩個字真正的意思。

——選自洪範書店版《寫生者》

花之音

有些人的生活可以過得那樣豐富，實在是因為在他們的心裡藏著可以呼應的東西的緣故。就像在白天貪看過山巒與河流，一次又一次地細看與比較之後，到了晚上，即或是在沒有月光的黑夜裡，眼睛依然可以分辨出河川和山脈間那許多顏色的不同層次的變化。

對我來說，繪畫上最豐富的記憶都來自蓮荷，但是，這些經驗如果拿來和有些人的相比，就顯得非常薄弱了。

林玉山老師在他的八十回顧展裡有一張荷花的巨幅寫生，是在二十三歲那年畫的，我在歷史博物館的會場見到的時候真是一步一回顧，怎樣也捨不得離開。

後來再見到林老師，是在李澤藩老師的水彩畫展上，我就急著問老師，那張荷花是在怎麼樣的心情下畫成的？

老師說那個時候他剛剛從日本回到台灣，和年輕的畫友一起，兩個人到嘉義附近的山裡，在一處荷花池旁住了好幾天，畫了許多張稿子，然後再回到畫室裡重新定稿，在絹上完成。

老師又說：

「那個時候，年紀輕，對任何事物都想一探究竟。我們聽人說荷花剛開的時候最美，並且花開的時候會有聲音，所以兩個人就在池旁和衣睡了一個晚上，天還沒亮時就起來守著花開，等著聽花開的聲音。」

我從來不知道荷花開的時候會有聲音，老師那天是真的聽到了嗎？

「聽到了。是很輕、很細微的聲音，但是可以聽得到。荷花一朵一朵剛剛綻開的時候，幾乎會讓人以為是花瓣之間互相碰觸的聲音。」

老師回答我的時候微笑了起來，眼神好亮，雖然是看著我，卻好像又在看著很遠的地方。

離老師的八十回顧展大概又已經過了兩年了吧，這麼多年都已經過去了，花開的聲音竟然還留在老師的耳邊。老師微笑地看著我的時候，好像遠處叢山之間晨霧剛剛消散，從安靜的池面上傳來極輕、極細微的聲音。

——選自洪範書店版《寫生者》

附記：這篇散文在報上發表的那天早上，竟然接到李霖燦先生的電話，說他很喜歡我這篇的文字，讓他好像也聽到了花開的聲音。然後又說了些鼓勵的話，使我又驚又喜。

多年之後再回想，想到李霖燦先生對玉龍山鍾情一生，卻又不得不分離一世的命運，他身處的，可真是一個哀傷的時代啊！若沒有對「美」的熱情和信仰，要如何生存？如何反抗？

——二○○九年十一月二十一日校稿時記

輯二 昨夜

我的家在高原上（民國七十九年七月初版）
江山有待（民國八十年五月初版）
黃羊・玫瑰・飛魚（民國八十五年八月一日初版）
大雁之歌（民國八十六年五月初版）
金色的馬鞍（民國九十一年二月初版）
諾恩吉雅（民國九十二年二月初版）

蝶翅

記得有白色的花朵在身旁盛開，但究竟是山茶還是玫瑰，已經全無印象。只知道季節是在初春，在那一年，她終於明白許多事物都不可能留存。

無法再攜帶的筆記和信件，堆積起來，在後院背風的角落點燃，臨別依依，她因此而總是會不時地注視著焚燒的中心。

在焚燒的中心，一切化為灰燼。然而，在接近中心的邊緣部分，紙張雖然已經因為高熱而蜷曲，原來潔白的顏色也變為深深淺淺的灰黑，紙質變脆變薄，如蝶翅般顫動，但是，每一段落的字跡卻依舊清晰可讀。

在火焰的吞吐間，原來用黑色墨水寫成的字句，每一筆每一劃卻都變成了如燃燒著的炭色那樣透明光亮的紅。在即將灰飛湮滅之前的那一瞬間，白紙黑字的世界忽然幻化成灰紙紅字的奇異色彩，緊緊攫住了她的視線。多年前他在靜夜裡為她寫下的每一個字，如今紅得熾熱，忽明忽暗，彷彿有了呼吸，彷彿在努力向她表達那最後一次的含意。

在身旁盛開的白色花朵，已經不復記憶究竟是山茶還是玫瑰。只知道那是個初春的季節，微近中年的她，剛剛開始明白，這世間原來沒有任何痕跡可能永久留存。

歲月飛逝，世事果然都如浮光掠影。可是，那熾熱的紅字刻在灰黑色的紙頁間，如蝶翅般顫動著的片段，不知道為什麼，在又隔了這麼多年之後，依舊會不時地飛進她的心中。

——選自爾雅版《黃羊・玫瑰・飛魚》

透明的哀傷

站在峽谷之間的吊橋上，站在滿月的光輝裡，我們呼喚你過來，來看那高懸在天上的月光，你卻微笑拒絕了。

斜倚在吊橋的另一端，在山壁的暗處，你說：

「我從這裡看你們就好了，因為，你們就包含了月光。」

山風習習，流水在轉折處呻吟喘息，身旁的曉風為了這樣美的一句話輕聲驚叫起來。月華如水也如酒，清澈而又迷離，為什麼此刻我的心中卻隱隱作痛？

是因為在那樣透明的月光之中感覺到自身的有所隱藏嗎？

是因為在那樣圓滿的一輪清輝之中感覺到自身的缺失與憾恨嗎？

彷彿有一種畏懼，如影隨形。

年輕的時候，心中的陰影來自那對前路的茫然無知，我會遇見什麼？我會變成什麼？一切都沒有啟示與徵兆。而到了這一夜，那逃避不了的陰影卻是來自對前路的全然已知，盛筵必散啊！盛年永不復返，我們這一生從未能盡歡。請你原諒我，親愛的朋友，原諒這即使是在清輝流瀉的光耀之處依舊緊緊纏繞著我的悲愁與悵惘。

是的，在這樣美麗的夜晚裡，生命是可以包含著月光，卻不得不在同時也包含了一層透明的哀傷。

——選自爾雅版《黃羊・玫瑰・飛魚》

泰姬瑪哈

「美」，只在瞬間出現，有時候根本不容人靠近，宛如在雲霧掩擁裡汪洋上的孤絕之島，偶一現身之後，總讓人懷疑剛才是不是真的見過她。

譬如泰姬瑪哈。

泰姬瑪哈曾經是我自幼心嚮往之的書上的圖片，十年前，我終於去了，在那裡度過兩個黃昏然後回來，現在，一切又復歸是書上的圖片。

我只能說：

「我去過了。」

當然，我也還留了一些細節可以向你描述，譬如那向晚的輪廓模糊的平原，還有從平原上吹過來的微微有點溫熱的風，粉紅與乳黃相併而成的大理石平台上，有幾朵隨風落下的白色的素馨花。

可是，也就只有這麼多了。

而手邊所有的關於歷史的追溯，或者關於工程的浩大與匠心等等都不過是旁白，是敘述用的資料，一如書上的圖片，只供導引與參考，卻絕不是事件本身。

今天的我，翻開書來，只能說我曾經去過那麼一次，卻不敢確定到底有沒有見過她。泰姬瑪哈從來不在這些資料裡面，也不在遊客擁擠的門廊之間。

絕美的容顏一如庭中那樹繁花，只在極短的夢境中自開自落。

——選自爾雅版《黃羊・玫瑰・飛魚》

汗諾日美麗之湖

在夏日正午的街邊，我慢慢尋找屬於我的童年。

香港是一個充滿了變化與變動的島嶼。在這三十年間，我回來過幾次，眼看著一次又一次不同的面貌。奇怪的是，我童年居住過的這一個地區，卻總是保持原狀。

一切依舊保持原狀，像是隨時在等待著我的探訪。

曾經住過五年多的家還在那個斜坡上，我站在對面馬路上看過去，整條街只給人一種灰舊破敗的感覺，就算是在正午的陽光下，也帶著冷冷的灰青色調，街上一個行人也沒有。

也許是天氣太熱的關係吧，我對自己說，誰會在這樣的大熱天裡出門呢？

可是，在我的童年裡，這條街是鮮活的，充滿了聲音與氣味、色彩與光澤。我和妹妹會在街角的涼茶店乖乖站著喝完一碗涼茶，就為了等涼茶之後的那一顆陳皮梅。裝涼茶的大壺總是擦得光亮亮的，陳皮梅總是又酸又甜，小心含在嘴裡可以吃很久很久。

●

在夏日正午的街邊，我急急地拆開信來。

信是掛號信，剛才出門的時候收到的，原來應該等到回家之後再看，但是信封上寄信者的簽名讓我猜到了裡面的內容是什麼，因此忍不住一面走一面拆信，然後就在民生東路一無遮蔭的人行道上站住了。

「——一點四十分起程，沿途無限草原，由遠而近出現名曰汗諾日的美麗之湖（汗諾日，蒙語，皇帝之湖）。周圍佔地約四華里，湖水清湛斷定為一淡水湖。湖上萬千水鳥群棲群飛，牛群悠然飲水湖邊，美景當前，不勝依戀。」

信是烏尼吾爾塔叔叔寄來的，信裡另外附寄的一份資料是他在多年前翻譯的《蒙古高原調查記》書中的幾頁，這本書是更早更早以前由日本的一個學術調查團體所寫下來的記錄。

在上一次的同鄉聚會裡，烏尼吾爾塔叔叔就說過他要把這一部分的內容影印了寄給我，在這封信裡，叔叔說：

「現就書中有關貴府部分資料，複印一份寄上。按尼總管全名為尼瑪鄂特索爾，亦即是您的伯父。又烏藍和碩村、尼總管邸，就是您席府的——老家。

此書現存蒙藏委員會研究閱覽室，資料雖極有限，但此時此地得來亦屬不易……」

●

這次在香港停留了五天，一直在朋友的熱情招待裡，最後一天，飛機在下午四點起飛，朋友說上午任我自由活動，他們會在下午兩點準時來接我去機場。

這一天我在早上十點才起來，原來還是懶懶地在屋子裡晃來晃去的人，忽然想去看一眼以前的小學、看一眼以前的家，念頭一出現，人馬上就醒過來了。

十點半鐘剛過，我已經搭上往灣仔方向的地鐵了。上次來香港，雖說也去了舊家一趟，卻是拜望住在那裡的朋友，人又多，匆匆來去，根本沒想到要向窗外望一望。

再上一次，就是出國去歐洲讀書那一次的路過了。

在灣仔那一站下了車，從修頓球場的那個出口走了出來，我不得不用手指來幫忙計算歲月，算一算，上次走過修頓球場去找小時候的學校是二十歲出頭的人，這一次沿著舊路走過去的我早已經過了四十了。

那麼，下一次再來，該有多少歲了呢？

正午的陽光直直地罩下來，沒帶傘的我慢慢沿著舊日的街道往我的昔時走了過去。

●

正午的陽光直直地罩下來，民生東路上充滿了車聲與灰塵，我就站在街邊翻讀著我那從來沒有見過的故鄉。

汗諾日美麗之湖，是靠近家園的第一站，第一處標識，第一個進到心裡面去的名字。汗諾日美麗之湖湖水清澈清涼，而我在南方炎炎烈日之下翻讀著我的故鄉。

「——過湖畔，越丘陵，進入河床地帶，道路泥濘難行，由此西上即為尼總管邸所在地。

途中河床南岸，屢現黃土絕壁，到處展露著花岡岩的風化層。我們經過長時跋涉沼澤地區，確已筋疲力竭，約於五點半到達烏藍和碩村的尼總管邸。尼府位於該部最西端，有三幢固定房屋和三所蒙古包。村落背面約有一平方公里的平地，其後為高約七十米的丘陵。遠望陵頂有鄂包兩處。

總管不在，由其令尊及其胞弟出迎，接進正房左間招待。」

接下來這些日本人在書裡用了不少筆墨來形容我祖父的精神與氣質，他們用了很多形容詞。對這位年逾六十的老主人，他們的強烈印象是因為：

「——我們深感老者為蒙古人中傑出的幹練人物。」

這些日本人在當時並不知道，幾年之後，另外一批日本人因為同樣的理由暗殺了我的伯父。

這些日本人在當時並不知道，這位被他們尊敬、感激並且竭力想討好的老主人，卻在幾年之後橫遭喪子之痛。尼瑪鄂特索爾，老人的次子，也就是尼總管邸的尼總管，是日本人陰謀侵佔蒙古計劃裡的大阻礙，他們因此而暗殺了他。

我沒有見過祖父和伯父，我的父親也很少向我們這些孩子提起這件事，我們所知道的只是從親友間聽來的一些模糊而又固定的情節。我想，父親是把這一件事情藏起來了。

有些痛苦可以逢人就訴說，但是有一種痛苦只能獨自面對，把它藏在最深最暗的地方，絕對不准任何人闖入。

從小所認得的父親是一個很樂觀的人，溫和而且浪漫。

在香港那幾年，他常帶我們這幾個小的去海邊游泳，去山上野餐，我們學校裡的活動他都來參加，只要有父親在，氣氛就會活潑熱鬧起來。

我們不太敢去要求母親的事，常會先到父親那裡去疏通。有一次，我把他送給母親的一枝很好看的鋼筆帶到學校去，結果回家的時候只剩下上面的筆套，空空地掛在衣服口袋上，下面的筆桿不知道丟到什麼地方去了。

母親很生氣，因為那是一枝非常漂亮的筆，我到今天還記得，是紅底鏤著金花，很細緻很秀巧的女用鋼筆。母親板著臉要我回去找，沿路仔細看，找不到就不准回來。

我只好沿著放學的路慢慢低頭往回走，家的後面有一塊高起來的土坡，要爬上三、四層台階才能走上去，就在那個土坡前面，父親趕上了我，他用溫熱的大手扶著我的肩膀，輕聲地說：

「算了！找不到的了，我們還是回家去跟媽媽說說好話吧。」

三十多年之後，我又來到這個土坡的前面，除了周圍多了一些擁擠的房屋之外，土坡和從前完全一樣，連那幾層台階也沒有絲毫的改變。

走上台階的時候我絆了一跤，差點往前跌過去，幸好用手扶住了地，把身子給穩住了。走在我身邊的一位老先生對我吆喝了一聲，那意思好像是在說：

「怎麼這麼大的人走路還這麼不小心？」

●

「——七月六日六點起床，晨來細雨濛濛氣溫下降，如同深秋，令人感寒。趕忙多加內衣，九點品茗。十點等雨略停，江上、田中二氏到府前廣場漫步。那裡集有馬匹為數三百以上，由尼氏之弟擔任指揮，從群中挑選若干馬匹拴在府前。

此時生龍活虎般的蒙古騎士們在場活躍，他們手持套馬竿拚命的追馬，一俟接近目的物之際，閃電式的跳離坐騎，飛撲而去，攀馬尾，扣馬鬣，擒拿歸來。正在欣賞草原淒然壯舉之時，田中氏又復進入攝影夢境。據尼氏之弟稱，經管馬匹近千，另有牛羊約千隻。

江上回室之後，看見鐵製消火壺一具，不論其為近時或古代之物，以其酷似往昔黑海東北草原游牧民族之鍋，遂引起他照壺寫生的興趣。本日主人特煮全羊饗客，十一點多鐘一同拔所佩蒙古刀，分割羊肉招鹽而食之，美味無窮。」

太陽好大，從天上直直地射下來，射進了我的肌膚裡，手上拿著的紙張反映著日光，那光芒也直直地射進了我的眼睛，使我的眼睛覺得痠熱起來。

我這是在幹什麼呢？

站在酷熱的街頭，拿著幾頁影印的文字，從幾十年前的一段記錄裡，努力尋找著自己的歸屬。

有些日本人拿著鎗枝，把我的家毀了一次又一次。也有些日本人拿著相機和畫筆走了許多路只為了看看我的家園、我的親人，看他們使用的器物，看他們的生活方式，看那原本應該是理所當然的也屬於我的一切。

而我，今天的我，呆立在南方炎炎烈日下的我，從來沒有見過汗諾日美麗之湖的我，到底算是什麼呢？

●

往學校去的那條砌滿了石階梯的路也毫無變動，只是覺得出奇的狹小。

記憶裡那些階梯又寬又平滑，放學的時候總是蹦跳著往下走，遇到姐姐和她們的同學走在前面的時候，我就會一路大聲地叫著姐姐的名字，一路追了過去。

太陽好大，直直地射了下來，路上一個人也沒有，只有一條狗跑過來對我吠叫幾聲，看我不怕牠，也就很知趣地退開了。

學校旁邊那塊山坡還在，只是樹長高了，把整塊草坡遮住，原來的馬纓丹都沒有了。地上堆了很多落葉，好像很久沒人走過的樣子，我心裡開始疑惑起來，雖然說是剛放暑假，總不至於荒涼到這個地步吧。

走到學校正門前面的時候，才明白了為什麼剛才會有那隻狗過來警告我，這裡確實已經是一個荒涼的被棄置的地方了。

大門鐵柵是緊鎖的，有一張佈告貼在門邊，說是學校已經搬到駱克道去了，請來賓去新址接洽，並且請不要進入這幢私產的房屋之內。

去年來香港的時候，是聽說老校長已經去世了，好像他的孩子沒有什麼興趣來繼續辦下去。但是，我沒有想到今天走了這麼遠的路到了學校門口卻不能進去。

站在鏽蝕的柵欄之前，我往門裡探視，左邊是我四年級的教室，再過去是弟弟上過的幼稚園，右邊是福利社。有一次從父親掛在櫃子裡的衣服口袋裡偷了十塊錢，拿去買五毛錢的東西吃，福利社的小姐找了我一大堆錢，我正在往回拿的時候被經過的姐姐看見，她什麼也沒說地走開了，可是我知道她會在晚上告訴父親。那一整天在學校裡我什麼事也沒辦法做，手總是伸進口袋握著那堆錢，手心裡都是汗。

那天晚上是怎麼面對的我已經忘記了，只是從此以後沒敢再犯同樣的錯誤。

有風吹過來，把山坡上的樹吹得沙沙作響，我轉身離開，忽然間很強烈地想念起三十多年前那個小小的身影，和她所收藏著的那些瑣碎的憂愁與快樂。

沿著我兒時放學回家的階梯一層一層走了下去，開始有淚水沿著眼眶邊緣浮了上來。

●

在畫畫和寫東西的時候，我總是希望有個好的開始。

尤其是寫詩，我總是不斷修改，但是又不願意在稿紙上留下任何修改的痕跡，於是總是反覆謄抄，只要錯了一個字，就重新再開始。

我喜歡在一張潔白的稿紙上，用深黑的墨水一個字一個字端端整整地寫下去，每一行的排列也都要完全照著計劃來，所以，一首詩終於寫成之後，桌子底下總是堆滿了廢棄的稿紙。

從香港回到台北的那個晚上，母親微笑問我：「有沒有回灣仔去看看？」站在床邊的我，竟然不敢據實回答，含糊地說了一兩句就把話岔開去了。

到了夜裡，一個人坐在桌前，淚水才止不住地滴落了下來。

難道生命真的沒有辦法修改，真的只能固定在一個又一個錯誤的格式裡了嗎？媽媽，人的一生只能有一次童年，為什麼我不能生長在汗諾日美麗之湖的旁邊？

媽媽，在您病榻前沒能說出來的話，此刻正一字一句橫梗在我的胸中我的喉間。

媽媽，我不但回到灣仔，回到我們以前的家、以前的學校，我甚至在這一天的正午時分找到了以前和您一起去買菜的那個街邊的市場了。

那是我完全沒有預料到的事，沒有想到在轉過一個街角之後，我就回到了三十多年以前的那個菜市場。那條窄街、那些攤位、那些攤販、那些菜蔬的顏色與氣味，那些人群的聲音與形象，媽媽，一切都和三十多年前完全一樣，甚至還包括那夏日正午令人目眩的陽光。

媽媽，我沒有任何招架的能力，胸中在霎時充滿了依戀與懷舊的情緒。媽媽，我沒有辦法。雖然，照您的說法，那五年多裡，我們只是客居在香港而已，但是，那時間，那五年的時間，卻是我生命裡一段無法替代無法修改無法重新再來的童年啊！

當您牽著我的小手慢慢穿過擁擠喧鬧的市集的時候，您一定沒有想到您正在鑄造著我所有的回憶吧？您一定沒有想到，您和父親正在帶引著你們的孩子一步一步地逐漸遠離了汗諾日湖。

因此，我永遠沒有辦法對美麗的汗諾日湖產生出我對香港灣仔一條窄街上的菜市場那種相同的反應，雖然，按照原來的計劃，那應該是我的故鄉。在我的記憶裡應該有一片清澈的湖水，湖上有萬千水鳥群棲群飛。我的一生，或者最少是我的兒時應該在烏藍和碩村度過，小小年紀就呆立在廣場前看我的伯父們指揮那些生龍活虎的蒙古騎士在馬群中往來追逐。就算是有一天我長大離開了，就像你們當年離開的時候那樣，我也仍然可以在心裡保有著那一塊土地上所有的一切，顏色與氣味、聲音與形象，好準備在有一天，當轉過一座山，或者繞過一處丘陵的時候，忽然間重新看見、聽到，並且嗅出了在等待著我的那完全沒有改變的童年！

可是，從我生命最初的開始，你們就不斷一步一步地帶引我遠離了我的來處。我的童年只能在這一條窄街或者那一條斜坡上出現，而我對這些僅有的記憶又不能不充滿了強烈的依戀。

三十多年就這樣過去了，生命終於固定在一個錯誤與矛盾並且再也無法修改的格式裡了，媽媽，我們永遠不能再重新開始。站在夏日正午的街邊，我終於發現，我什麼都不是，也什麼都不能是。

媽媽，人的一生只能有一次童年，我為什麼不能生長在汗諾日美麗之湖的旁邊？

——選自洪範書店版《江山有待》

蘇武的神話

【美聯社香港十日電】香港調景嶺一千七百戶住家和店面，今天紛紛張燈結綵，懸掛眾多的中華民國國旗，慶祝雙十國慶。慶祝活動包括愛國與聯歡晚宴。

調景嶺是香港的親中華民國人士最大的居住區，目前有六千五百位居民，但過去的人數比現在要多一倍以上。

由於中共將在一九九七年接管香港，調景嶺的居民對未來的前途也各有不同的展望。

……………

●

整棵大樹上開滿了白花，又厚又綠的深色葉子把白花襯得特別耀眼，老遠就看到了。

我曾經在墾丁的海岸林邊畫過這種樹，知道它的名字，於是很興奮地告訴朋友。

「是海芒果！那就是海芒果！」

好大的一棵樹，深植在海邊的山崖上。在幾十年之前，當那些渡海而來的人剛剛開始在這個小島上棲身之時，這處山崖上，一定曾經長滿了這一類的海岸植物吧？

我想，當那一群人剛剛開始在這些樹木底下搭建他們的小木屋時，一定以為這只是暫時的停留，以為不久之後就可以離開，所以才會蓋得這樣窘迫和雜亂無章的吧？

朋友舉起了他的相機對著海芒果的濃蔭取景，我就站在狹窄的山路上等著他。幾十年過去了，當年的小木屋陸續翻蓋成水泥磚瓦的房屋，稍有規模卻依舊雜亂。山路是貼著山崖開鑿出來的，坡度很陡，右邊是上一層房子的前院，左邊緊接著就是下一層房子的屋頂了。

我背靠著鐵欄杆站著，我的身後有一扇角度很奇怪的窗戶貼著路邊打開，幾乎就在我的腳下，有人在小窗內用筷子在打蛋糊，應該是廚房了。也許是要烙餅，也許是要攤雞蛋，油已經上鍋了，氣味從窗裡飄了出來。我轉身向窗內探視，但是陽光太強，窗戶裡面又太黑，我什麼也看不到，只聽見筷子在瓷碗裡急速翻打著的聲音。

朋友拍完了海芒果，走到我身邊來，指著這一處微微凹進去的山崖和眼前的海灣說：

「這就是我的故鄉，我所有的童年！」

●

【美聯社香港十日電】……

調景嶺的老一代居民，許多人當年在中國大陸都曾經與中共作過戰。他們認為在九七大限來臨時應該前往台灣定居。

但年輕的一代卻表示，他們的未來是在生於斯、長於斯的香港。

六十三歲的洪都春女士（人名譯音），其夫過去在江西做過國民政府警察。她說：「年輕的一代對於共產黨和戰爭沒有直接的經驗。因而他們沒有（反共）熱情，而我們卻有。」

…………

●

自從知道我在這個夏天會去香港之後，朋友在長途電話裡就說過了：

「這次輪到你要來看我的故鄉了！」

朋友祖籍是廣東，他在電話裡所指的故鄉卻是這個他曾經生於斯、長於斯的香港調景嶺難民營。

要再稱呼調景嶺是個難民營似乎不太恰當了。可是，要去找個更恰當的字眼來形容這塊地方的特性，卻也並不容易。

它往前走的步調不像香港。

最高的房屋大概也不過是三層樓吧，大部分依然是緊密連接著的小平房，到了每年的雙十國慶真的就是一片旗海。最具規模的建築應該就是調景嶺中學的校舍了，聽說是救總蓋的，就在靠近海邊的平地上，牆上有谷正綱先生的題字，聽說年年還有成績好的學生通過考試以後可以到台灣來上大學。

朋友帶我去的這天，下午的太陽雖然很強，一群男孩子依舊在水泥鋪成的球場上拚得厲害，笑聲和傳球間吆喝的聲音遠遠地傳了上來。操場中間，升旗台上青天白日的國旗在海風裡不斷輕輕拍打，山路上走過的人雖然說的是廣東話，卻帶有很重很重的鄉音，如果要說這裡是香港，實在不像。

可是，它也不像台灣。

●

朋友是個很細心的人，出發之前，在電話裡就告訴我他準備去的時候帶我坐公共汽車走山路，回程時再坐輪渡走海路，這樣我就可以從不同的角度來觀看他的故鄉。

我自己的童年也有好幾年是在香港過的，那時候也隱隱約約地知道有個調景嶺，聽人形容好像是在一處很遠很荒涼的地方。

可是，在這個下午，跟著朋友坐上車之後，覺得「遠」的確還是很遠，至於「荒涼」卻走得完全沒有影子了。

整個香港、整個九龍、整個海域都充滿了人。人和人堆疊起來，建築也因此變得非常奇怪，又擠又窄又不可思議的高，二十幾三十層的小公寓就這樣一層一層地堆疊上去，就像惡作劇的孩童在玩積木一樣，讓人有一種膽戰心驚的感覺。

更令人刺心的，是那些從無數窗口中向天空密集斜伸出來的竹竿。每一扇窗中幾乎都有一支，角度幾乎一樣，斜斜地伸出來，讓曬在竹竿上的衣服既不會有掉落到街心的危險，也不會有因為角度太陡而又互相推擠重疊在一起的困擾。遠遠望去，像是些瘦高的巨人身上插滿了細小的旗幟，三五成群地站立在沿路的山坡上。

朋友笑著說：

「這是我們香港人才會的特技！」

是要在一種怎樣困窘的生存環境之中才能學會的爭取陽光的方法！而當每一個家庭都學會了並且一起實行的時候，竟然是一幅這樣滑稽而又無奈的畫面，讓人在止不住脣邊微笑的同時，也止不住心底一陣陣的刺痛。

「所以我們住在調景嶺的人都不想搬出來，尤其是那些老人家，要他們從有山有樹的住家搬到這種四處不靠邊的高樓裡養老，豈不是會要他們的命？」

朋友繼續向我說下去：

「你到了那裡就會明白了，調景嶺雖然沒有很好的居住環境，可是也有它讓人捨不得離開的地方。」

●

一如朋友所說的，調景嶺的居住環境實在並不太好。不僅只是入口的山路陡峭狹窄，就是在住屋密集較為平坦的地區，留下來的通路也只能容兩人並行，如果有第三者迎面而來的話，就一定要有人側身讓路了。

路旁雜亂地開著些小商店，彼此的屋簷幾乎都碰到一起了，門面極小極陰暗，門前也看不到有什麼特別的裝潢，幾乎只能靠那些擺在店內的貨品來分辨商店的種類。沒什麼生意，因此而閒坐在店門口的老闆就隔著小巷彼此交談，就好像我們坐在家裡和朋友隔著一張茶几談話一樣。

一隻又肥又大的老鼠從我腳邊竄過去在溝渠之間消失了，我驚叫了一聲，聲音應該不會太大，還是給朋友聽見了，他回頭向我笑了起來：

「你運氣不錯嘛！給你看到這麼大的一隻。」

就在這個時候，我們經過了一間小吃店，朋友說：

「等一會兒再到這裡來吃東西，他們家的餃子很有名。我先帶你去看那間教堂。」

我已經在來的路上從相片裡看過那間教堂了。相片是朋友翻拍的，一群教友面帶微笑地站在長長的階梯前，角落裡牽著大人衣角站在那兒的小不點兒，是朋友幼年時最早的留影。他說：

「我也是在無意中發現的。替一份雜誌整理多年前的舊資料，在有關調景嶺最初的宗教活動裡看到這張相片，才發現我那個時候大概是放在家裡不放心，帶著走又礙事的年齡，才會在這張團體照裡出現。」

可是教堂已經空了。許多年之後的一個下午，當相片裡小小的男孩長大了，在衣袋裡放著那張翻拍的相片，興致勃勃地帶著友人重新再走上教堂門前石階的時候，卻發現，石階盡頭的大門已經上了鎖，隔著門上的柵欄望進去，教堂已經空了。

【美聯社香港十日電】……另外，香港政府已宣佈計劃，將在一九九二年把調景嶺的平房，改建成可以容納十一萬三千人的高層公共住屋。

許多調景嶺的居民說，香港政府的這項決定，是不想在中共於一九九七年接管之後，香港還留有一個強烈支持中華民國的地區，而使中共感到困窘。

不過負責該地區的一名香港女性官員秦淑儀（譯音）卻否認上述說法，表示調景嶺改建是香港政府公共住屋長期方案的既定計劃。

朋友的父親已經去世，幾年前，他們一家人也已經搬離了調景嶺，住到香港去了。

「可是，在選擇新家的時候，我媽媽還是堅持要住在可以和調景嶺交通最方便的地區。所以，從我們現在的家走出來，沒多遠就是碼頭，我媽媽就常常一個人坐輪渡再回調景嶺來看老朋友。」

其實，不止是朋友的母親而已，朋友自己也常常坐十分鐘的船再回到這裡來，來的時候，總是帶著照相機。

時間所剩無多，我的朋友並不能夠很清楚地知道他可以做些什麼，他只想把他在此刻所能看到、感覺到的一切記錄下來。

把曾經屬於他的記憶、曾經屬於他父親的歷史、曾經屬於離亂中國最荒謬矛盾而又最無奈的一個角落記錄下來。

時間所剩無多，眼看著生於斯、長於斯的這塊土地即將要面臨一場從根拔起的改換，改換的不止是這些大樹、這些低矮的建築和曲折的山路，恐怕還有多少年來一直是熱烈的甚至帶有象徵意義的那種心情吧。

面對著這樣的一種改換，他所能做的，大概也就只能是記錄而已了。

●

我們已經走到海邊的平地上了。這裡像是一處收拾得很乾淨的公園，樹蔭下，一位老者坐在秋千架上慢慢地前後搖盪著，他背對著我們，面向海洋，銀白的髮絲在海風吹拂中輕輕顫動，朋友舉起相機，按下了快門。

在我們左邊有一排欄杆，欄杆前面有好幾棵枝繁葉茂的大樹，樹下的長椅上，也坐著幾位老先生，他們大概常常在這裡消磨長夏，因為那幾張長椅上的木條已經磨得很平滑光亮了。

朋友不自禁地又舉起了相機，坐在椅子上的一位老先生忽然舉手阻止我們：

「不可以照相！」

其他幾位老人倒是沒有什麼反應，安靜地看著我們，只有這位老先生很憤怒地說下去：

「你這樣不先徵求別人的同意就拍照是不可以的！到別人的地方來怎麼這樣沒有禮貌！」

朋友鞠躬道歉，同時向他走近幾步輕聲解釋，說這裡其實也就是朋友自己的家鄉。為了取信於他，朋友還向這位老先生說出自己父親的名字。

老人幾乎是馬上就點頭表示他記得這麼一個人，然後，他就說了那句話：

「那麼，你一定就是他那個考上香港大學的孩子了。」

不過只是極短極短的一瞬間，老先生在這一句話裡的語氣和剛才的憤怒彷彿有天淵之別，雖然他竭力在掩飾，不想要表現出來，但是，面對著故人之子，面對著那忽然間湧過來的幾十年的時光，他是無論如何再也強硬不起來了。

朋友在那一瞬間也怔住了。他一定沒想到，在這塊土地上，在還記得他父親的那一代裡，對於其中有個人的孩子能夠考上香港大學，也竟然成為一件不能忘記的大事了。

察覺到身旁這兩個人都在很努力地想要調整自己的心情，我有些不忍地走了開去，走到靠海的欄杆旁，天空一碧如洗，海水湛藍。

多好的天氣啊！

●

天氣真好。我們坐上渡輪往香港回去的時候，夕陽在海上映出萬道波光，金燦燦的。船身微微起伏，我好像置身在一種溫暖而又恍惚的氣氛裡。

這世界其實也還不錯，如果就像此刻一樣，有一輪溫暖的落日、一陣又一陣溫暖的海風、還有那一整個溫暖的海洋，就在眼前和身下微微動盪，滾動著一層金紫又一層金紅的波光，而我在船上，什麼也不去記得，什麼也不想。

可是，我總是忍不住要想起那位老先生，和他後來離開樹蔭一個人橫過空地走回去的身影。支著一根細細的手杖，腳步有些蹣跚，卻依舊努力保持著背脊的挺直，努力保持著步伐裡的尊嚴，在陽光下橫過空曠的水泥廣場，一個人，一步一步地往他住了四十年的棲身之地走了回去。

不知道為什麼，在微微晃動著的船上，我忽然不自覺地哼起小時候聽過的那一首歌來：

「蘇武牧羊北海邊，雪地又冰天，羈留十九年……」

然後我忽然噤聲。

對著眼前金燦燦的夕陽，我不得不承認，這個在歷史裡一直因為那悲慘的堅持而流傳了下來的故事，放在今天這些中國人的眼前，竟然變成是一則美麗而又幸福的神話了！

——選自洪範書店版《江山有待》

今夕何夕

C常常對我說，他覺得我們這一代的中國人，應該算是比較幸運的一代。

他說：和下一代的年輕人相比，我們這代在幼小的時候，都或多或少受到戰亂的波及，童年因此較為窮困和辛苦。年輕的時候要咬緊牙關，才能逐步往順境裡走來，所以比較容易知足，常懷感謝，也懂得向命運讓步。又因為所有的黃金歲月都與這個島嶼有所關聯，心裡也就有一份完整的歸屬感。

但是，我們的下一代當然不肯對今天知足，他們當然是要從這個基礎上，再去要求一個更好的明天，因此也免不了會常常覺得失望與沮喪，在這一點上，我們並沒有辦法來安慰他們。

而上一代呢？

不論是四十年前倉皇離家的，或者是那時候剛剛在這個島上完成他們的學業的，這些人在最需要工作、最渴望在公平的社會上一展抱負的年紀裡，卻都被捲入了戰爭的漩渦。面對著流離顛沛的命運，面對著家破人亡的創傷，他們的一生，從那個時候起，就被切割成永遠不能重新結合的兩段了。

在這一點上，我們做子女的也說不出什麼安慰的話來。

我有時候會想，對於我的父親和母親來說，他們在蒙古高原家鄉所度過的少年時光，也許就是生命裡僅有的一段不知憂患的歲月了吧？

和整個一生長長的時間相比，那段時光何其短促！何其遙遠！又因此而何其美麗！

這個初秋的返鄉之行，其實早在去年暑假，就開始和父親商量了。

父親遠在德國，我原來是想與他會合，再一起回去的。內蒙古有一所大學邀請父親去演講，邀請函後還加了一條附註，聽說是也歡迎我這個做女兒的一起去。

可是，父親後來還是婉言推辭了。

我不知道他是怎樣回覆那所大學的。當然，他可以舉出許多理由和藉口來。不過，我卻知道真正的原因，在心裡最無法向人明說而又是最痛的原因，不過就只有一個：

「我曾經在那塊土地最美麗的時候，留下了許多記憶。今天的我，實在不願意也不捨得去破壞它們。」

所以，就是這樣了。那麼，就讓我一個人回去吧。

是的，父親，我明白您的心情。那麼，就讓我這個從來沒有見過故鄉的女兒，一個人回去吧。

父親，我是幸運的一代！沒有任何記憶的負擔，沒有任何會因為比較而產生的損失，也因此而沒有悔恨與遺憾，您就讓我一個人回去吧。

在長途電話裡，父親把我堂哥的地址一個字一個字地念給我聽。堂哥是我三伯父的孩子，也是父親在家鄉唯一的親人。用蒙文再翻成漢文的地址又長又繞口，父親說：

「從地址看來，你堂哥現在住的這個地方，不是我們從前的家了。反正，你先去找到他，到了那裡，你再向他問回去老家的路好了。」

父親又要我與住在北京的尼瑪先生聯絡，尼瑪先生是蒙古人，年紀雖然和我差不多，卻是我父親非常敬重的朋友，這次回鄉，父親鄭重拜託他給我帶路。

我從來也沒見過尼瑪先生，要如何相認呢？

尼瑪的建議倒很新鮮，他回信說：

「我會到北京機場來接你。我們彼此雖然不相識，但是，我想，到時候應該可以從我們蒙古人面貌特徵上的相似之處，來互相辨認的吧？」

果然，在北京機場，我們彼此很容易地就認出來了。只是，在性格上，我們也都有蒙古人相同的特徵，在初次見面時，都有著潛在的羞怯與猶疑，因而交換的語句常會停頓下來。

那個時候，我們已經上了車，開始沿著筆直的、濃蔭夾道的公路往北京前行。大家都是安安靜靜的，前座的駕駛把音響打開，讓一些流行歌曲來調劑一下氣氛。

天色已近黃昏，夕陽從路旁成行成列的柳樹間透射過來，逆光的樹幹幾乎是深褐色的，柳蔭卻成了一層又一層碧綠的發光體。陽光讓葉子成為千萬片透明的碎玉，在微風中不斷輕輕閃動。一個穿著淺色衣裙的少女，騎著腳踏車從樹下經過，衣裙間也映上了一層變幻不定的綠光。

有些什麼從我心裡慢慢浮起——這個城市，這一座陌生的城市，卻是我父母當年初初相識而終於成婚的地方……

就在這個時候，錄音帶裡傳出來一段有點熟悉的旋律，靜靜聽下去，竟然是一首老歌，是多年以來不曾再聽人唱起的一首老歌：

啊！今夕何夕！
雲淡星稀，夜色真美麗……
你我才逃出了黑暗，
黑暗又緊緊跟著你。
啊！今夕何夕……

歌詞裡，我只能記得這幾句。那是我童年的記憶，跟隨著父母在香港那個小島上住了下來，樓下鄰居的收音機裡，常播這首歌。聽說當年是白光把它唱紅的，所以，後來的人，都盡量想模仿她在歌裡那低沉而又帶著無限滄桑的嗓音。

想不到，多少年之後，重新聽到這個調子，竟然是在歸鄉之行的第一站上。開始的時候，我不禁失笑，心裡想：

「天啊！怎麼在這裡唱這種歌？」

是有點荒謬。幾十年前白光歌聲裡的滄桑，似乎沒有辦法和眼前這一切放在一起。

車子在紅燈前停下，穿著制服的交通警察，站在十字路口中央的台子上，在他背後，是一幅巨大的寫著標語的宣傳看板，上面描繪著光明的遠景。

我再把目光轉回到路邊的柳蔭中去，樹木已經沒有剛才那樣濃密了，斜陽的光芒因此從枝葉間直接刺進了我的眼簾，眼球一陣痠澀，有淚水慢慢地浮了上來。

是荒謬啊！我們上一代的中國人所遭遇到的一切，那緊緊跟隨了一生的黑暗噩夢，都是絕頂的荒謬啊！

這是年輕的父親和母親，在當初離開這塊土地的時候，無論如何也料想不到的命運吧？

綠燈亮了，車子恢復前行，尼瑪回過頭來對我說：

「行程大致都安排好了，你可以放心。再過三天，就可以回到你們老家了。」

父親的話還在我心裡，我告訴尼瑪：

「可是，父親說過，我堂哥家不是我們老家，地址都不對了。」

尼瑪說：

「應該也不會離太遠，地址是都改了，可是，地方應該還是原來那裡吧？」

三天之後，當我剛剛到了那裡不久，剛剛見到了我的堂哥不久，我就忍不住又問他同樣的問題：

「我們從前的老家在什麼地方？」

堂哥也回答我說：

「這裡就是啊！」

可是那些房子呢？在書裡記載著的、在父親記憶裡永遠矗立著的那個尼總管的總管府邸呢？你總不能用眼前這一處小得不能再小的村落來向我說，這就是一切了吧？

終於有親人明白了我的意思，他說：

「我帶你去，不遠，翻過那一座山就是了。」

對於草原上的人來說，那距離真的不能算遠。我堂哥說得也沒錯，這整塊土地依舊是從前的那一塊，他的家不過是從原來的老家那裡，稍稍挪過來幾步而已。

我和帶領我的親人一直走到草原的盡頭，翻過了一座丘陵，站在高處，他指著下面的另外一片草原說：

「你看到沒有？就是在那幾幢小房子的前方，白白的那塊三角形就是。」

眼前的這片草原，和我剛才走過來的那片草原都長得一樣，都是一片無邊無際的綠意。丘陵緩緩起伏，土地上線條的變化宛如童話中不可思議的幻境。白雲在藍色的天空中列隊，從近到遠，從大到小，一直延伸到極遠處的地平線上。

可是，那傳說裡的總管府邸呢？那許多的建築和排成長長一列的蒙古包呢？

「你再仔細看一下，順著我手指的方向，那裡有一塊沒有長草的三角形土地，就是那裡，就是那個廢墟。」

就是那裡，曾經有過千匹良駒，曾經有過無數潔白乖馴的羊群，曾經有過許多生龍活虎般的騎士在草原上奔馳，曾經有過不熄的理想，曾經有過極痛的犧牲，曾經因此而在蒙古近代史裡留下了名字的那個家族啊！

就在那裡，已成廢墟。

我慢慢走下丘陵，往前方一步一步地走過去。奇怪的是，在那個時候，我並沒有流淚，只是不斷在心裡向自己重複地說著：

「幸好父親沒來！幸好我沒有堅持一定要他和我一起回來！」

原野空無人跡，斜陽把我們的影子逐漸拉長。我終於走到那塊三角形的土地上，低頭向腳下仔細端詳，這裡確實已經是一處片瓦不存的沙地了。

但是，這中間也不過只是幾十年的光景，要讓從前那些建築從這塊土地上完全消失，光靠時間，恐怕還是辦不到的吧？

是些什麼人？在什麼年代裡？因為什麼原因？決定前來把這裡夷為平地的呢？

在遠方那一座丘陵的頂端，我們家族世代祭祀的敖包幸好還安然無恙，在暮色裡隱約可見。我把問題放在心中，靜靜地隨著親人走了回去。

到了夜裡，當所有的人因為一天的興奮與勞累，都已經沉入夢鄉之後，我忍不住又輕輕打開了門，再往白天的那個方向走去。

在夜裡，草原顯得更是無邊無際，渺小的我，無論往前走了多少步，好像總是仍然被團團地圍在中央。天空確似穹廬，籠罩四野，而星輝閃爍，豐饒的銀河在天際中分而過。

我何其幸運！能夠獨享這樣美麗的夜晚！

當我停了下來，微笑向天空仰望的時候，有個念頭忽然出現：

「這裡，這裡不就是我少年的父親曾經仰望過的同樣的星空嗎？」

猝不及防，這念頭如利箭一般直射進我的心中，使我終於一個人在曠野裡失聲痛哭了起來。

今夕何夕！星空燦爛！

——選自圓神版《我的家在高原上》

風裡的哈達

1

我此刻將這上天降下的華物「哈達」呈獻給您，希望永保福澤綿長。

2

這次回家，對我來說，是生命裡面的一件大事。在幾十年的渴望之後，終於可以踏足在祖先遺留下來的土地上，是珍貴的第一次。

所以，我在事前非常謹慎地定了計劃，為了避免任何不必要的干擾，我蓄意把時間安排得極短，只有十幾天。也蓄意把要去的地方減到最少——只去探望父親的草原和母親的河。一切其他的活動，我都準備放到下一次再去考慮。對這一生裡極為重要的時刻，我不敢多有貪求。

因此，給尼瑪的信上，我也再三強調，希望不要讓太多人知道這件事，我只想一個人安安靜靜地回家。

可是，在剛到北京的那個晚上，尼瑪就告訴我，家鄉的人仍然要歡迎我，他說：「老家的人不願意照你的意思，這麼多年以來，你是第一個回來的親人。他們說，老祖先傳下來的規矩，從那麼遠的地方回來的孩子，有許多歡迎和祈福的儀式是一定要舉行的。」

有些什麼開始緩緩地敲擊著我的心。我望向尼瑪，望向他誠摯的面容和眼神，慢慢開始有點明白，祖先遺留下來的，不僅僅只是土地而已，還有由根深柢固的風俗習慣所形成的，我們稱它做「文化」的那種規矩。

我一直以為我是蒙古人，可是，在親身面對著這些規矩的時候，如果拒絕了，我就不可能成為蒙古人了。

絕對不能讓事情變成這樣！絕對不能！

這麼多年以來，可以因為戰亂，可以因為流浪，可以因為種種外力的因素，讓我做不成一個完完整整的蒙古人。但是，卻絕不能在此刻，在我終於來到家門前的時候，讓自己心裡的固執和偏見毀了這半生的盼望。

我一定得明白，一定得接受，如果，如果我想要成為真正的蒙古人，就得要照著祖先傳下來的規矩「回家」。

3

在蒙古傳統的禮俗中，到國與國之間的疆界，也就是蒙古最遠的邊界上來迎接客人，是最尊貴的大禮。

為了表示對我的歸來非常喜悅和重視，我的親人決定先派代表在內蒙古與河北交界處來接我。聽說他們要開很久的車才能抵達邊界，在踏一步即是異鄉的地方等待著。

我們這邊在清晨四點就起床，五點多抵達北京西直門火車站，擠上六點多從海拉爾開到北京的草原列車，經過了四個鐘頭左右的車程，在張家口下車。

這次回家，有三個朋友與我同行。一位是尼瑪，一位是沙格德爾，兩人都是在北京做事的蒙古同鄉。另外一位是王行恭，是在台北工作的東北男子，知道我的計畫之後，臨時決定與我一起回來。他是我多年的好友，年齡只比我小幾歲，所以，我們兩個人的境遇都差不多，都是在身分證上有著一個遙遠的籍貫，卻任誰也沒見過自己的家鄉。

一出了站，阿寶鋼旗長和蘇先生已經在等我們了。阿旗長是父親的好友，所以他一直強調，他不是以官方身分前來，而是受朋友之託來接這個第一次回家的蒙古女兒。

第一次回家的女兒，想去看她父親當年從北京回家時，常要經過的大境門。大境門上面有一塊很出名的匾額，題著四個漂亮的字：「大好河山」。

前兩年，林東生——我的好友把這張幻燈片放給我看的時候，我一直以為，從這個方向出去，就是內蒙古，心裡很感動。真的，一出塞外，可不就是我們的大好河山？

要等到自己走到了大境門的門樓之前，才發現，原來寫著字的這一面是對著蒙古高原的，也就是說，要有人從塞外回來的時候，才會面對著這幾個字，要從這個方向走進去，才感嘆於中原的大好河山！

漢人蓋的城牆上題的漢字匾額，當然應該是漢人的心聲。

我轉到城樓的另外一邊，從這裡出城往前行才是塞外，我抬頭往門牆上仔細端詳，沒有一個字。

忽然想起了長春真人丘處機的那幾句話。快八百年前，十三世紀初，他應成吉思汗之聘，從華北經蒙古前去阿富汗，也好像走的是這個方向。（只是不知道有沒有大境門？）

第一眼望到蒙古草原的時候，他說：

——北度野狐嶺，登高南望，俯視太行諸山，晴嵐可愛；北顧但寒煙衰草，中原之風，自此隔絕矣！

4

深藏在我們心中，有一種很奇怪的「集體的潛意識」，影響了每一個族群的價值判斷。心理學家說它是「由遺傳的力量所形成的心靈傾向」。也就是說，去愛自己的鄉土，原來並不是可以經由理智或者意志來控制的行為。

一上了路，來接我們的兩輛吉普車就加足馬力往前直奔，後來才知道這兩個年輕人是地方上出了名的快車手。公路兩旁植滿好幾行的行道樹，已經成林，遠遠的山脊殘留著古長城的遺跡，每隔一段路程，就會是一處平頂的高坡，必須要換成慢速檔攀爬上去，再接著前面的公路。尼瑪告訴我，這裡的人稱這種高坡叫「壩」，他說，再多上幾次壩，就是蒙古高原了。

等到終於抵達了內蒙古的疆界的時候，我的心情可是和八百年前那位長春真人的心情完全不一樣，越往北走，越覺得前方美景無限！

有風迎面吹來，帶著強烈的呼喚。

5

看到他們了！

應該是他們吧？就在公路旁邊，在那幾塊大大小小零亂矗立著的路程指示牌下面。太陽很大，風也很大，那幾個人站在路旁，都用手擋住陽光，往我們這邊看過來。

這裡就是邊界了嗎？還算是漢人居住的區域，寬廣的公路，稀疏的電線桿，沒有什麼綠的顏色，公路旁低矮的土牆圍著的是農人的房舍，土牆和土地都是一種灰黃黯淡的淺色調。那幾個站在路旁的人，衣服的顏色也是灰灰的，在他們中間，只有一個人與眾不同。

他穿的是蒙古衣服。

一件寶藍色的袍子鑲著金邊，腰間紮著一條金黃耀眼的腰帶，頭上戴著黑色氈帽，腳下是長馬靴，靴套處還繡著花邊。

下了車，我向他走過去，他的身材並不高大，卻很粗壯結實，應該是成年人了，眼睛黑亮，鼻子高而挺直，被風霜染成紅褐色起了皺紋的臉上，卻有著像少年一樣羞澀的笑容。

有人過來給我介紹，說這就是我的姪子烏勒吉巴意日，從家鄉前來接我的。

我的姪子用帶著奇怪腔調的漢語叫了我一聲：

「姑姑。」

這個做姑姑的竟然只能用笑容和握手來回答，剛剛聽到的蒙古名字根本學不出正確的發音，很早就準備好了的話也都忘了。

幸好這時他已經轉身忙著到車上去拿東西準備行禮，沒有注意到我的窘態。有人幫著他，把準備好的東西一樣一樣取出來，有奶，有酒，有鑲銀的蒙古木碗，還有一條淡青色的哈達。

風很大，淡青色長長的絲質哈達很輕，在風裡不斷上下翻飛。

6

我們此刻將這上天降下的華物「哈達」敬獻給您，希望永保福澤綿長。

7

在家裡，每年除夕祭祖，爺爺奶奶的遺像上都會輕輕地放上一條哈達，是從老家帶出來的，父親說那是由一位活佛祝福過的聖物。

父親和母親跪拜之後，就輪到我們這五個孩子按著順序一一叩首，每次我臉紅紅地站起來再向供桌一鞠躬的時候，都覺得供桌上的燭火特別亮，香燭燃燒的氣味特別好聞，再加上蘋果和年糕還有其他供品混雜在一起的香氣，充滿了平安和幸福的保證。

我也記得在燭火跳動的光暈裡，那一條哈達閃耀著的絲質光澤。

過完年，母親就很小心地把哈達摺起來，和爺爺奶奶的相片一起，收到大樟木箱子裡面去，要等下一個除夕才再拿出來。

即或是這樣小心收藏，哈達也一年比一年舊了。有許多地方已經開始破損，顏色也變得灰黯，燭火再亮，再跳動，它也不再有反映的光澤了。

幾十年的時間就這樣過去。母親去世以後，我在那年除夕從樟木箱子裡找出這塊哈達，雖然輕輕軟軟的，拿在手裡一點重量也沒有，卻怎麼樣也掛不上去，幾次試著把它放到母親的相片上，幾次又拿了下來。

終於還是含著淚把它收進箱子裡面去了。

8

先敬奶類的飲料。

我的姪子面對著我，用雙手捧著裝滿了牛奶的銀碗，在銀碗之下，墊著那塊哈達。照著祖先的規矩，我先用雙手捧碗，再用右手無名指觸及碗中的牛奶，然後微微高舉右手，用無名指和拇指向前方彈指三次，敬了天地和祖先之後，才能啜飲故鄉的牛奶。

等每一位朋友都像我一樣，喝了烏勒吉巴意日獻上的牛奶之後，儀式再重新開始，這次碗中注滿的是草原白酒。

依舊是要在接過來之後，先敬天地和祖先，再恭敬地雙手捧碗，啜飲故鄉的醇酒。

每一位客人都不能忽略，每一個人都要領受祝福。太陽很大，風也很大，站在寬廣而又荒涼的公路旁，站在踏一步即是故鄉的邊界上，我們這幾個人一遍又一遍地反覆著同樣的動作。

四周很安靜，偶爾有卡車運貨快速呼嘯而過，然後又歸於沉寂。我可以聽見不遠處土牆裡面有雞群在咕咕覓食，有飛鳥細聲叫著飛掠過去。

太陽很大，風也很大，哈達的中段是擺在烏勒吉巴意日往上平放的雙掌上，他用大拇指將兩端緊緊夾住，剩下的哈達就在風裡隨意飛揚，淡青色逆光之處幾乎是透明的，每一翻動，都閃耀著絲質的光芒。

9

回家的路還有一段要走。

按照計畫，我們要先在旗辦公處的招待所裡住一夜，這次是米旗長親自來接待我們了，他是教育界的前輩，人非常開朗。

有幾位家裡長輩從前與我們家是世交的朋友，知道消息，也都趕了來。我們的父母或者祖父母彼此都是好友，可是到我們這一輩相見的時候，卻要一點一滴從頭來解釋。雖說是第一次認識的陌生人，晚餐桌上舉杯互祝的時候，有幾位蒙古男兒卻哽咽不能成聲，為了怕人誤會，還得趕緊啞著喉嚨解釋：

「我只是想起了自己的長輩，心裡難過。」

連王行恭在舉杯的時候，也有好長一段時間說不出話來，我認得多年的朋友，平日那樣冷靜沉著的朋友，心裡也是有碰不得的痛處吧？

我一一舉杯向他們祝福和道謝。祝福你們，我應該熟識卻又如此陌生的朋友，願前路上再無憂傷與苦惱。謝謝你們，每一個人都從那樣遙遠的地方趕來，陪我一起回家。

10

第二天早上出發的時候，已經變成有六、七輛車的車隊了，領頭的兩輛，依舊是那兩位快車手來駕駛。

聽說家鄉的親人會到草原的邊界上以馬隊來迎接我，我把相機給了王行恭，請他到時候幫我拍照。

我知道自己已經開始緊張起來。天有點陰，層雲堆積，有人勸我加衣，我卻覺得心中燥熱難耐，離家越近，越想回頭，一切即將揭曉，我忽然不太敢往前走了。

車子開得飛快，經過一處又一處不斷起伏變化的草原。差不多開了四十多分鐘之後，爬上一段山坡，在坡頂最高處往前看下去，下面是一大片寬廣的山谷，芳草如茵，從我們眼前斜斜地鋪下去，一直鋪到整個山谷，鋪向左方，鋪向右方，再往上鋪滿到對面的坡頂，再一層一層地向後面的丘陵鋪過去，一直鋪到天邊。

在這樣一處廣大碧綠芳草離離的山谷中間，有一小群鮮艷的顏色，因為遠，所以覺得極小；因為顏色，又覺得非常奪目。

尼瑪在我旁邊驚呼：

「看啊！慕蓉，他們在等你。」

這應該是一生裡只能享有一次的美麗經驗！

前面就是我的家了嗎？

這一大片芳草鮮美的山谷，就是我家園疆界的起點了嗎？

幾十年來，在心裡不知道試著給自己描繪了多少次，可是，眼前的景色，卻是從來也想像不出的遼闊與美麗！這真是一生只能享有一次的狂喜啊！還有他們，那正在家園前等待著我的族人，就在我眼前，在山谷的中間，有幾十個人穿著鮮紅、粉紫、寶藍的蒙古衣服，紮著腰帶，有的騎在馬上，有的站在草地上，圍成了半圓如一彎新月的隊形，遠遠地安靜地等待著。

車子開得飛快，我只能在坡頂高處看到那麼短暫的一瞥，相機不在手上，也拍不下來。

不過，沒有相片並不表示沒有記錄，這記錄已經在那一瞥之間深深地鐫刻在我的心中。就在那快樂與幸福都沸騰了起來的一瞬間，我忽然看到隊伍裡面，有人雙手捧著一條哈達站了出來，草原上的風一吹過，淡青色的哈達就在風裡飄動，閃耀著對我熟悉得不能再熟悉的，絲質的光芒。

11

我們此刻，將這上天降下的華物「哈達」呈獻給您，歡迎回到故鄉。

——選自圓神版《我的家在高原上》

松漠之國

「潢河亦名湟水。蒙古名錫喇穆倫。自克什克騰界發源……」

「方輿紀要。河源出平地松林。」

「元太祖十六世孫鄂齊博羅特。再傳至沙喇勒達。稱墨爾根諾顏（墨爾根漢譯即善射之尤者）。號所部曰克什克騰……山甚陡峻。遠望如坡……傍多榆檜松柳及佳山水。案即古之平地松林矣。」

「潢河在旗西百有五里……源出百爾赫賀爾洪。遼太宗幸平地松林觀潢源。即此。」

——清末・張穆《蒙古游牧記》

每一個蒙古人都知道，在蒙古高原許多處無邊無際的大草原上，其實只鋪了一層薄薄的土壤。這層土壤是整塊土地的命脈，所有的草籽都藏在其中，等待冬雪與春雨之後再欣然生長，幾千年以來從不曾讓牧人失望過一次。

這是上天賜給游牧民族的肥美家園，我們蒙古人世世代代也極為珍惜，所以常常更換牧區，從來不讓馬匹和牛羊把一處牧區的草地吃盡，一定要留給草籽再發的生機。也因此，才會給別人一種總是在逐水草而居的印象。

當一千七百萬農耕的漢人源源湧入，帶著農業社會裡「深耕勤耘」那不變的真理，帶著他們的鋤頭來把那一層薄薄的土壤翻犁過之後，底下暴露出來的，是無窮無盡的細砂，細砂一旦翻土而出，所有的草籽就從此消失，永不再生長。有些地方土層厚一點，也許可以支持個三、五年，但是最後的命運依舊會和別的地方一樣。可是，除此以外，這一千七百萬人也沒有別的更好的求生方法，只好在瘡痍滿處的大地上不斷一鋤一鋤地向末路掘去。

他們毀得最厲害的地方，是我母親魂牽夢縈的家鄉。

翻開清朝末年出版的《蒙古游牧記》，凡是提到希喇穆倫河的段落，總會反覆提起那一處平地松林。

那是一處覆蓋千里，從遠古以來就鬱鬱蒼蒼地矗立著的原始松林。

沿著希喇穆倫河流經的廣大土地，從克什克騰到巴林再到翁牛特旗，都屬於大興安嶺餘脈北麓的高原山地，早在唐朝的時候，就有個好聽的名字叫「松漠都督府」。到了遼代，更是京都所在的富饒之地。

遙想在一千年前，有過那樣的一天，意氣風發的君王御駕親臨潢水源頭。眼前泉水奔湧，伴著如雷的吼聲在遠處相匯聚，急急穿越過松林；林中巨木虬枝，一有風過，密集的松濤隨風上下起伏翻湧。面對著大好江山，遼太宗心裡一定充滿了自豪與感激的情緒吧，這裡真是子子孫孫都可以永世享用的豐腴大地啊！

我的母親就是出生在這塊土地上的昭烏達盟克什克騰旗人，在她向我們這些孩子轉述家鄉面貌的時候，千里松漠已經變成只有三百里地的森林了。

母親出生在民國五年，在她的少女時代，正是民國二十到二十幾年的時候。三百里比起千里，雖然縮小了許多，可是對於一隊在林中穿過的行旅者而言，仍然可以說得上是一片浩瀚的林海，仍然可以在少女的心中刻下永遠無法忘懷的印象。

所以，母親一再對她的孩子們說：

「——那真是一片樹海，怎麼走也走不完似的。夏天的時候坐車經過，整個森林都是香的，香味裡面可以分得出那些是花香，那些是草香和樹香。那時候，我一直覺得，連霧氣和露水也好像都清香清香的留在我的衣服上……」

五十多年以後，七十一歲的母親帶著這段記憶，在離家幾千幾萬里的海島上長眠了。

母親的墓地在一處高高的長滿了相思樹的山坡上，面對著北方的海洋。這兩年來，我們努力地在墓前鋪了如茵綠草，種了一些山茶和含笑，還有幾株桂花和龍柏，都是母親生前喜愛的花樹，可是，卻無論如何也種不出三百里地的松林來。

我一直想去看一眼那片松林，想去重尋母親的記憶。在離開了父親的家鄉之後，我和伴我同行的三位朋友驅車直奔克什克騰旗，直奔我母親生長的土地，直奔那一條大河，直奔那河流的源頭，直奔那糾纏在我心中如波濤般起伏翻湧的渴望——那一大片無邊無際三百里地芳香滿溢的原始松林。

想不到，他們竟然一棵樹也沒有留給我！連一棵也沒有留下來給我！

在剛剛出發，往克什克騰走去的路上，還能遇見一些開滿了花的草原，但是越往東走，小小的村莊一個緊接著一個，人越來越多，景色卻越來越荒涼。

河流是在那裡，地方也沒有錯，從克什克騰到巴林到翁牛特旗，公路上路標指示著的城鎮依舊是古老的名字，但是，除此之外，就什麼都沒有了。

雖然前來接待的朋友一再強調著這個夏天的苦旱，所以田裡莊稼都長不起來。可是，樹呢？我心中充滿了疑惑，總不會只因為一季的乾旱，就讓所有的樹木都枯死了吧？而且，就算是枯萎而死，不也應該留下樹身嗎？

我很難形容那一種詭異和荒涼的景象，彷彿只有在象徵派和超現實畫派裡才會出現的畫面。夕陽西下，荷鋤的人面色茫然地走在田間，整塊大地的土色暗褐，有的地方竟然近乎深黑，平原與山巒都是光禿禿的。奇怪的是，在我們前幾天驅車經過的草原上，雖然也沒有一棵樹，但是因為鋪滿了開著白花和粉花的細草，那些起伏的丘陵就顯得舒坦而又嫵媚；而在這裡，在這塊高原的山地上，所有的圍繞在我們四周遠遠近近不斷起伏的山巒，卻是土石畢露，形象猙獰，在公路的每一個轉角處都暗沉沉地對我直逼過來，讓我不能喘息。

在慌亂與疑惑之中，我當然也很不甘心，那兩三天裡，一路上我都在重複著同樣的問題：

「這附近從前有沒有森林？」

「要到什麼地方，才可以看到森林？」

而我所得到的回答都是不肯定的，有人說是聽說在山上還有些原始林，有人又說從來都沒見過，還有的年輕人說他從生下來以後就是這樣的景色。

從克什克騰一直問到了赤峰附近的寧城，那裡就是遼代五京之一的遼中京所在地，才終於得到了一句回答：

「我們這一帶從前山上都是松林，城裡有些老房子就是用這些木料蓋的，老一輩的人管它叫做『南山松』。」

南山松！南山有松林！那又是多少年前的事了呢？現在還有沒有？我趕緊再問下去。

「大概三、四十年前的老房子還有用這些松樹蓋的吧？不過，文化大革命之後就一棵也沒剩下來了。」

說的人臉色突然變暗，開始顧左右而言他，我也沉默了下來。車子繼續向前奔馳，寧城離克什克騰已經很遠了。我終於接受了眼前的事實——母親記憶裡芳香美麗的森林，書中記載的長滿了榆檜松柳的佳山水，那在歷史上曾經喧喧騰騰地生活過的松漠之國，終於都已是遠去了的永不能再回來的夢境。事實的真相朝著與夢境相反的方向疾馳，越走越遠，越走越快，前路茫茫，不知道要帶我走向何方？

用一千年的時間，才把千里松漠變成了三百里地的森林，可是，只要用三十、二十年的時間，就可以把這整塊土地上的每一棵松樹都連根拔除，一點痕跡都不讓它留下。這一切難道都是無可避免的嗎？

「你恨不恨那些漢人？」L突然這樣問我。

那個時候，我已經從內蒙古回到台北，L是帶著孩子從德國回來省親，兩個人見面總有說不完的話，當然我更要向她說起我的家鄉。

「你恨不恨那些漢人？」她突然問我。

我們這些中國人，從小所受到的教育，都是一種是非恩怨尖銳對立，非黑即白的教育。所以，即使像L這樣聰明的女子，也會不由得地問出了這樣的問題來。因為照我們在這幾十年間被訓練成的思想邏輯推算下去，我應該非常痛恨那一千七百萬前來毀了我家鄉的漢人了！

也許，我會恨他們。如果我沒有回到家鄉，如果我沒有親眼見到在這塊土地上生活的人，我想，也許我就會像L所揣測的那樣，對那些漢人懷著憤怒的恨意。

可是，當我們驅車經過一個又一個荒涼貧瘠的村落，看到了一群又一群臉上刻滿了風霜的茫然的村民，那些在每一個戰亂的時代裡默默忍受，把一切荒謬的境遇都承擔了下來，再試著去努力活下去的中國老百姓，面對著他們，我是無論如何也沒有辦法去恨去仇視的啊！

現在，寫著這幾行字的時候，我的淚水正在不停地流了下來，我完全沒有辦法控制，胸懷間滿滿充塞著的其實是和他們一樣的痛苦與無奈。

只要設身處地去替他們想一想，這一千七百萬人過的是怎麼樣不堪的日子啊！

在邊遠塞外冬季苦寒之處耕種著原本並不適合耕種的土地，在廣大的一望無際的原野上，也只會沿用著農耕民族的舊俗聚居在一起。每家都用泥土圍起低矮的牆垣，圍起了一方小小的院落，黃土築成的院牆沉悶而又單調，逐漸形成了一條又一條狹窄的長巷，長巷曲折，再逐漸形成一個又一個寂寞的村鎮，恍如江南，卻又絕不像江南。

長巷和長街的轉角處總是會蹲踞著幾個灰黯和呆滯的身影，身上穿的衣服幾乎和背景無法分辨，在這些充滿了黃土和灰沙的村鎮上，唯一鮮明的顏色，大概就只有小飯店門前掛著的幌子了。用紅布做成的圓筒形，下端剪成寬寬的穗狀，有的用竹竿挑起來矗在路中，有的就掛在飯店附近的樹枝上，有時候布是新剪的，鮮艷奪目的紅，遠遠就看見了，幌子下面一定有一間小小的飯店，有的還在門口掛塊油漆的招牌，上面寫著「四川口味」，或者「廣州炒飯」。

前路茫茫，有許多事都無法確定，但是，在這裡，唯一可以確知的是——無論是誰，無論是在這個邊遠塞外冬季苦寒的小鎮上炒出一碟廣州炒飯的人，或者是住在附近前來吃下一碟廣州炒飯的人，無論是他們之中的那一個，此生大概都再也不可能回到廣州去了。

要毀掉一個人的一生，其實並不是件容易的事，但是，在這個荒謬的時代裡，要毀掉一千七百萬人的一生卻好像不費吹灰之力。只要有個隱形的導演和編劇，源源不絕地列出名單來，他們自會源源不絕地應聲上場，默默地演出一場流離傷亂的悲劇，再默默地退下，在離家幾千幾萬里寒冷的大地上默默地死去。

任誰也沒有辦法去仇恨這樣的對象啊！

「我不恨他們，我恨的是這個荒謬的時代。」那天，在台北與L相見的時候，我就是這樣回答她的話的。在回答的時候，那種荒涼而又無奈的感覺重新迎面直逼過來。

其實，無論去恨誰，都已經挽回不了什麼了。

一切真的已經太遲太遲。

我的母親和我的外婆她們黑夜夢裡甜美的家園已經永遠消失在黑暗裡。希喇穆倫河還在這塊土地上流著，日月星辰也依舊在照耀，細碎的波紋那天在夕陽的餘暉中閃動著細碎的金光，幾隻飛鳥低飛掠過水面，我站在河流的旁邊，好像聽見有人在輕聲低唱，恍如兒時聽過的那一首，我的外婆把我摟在懷中輕輕唱出的那一首蒙古歌：

大雁又飛回北方去了，
我的家還是那麼遠……

暮色蒼茫，站在希喇穆倫河的河岸上，才知道我來何遲！

要到了這個時候，才能明白，跋涉千里，原來只是為了要親自前來道別。

永別了！那芳香滿溢溫柔美麗的記憶。永別了！那閃耀著陽光與月色的千里松漠。

永別了！我心中的松漠之國。

——選自圓神版《我的家在高原上》

源

——寫給哈斯

1

「一個蒙古青年所面臨的民族文化危機」是你這篇文章的標題。這篇文章發表在一九八九年十二月台北出刊的第六期《蒙古文化通訊》季刊上，我仔細地讀了兩遍。

哈斯，我不知道我們彼此是否相識。

我的意思是說，許多年前，我就認得一個叫哈斯的蒙古女孩，我們兩家父母都是好朋友，她長得高高的，性情爽朗，笑容很甜。不過，我們有很久沒通音訊了，我只知道她去國外讀書，並且以後定居了下來，已經結婚又生了孩子了。

你就是那個哈斯嗎？

還是說，你是另外一個蒙古女孩，更年輕一些，更急切一些，而名字剛好叫做哈斯？

不過，不管我認不認識你的人，我想，我都能認識你的心。

因為，你的困惑與掙扎也曾經是我的。

因為，哈斯，我們都是這樣長大的。

2

一開始，你就擊痛了我，你說：

「這不是一篇有學理根據，有條理的論文發表，它僅代表我個人在成長過程中，所遭遇的感受；希望在這篇文章所提及的困惑與掙扎，能讓有相同感受的同鄉，感到自己並不寂寞……」

是的，在我年輕的時候，我曾經非常寂寞過。

第一次強烈的感受，是在初中二年級的地理課上。

那時候，我剛從香港來到台灣，考上了北二女初中部的插班生。地理老師是我們的導師，人很溫柔誠懇，上課又認真，我一直很喜歡她。

但是，在那一天，教到了「蒙古地方」這個單元，她竟然完全變了，不再是我心中可敬可愛的導師了。她用著非常武斷的字眼來描述那個遙遠的地方，並且不停地取笑生活在那塊土地上的蒙古民族，取笑他們的語言、他們的信仰、他們的風俗習慣；她所舉出的例證有些是實情，有些肯定是道聽塗說，可是她絲毫沒有想要加以分辨與澄清的意思，反而面不改色滔滔不絕地說下去，說到高潮的地方，聽得全班同學眉飛色舞，轟堂大笑。

從小在家裡，不管是外婆或者父母給我的教育，都在處處提醒我不要忘了自己是一個蒙古人，可是我總是渾渾噩噩的，並不覺得自己和其他的人有什麼不一樣。

一直要到了這一天，在全班同學喧嘩的笑聲和不斷回頭注視的目光裡，我才第一次感覺到我是「異族」，第一次感覺到被分類被排斥的寂寞與悲痛。

我終於刻骨銘心地意識到——我是一個離開了族群的蒙古人。

哈斯，想必你成長的經驗也和我的差不多吧？

3

奇怪的是，對於少年的我，這一堂地理課是我生命中最初和最深的一道刻痕。但是，對於當時在場的其他人來說，卻不過是一堂很有趣的地理課而已。下了課之後，同學照樣過來對我有說有笑，老師又恢復了溫柔和誠懇的面貌，沒有一個人覺得，也沒有一個人知道我心中的傷痛，對她們來說，什麼事情也沒有發生過。

後來，這樣的遭遇不時出現，我心上的刻痕雖然越來越多，卻也越來越淺；這是因為，在成長的過程中，我逐漸察覺，在我周圍絕大多數的漢人朋友，其實並無意要傷害我，也不知道這樣就會傷害了我。

因為，對於人數眾多、歷史悠久、文化輝煌燦爛的大漢民族來說，從很久以來，就習慣了以自己這個民族為中心去思想、去判斷、去決定一切的標準。

這種習慣如果只表現在日常生活上，其實也無可厚非，每個民族都有權利假想自己是這個世界的中心；但是，如果在政治上也堅持這種心態的話，傷害就是無可避免的了。

幸好，四十年來，中國人在驚濤駭浪之中也逐漸能夠體會到弱者的苦楚，越來越多的人了解到民族之間的誤解是一切傷害的根源，這些寬厚而又細緻的心靈逐漸形成了一種力量，所謂「五族共和」的理想，也許在將來真有會實現的一天也說不定。

只是，到了那一天，蒙古的孩子是不是已經會忘記了他們的來處呢？

4

哈斯，我知道，這也是你害怕的事。

所以你說：

「所以我們面臨的最大危機，就是為了在這個大環境中不被排斥，我們必須接受這個環境中的文化，但是又因為人數太少，我們逐漸明白，不但會接受，甚至可能會完全的接受，忘了我們的根。」

哈斯，不要害怕，讓我慢慢告訴你。

這次我回到故鄉，一位當地的朋友告訴我，在她年輕的時候，參加過一個蒙古馬術隊到南方去表演。在四川鄉下，被一群特別熱情的觀眾圍了起來，老老少少一面歡喜地擁抱著他們，一面流著淚不斷向他們說：

「我們是蒙古人啊！我們原來的祖先都是蒙古人啊！」

已經不知道是第幾代的子孫了！說的話都已經完全是當地的四川土語。其中有許多人在前一天趕了好幾十里的路過來，只是想要看一看從遙遠的故鄉來的同胞青年，只是為了要告訴他們：

「我們也是蒙古人。我們從來沒有忘記自己的根源！」

哈斯，你要知道，「血源」是一種很奇怪的東西，她是在你出生之前就已經埋伏在最初最初的生命基因裡面的呼喚。當你處在整個族群之中，當你與周遭的同伴並沒有絲毫差別，當你這個族群的生存並沒有受到顯著威脅的時候，她是安靜無聲並且無影無形的，你可以安靜地活一輩子，從來不會感受到她的存在，當然更可以不受她的影響。

她的影響只有在遠離族群，或者整個族群的生存面臨危機的時候才會出現。

在那個時候，她就會從你自己的生命裡走出來呼喚你。

5

哈斯，就是因為這一種強烈的呼喚，才讓我急切地走了那麼多的路，去追尋那一條河流的源頭。

希喇穆倫河在我的心中已經流了很久了。在黑夜的夢裡，我總是會聽到河水浩浩蕩蕩流過原野的聲音。

原野無邊無際，那天，我和朋友們乘坐了兩輛吉普車，在草原上尋找了一整天，都找不到河谷的入口。帶路的朋友從前去過好幾次，但是草原實在太大了，而每一座指路的山巒又長得極為相似。我們一路走走停停，再爬到隆起的丘陵上向遠處張望，聽得見河流在遠處流過的聲音，哈斯，那聲音就像從我的心中流過的一樣。

在杳無人烟的草原上終於遇到了一個騎馬的青年，他從斜陽的光暈之中向著我們慢慢過來，知道了我們的困難之後，這個年輕人把手臂伸向右前方微微一舉，河谷的入口就赫然出現在眼前。

當我們穿過了小樹林子，走下了長長的陡峭難行的沙丘，終於下到河谷深處的時候，天色已經很晚了。

這裡是一處三面有山，地層突然深陷的山谷。在最接近山壁的那塊沙土地上，一片泥濘，仔細看過去，才發現有水不斷從地面滲出來，把沙土地都染濕了。

滲出來的水在短短兩三公尺的距離裡就匯成流泉，有了聲音，再流出十幾公尺之後就變成一條淺淺的溪流，岸邊雜生著矮樹叢和野花，再繼續往前流著，水聲越來越大，在稍遠的樹叢之間一轉彎，就儼然成為一條小小的河流往遠方流過去了。

我赤足走進淺淺的溪流之中，雖然是九月初溫暖的天氣，溪水卻冰冽無比，我的腳好像是站在凍結的冰塊上一樣，一會兒就疼痛起來，可是，哈斯，你可以想像我心裡沸騰的熱血。

哈斯，你該知道，我是多麼以自己的血源而自豪啊！父母的家鄉雖然遭到了許多人為的破壞，可是，只要這塊土地還在，生命裡的許多渴望彷彿都在這個時候掙扎著擁擠著突圍而出。站在希喇穆倫河的河水之中，只覺得有種強烈到無法抵禦的歸屬感將我整個人緊緊包裹了起來，那樣巨大的幸福足以使我們淚流滿面而不能自覺，一如在巨大的悲痛裡所感受到的一樣。

多年來一直在我的血脈裡呼喚著我的聲音，一直在遙遠的高原上呼喚著我的聲音，此刻都在潺潺的水流聲中合而為一，我終於在母親的土地上尋回了一個完整的自己。

生命至此再無缺憾，我俯首掬飲源頭水，感謝上蒼的厚賜。

6

可是，哈斯，我真正想要告訴你聽的，是我在這之後的心情。

在這之後，我回到了克什克騰旗，在當地同鄉接待的晚會上，他們送給我一條純白的哈達，有幾位年長的父老並且告訴我，我的外祖父母曾經為這塊土地盡了多少心力；也有人過來告訴我，他們還記得我的母親。

潔白的哈達披在肩上，彷彿母親輕柔的撫慰，舉杯向大家道謝之時，我忽然發現，我和面前的這些朋友長得多麼相像啊！

我終於回到了自己的族群之間，哈斯，在我面前的人和我長得多麼相像！許多人都彷彿是從鏡中映照的熟悉的輪廓，在人叢之中，遠遠的，我甚至好像看到了外祖父年輕時候的面容。血源在這一刻，竟然變成了非常具象的線條和顏色，清清楚楚站到我的眼前來，告訴我，這裡原來就是我真正的來處，是我生命最最初始的根源。

在半生的惶惑之後，這一刻，是怎樣令人心安和喜樂的相逢！

就好像飢渴的人忽然在豐盛的筵席上看見了自己的名字，我，終於狂喜地找到了自己的位置。

哈斯，你還有什麼好害怕的呢？

哈斯，請你相信我，就算有一天，你也許會忘記了蒙古的歷史，你也許會忘記了蒙古的語言，但是，哈斯，你絕不會忘記自己的來處；「血源」不是一種可以任你隨意拋棄和忘記的東西，也沒有任何人可以從你的心裡把她摘取下來。

她是種籽、是花朵，也是果實；她是溫暖、是光亮，也是前路上不絕的呼喚；而有一天，當你終於與她迎面相遇的時候，你會發現，她竟然也可以是一泓清澈澄明如水般的鑑照。
哈斯，我年輕的同胞，你還有什麼好害怕的呢？

——選自圓神版《我的家在高原上》

故居

七月的正午，在新疆的戈壁灘上只剩下酷熱君臨一切。

我們的越野車就像是一隻乾渴的小甲蟲，正腳步蹣跚地沿著塔里木盆地的邊緣往前緩緩爬行。車窗外是我從來也沒見過的奇異風景！一片荒寂大地無邊無際，寸草不生的岩礫間滿是些黑色的巨大石塊，雖然已經被風沙侵蝕得千瘡百孔，卻依舊矗立，並且像漩渦一般地往四週延伸分散，遠遠望去彷彿是置身於乾涸的海底，又像是超現實畫家筆下所描繪的世界的盡頭。

而酷熱實在逼人，不僅從外面煎烤，就連身體最裡面的血管都開始燃燒起來，讓我坐立不安。

巴岱先生從前座回過頭來向我說：

「熱吧？再忍耐一下就好了，到前面的綠洲就會好多了。」

巴岱先生是世居新疆的土爾扈特蒙古人中的長者。他精通蒙文、維吾爾文、哈薩克文和漢文，不但同時用這四種文字來寫作，並且更用盡心力來維護這一塊土地上的珍貴文化。我對這位長者仰慕已久，這次能夠和海北一起來新疆拜看他，並且在此刻能夠與他同行，實在是我求之不得的機緣，總該表現得好一點才對。所以，我趕快坐正了回答：

「還好！還不算太熱。」

海北卻在旁邊取笑我了：

「你當然不能叫熱！不是還立志要去橫越塔克拉瑪干大沙漠的嗎？」

是啊！我的丈夫是知道我的。塔克拉瑪干、樓蘭、羅布泊都是我的夢！是從小就刻在心上的名字！是只要稍微碰觸就會隱隱作痛的渴望！要怎麼樣才能讓別人和自己都可以明白？那是一種悲喜交纏卻又無從解釋的誘惑和牽絆啊！

巴岱先生忽然問我：

「你知道塔克拉瑪干這個名字的意思嗎？」

我不知道。但是海北說他知道，去年，他曾經從甘肅進去過，嚮導說這個名字是「死亡之海」，也有人說直譯應該就是「無法生還之地」的意思。

巴岱先生卻說：

「解釋有很多種，每個民族都說這是用他們自己的文字起的名字。我倒是比較喜歡維吾爾文裡的一種翻譯，說『塔克拉瑪干』的意思就是『故居』。」

我的心在猛然間翻騰驚動了起來，原來謎底就藏在這裡，這是多麼貼切的名字！

今日荒寂絕滅的死亡沙漠原是先民的故居，是幾千年前水草豐美的快樂家園，是每個人心中難以捨棄的繁華舊夢，是當一代又一代、一步又一步地終於陷入了絕境之時依然堅持著的記憶；因此，才會給今天的我們留下了這一種在心裡和夢裡都反覆出現的鄉愁了吧。

故居，塔克拉瑪干，在回首之時呼喚著的名字。此刻的我在發聲的同時才恍然了悟，我與千年之前的女子一樣，正走在同樣的一條長路上。

有個念頭忽然從心中一閃而過，那麼，會不會也終於有那樣的一天？

幾百幾千或者幾萬年之後，會不會終於有那樣的一天？僅存的人類終於只好移居到另外的星球上去，在回首之時，他們含淚輕輕呼喚著那荒涼而又寂靜的地球——別了，塔克拉瑪干，我們的故居。

——選自爾雅版《黃羊・玫瑰・飛魚》

此身

1 四月香港

四月的早上，有霧，有細雨，我一個人站在九龍尖沙咀海邊長廊的樓上，往前眺望。這是條狹長的露天平台，四周全無遮攔，所以對岸的香港就隔著擁擠的海灣橫列在我的正前方。

海與天都是一片朦朧的灰藍，但是對岸島上那些高聳密集的大樓，依舊可以在雨霧中顯出一些深深淺淺的輪廓來，好像是霧中的森林，而我的童年就穿梭在雲霧深處那些狹窄的街巷之間，若隱若現。

那短短五年，卻是多麼悠長溫暖永遠銘記在心的童年。

還記得在皇后大道中的人行道上和姐姐走失了的我，是怎麼樣驚恐絕望地站在路邊號啕大哭，那些不相識的行人圍成一圈微笑地端詳著我，有人好心地為我找來警察，高大的警察牽著我走上一層又一層的石階梯，不時還低下頭來給我擦眼淚，說些不相干的話來逗我開心，他那厚實溫熱的手掌總在我的記憶裡，幾十年來都不曾消逝。階梯高處那個警察局也好像還在，每次路過，都會仔細端詳一番，覺得可能不是，也可能是。

而從皇后大道東之上的聖佛蘭士街走上去，秀華台就在高坡上的左手邊。在一棵新種下去的鳳凰木後面，我們全家三代九口人搬進去的那棟全新的四層樓公寓，如今已經消失了。在這個四月的旅程中，我再一次重履舊地，故居已經完全拆除準備蓋新的大樓了。可是，當我轉身背對著它的時候，總覺得在身後的空地上，還是有一棟樓房矗立在那裡，公寓裡的每一戶鄰居都還在，那些和我同齡的友伴們還在鳳凰樹下抬起頭來向三樓窗邊的我笑著呼喚：

「席慕蓉，出來玩！」

那短短的五年，卻是多麼悠長溫暖永遠銘記在心的童年。

因此，每次路過香港，總忍不住想要停留一兩天。我不知道為什麼有些朋友會說她人情太薄，我卻知道這個小小的島嶼曾經厚待過我，在那個流離顛沛的時代裡，她曾經多麼溫柔親切地接納了我。

因此，儘管眼前這個城市在幾十年間不斷地改換著面貌，可是好像也總有一個永生的城市疊印在她的上面，從來不曾改變，在每一個迎面而來的街角處，所有的記憶依舊活得熙熙攘攘，鮮明燦亮。

就像此刻，在這個四月有霧有細雨的早上，隔著擁擠的港灣，在對岸那些像霧中森林一樣的高樓之下，我好像依舊能夠看見那個年幼的我，正在皇后大道東和大道中之間的狹窄街巷裡來回行走，好奇、興奮、東張西望，卻又忐忑不安。

好像童年的那個島嶼那座城市那段時光恆在，一直飄浮在眼前這灰藍色的海洋之上的什麼地方。

2 十月波昂

秋日下午和父親牽手走在波昂市郊，天氣不錯，路旁人家院子裡的大樹金燦燦的，白色的細鞦韆安靜地垂掛在綠草地上。

我對父親說，我喜歡這種秋天的感覺，清涼卻不寒冷，好像可以怎麼走也不覺得煩累，空氣又這麼乾淨，每吸一口都好像在吸著提神的薄荷一樣。

父親的腳步邁得很大，所以每走幾步，我就要小跑一下，跟上他的速度。有車從我們身旁經過，父親用力牽我靠向路邊，那種感覺就好像很久很久以前，走在香港街頭，父親緊緊地牽著我時一樣。

忽然在心中自問，為什麼似乎只有在童年時期和成家之後，只有這兩段時間裡才有與父親同行的記憶呢？

中間那一段時間去了那裡？

是不是因為在那段時間裡，我急於成長，不肯和父親共處？還是說，我急於擺脫，不想和父親共處？

要來德國之前，和大學的幾位同學有天相聚，提到這次旅行，有人問我是不是要來開會，我說不是，只是想來陪父親散散步。坐在我旁邊的宣廣笑著說：

「坐飛機去德國散步，多奢侈！」

是啊！眼前是多麼奢侈的時光！這清新燦亮的秋天，父女倆可以手牽手走在市街上，走在森林裡，走在萊茵河邊，有微風迎面吹來，清涼卻不寒冷。

可是為什麼我的心中忽然隱隱作痛？是誰在提醒我，告訴我這已經是秋天了，前面的每一個日子都只會逐漸地冷下去，絕不會比此刻更加溫暖。

為什麼在這樣奢侈的時光裡，卻總會有一個戒慎恐懼的我，靜靜地跟在身後，如影隨形，在黃金般的秋日裡，躡足而行？

3　山坡上

氣象預報說今年夏天的第一個颱風已經接近南部海面。晚飯後，出門散步，山坡上果然頗有涼意。池塘對岸的相思樹叢在風裡搖來晃去，暗黑的山影之後，天空上還殘留著一層紫紅青緣有點詭異的霞光，正是那種典型的颱風前夜的場景。

如果對一位初臨此地的旅客來說，這樣的景象是有點陰森可怕。可是，對我這個久居於島上的人，卻是久違了的熟悉感覺。這天光、風聲、氣味、周圍的溫度和濕度，都是多年來的舊識，許多細微獨特的變化都收藏在記憶裡，此刻一一湧上前來，裡外會合。好像我的眼、耳、鼻、髮，甚至肌膚，都在同時準確地接收到了大自然對我所發出的訊號，我整個身體和內裡因此不由得地回應以一種久別重逢的親切和歡愉。

甚至還帶著些許的自豪。是啊！不枉在這個島上過了這麼多年，我幾乎已經可以算是個生活得很習慣的本地人了。

但是，在短暫的欣喜之後，忽然閃出來一句問話：

「怎麼幾十年就這樣過去了？難道真的就要在這個熱帶的小島上過完我的一生嗎？」

這問題如光速般飛馳而過，我忽然嚇了一跳，因為在那極短暫的一刻裡，我很清楚地意識到，問這句話的人並不是我，起碼不是那個在平日生活裡的我，不是在上一刻裡還有點沾沾自喜的我。

好像是另有其人。

好像在我所熟悉的身體和內心裡，還住著一個另外的人。是他在發問。

怎麼回事？我在山坡上站住了，心裡有一種很難形容的感覺。

是怎麼樣的一個人住在我的身體裡面？藏在我的心的背後？為什麼在我已經覺得十分親切的土地上，他卻依舊若有所失，依舊忍不住要發出一聲無奈的喟嘆？

為什麼？是不是因為他收藏著的記憶和我的不同？對他來說，四季的變化應該是在北方一片遼闊的高原之上吧？那裡的風霜雨露才是讓他覺得親切和喜悅的舊識，是千百年來在他身邊不斷重複出現的場景，而只有那塊土地，才能讓他的身體和心靈都可以得到安頓吧？

原來，自初生之日就認定是只屬於我自己的生命，卻也有一部分是屬於他的。

這固執的靈魂盤踞在最深最暗之處，跟著我東奔西跑了這麼多年，從來沒有說過一句話。要到了此刻，到了我終於欣喜滿足地把這座島嶼認作是自己家園的時候，他才現身，萬般無奈地告訴我，對於他來說，這裡依舊是異鄉。

然後，他又靜靜地消失了，重新回到那個深暗的來處，只剩下我一個人站在山坡上，不知道是誰家的庭院裡遲開的梔子花正開得滿樹，在越來越深的暮色裡，傳送著濃郁的花香。

——選自爾雅版《黃羊・玫瑰・飛魚》

嘎仙洞

公元四百四十三年三月的一個早上，北魏拓跋鮮卑王朝第三代君王太武帝拓跋燾上朝接見使臣。來者是世居東北方的小國烏洛侯國的使節，他們帶來的訊息令聖上身心震動。

烏洛侯國的使者是這樣說的：

> 稱其國西北有國家先帝舊墟，石室南北九十步，東西四十步，高七十尺，室有神靈，民多祈請。
>
> ——《魏書・烏洛侯傳》

彷彿有遠古的雷聲從歷史垂落的深幕之後隱隱傳來。

那是多麼遙遠的年代！

太武帝年幼之時，就常聽宮中長者敘述先祖舊事，如何在大鮮卑山的群峰密林之中生活，如何出現了有智慧的領袖，如何在歷經六七十代的遊獵生活之後走出叢林，南遷大澤，又如何在七代之後，經過「九難八阻」的艱險輾轉來到五原，然後東移盛樂，再遷都平城。一代又一代的領袖帶領著族人繼續前進，這條長路上有著說不完的犧牲和收穫。可是，那些原來應該是極為真切的往事，卻在千年歷代的傳述中，逐漸變得模糊不清。所謂的列祖列宗，到了最後，不過只能是供奉在廟堂之上的縹緲影像而已了。

然而，就在此刻，卻有人不遠千里而來，告訴你：

「先帝舊墟猶在！」

這是多麼讓人歡喜振奮的訊息！

於是，經過了仔細的籌劃，經過了四千多里路的長途跋涉。這一年的七月二十五日，太武帝拓跋燾所派遣的謁者僕射庫六官和中書侍郎李敞這些官員，終於來到了東北方的大鮮卑山之中，在先祖的石室舊墟前，按照王朝所定的最高祭祀禮儀，供奉馬牛羊三牲，在祝禱聲中，舉行了莊嚴隆重的祭天祭祖大典。又把祝文刻在洞內石壁之上，再在洞外插立樺木的枝子，然後才啟程回返代京大同。

史書上除了記載這段經過和祝文的內容之外，還說了一些後話：

敞等既祭，斬樺木立之，以置牲體而還。後所立樺木生長成林，其民益神奉之。

咸謂魏國感靈祇之應也。

——《魏書・禮志》

日昇月落，樺木在山中繼續生長，時光在人間繼續流轉，幾個十年之後，君王老去，幾個百年之後，皇朝湮滅，而戰亂從來不肯停歇。到了最後，所有的痕跡與線索都消失了，只剩下一段短短的文字，藏在書中，有如謎題。

多少年來，想要解謎的歷史學者大有人在。要找鮮卑的舊墟石室，先要找到「大鮮卑山」，可是，這麼大的一座山，到底在那裡呢？

有人說是大興安嶺，有人說是外興安嶺，更有人說，應該是在貝加爾湖附近的伊爾庫茨克一帶。

眾說紛紜，而時光繼續流轉……

一直要到了公元一九七九年的九月，當時是內蒙古自治區呼倫貝爾盟文物站長的米文平先生，在大興安嶺鄂倫春族人的協助之下，找到了一處穴洞，從各種情況看來，很有可能就是鮮卑舊墟石室。

這個高踞在峭壁之上的穴洞，鄂倫春語叫做「嘎仙洞」。「嘎仙」的字音和滿洲語的「嘎珊」相通，據說是「村屯」的意思。

一九八〇年三月，米文平先生提出了一篇論文——〈拓跋鮮卑石室考〉，引起了內蒙古考古學界的注目，於是有人加入了米先生的隊伍，一次再次地來到嘎仙洞。但是，雖然許多條件都大致相合，卻不見祝文。搜遍洞中石壁，也沒有找到任何曾經有過人工鑿刻的痕跡。

沒有祝文，就沒有證據。沒有證據，任何的理論推斷都不能成立。

一直要到了那一天。

一九八〇年七月三十日，米文平先生和其他的學者又來到嘎仙洞前，那天天氣晴朗，到了下午，陽光斜斜地照進洞口。

我們來看米先生怎麼說：

當天下午四時，陽光由西照進洞內，視度很好，我們沿洞內西側石壁往裡走不到一分鐘，突然發現眼前石壁上隱約有個「四」字，我簡直不敢相信自己的眼睛，大家仔細看確為刻石文字，下面並有「年」字，上面又看出「太平真君」等。在第二行又看出「天子臣燾」，第三行看出「中書侍郎李敞」等字。幾個人反覆辨認，確為《魏書・禮志》上所記之祝文。由此，這個學術界爭論了多少年、我們調查了一年的懸案，終於得到了最後的解決。

——〈鮮卑石室的發現與初步研究・米文平〉

從公元四百四十三年七月二十五日到一千九百八十年七月三十日，這中間有一千五百三十七年的距離，千古之謎竟然會在一瞬之間得到解答，這是多少學者求之而不可得的奇遇！我想，米文平先生在那一刻的狂喜，恐怕是旁人無法想像也無法比擬的吧！

那是如何令人身心震動的狂喜！

不過，當然，這「一瞬之間」，也並不只是偶然的巧遇。在這之前，先要有大膽的假設，再要有小心的求證，然後還要有鍥而不捨的毅力，最後，最後，還要有夏日午後那一線斜斜照上洞壁的陽光。

那一線陽光就有如舞台前方的投射燈一般，斜斜地照了進來，使得原本是長滿了苔蘚面目模糊的石壁忽然間凹凸分明，在歲月垂落的深幕之後，有一些痕跡一些線索努力掙扎著站到了台前：

維太平真君四年癸未歲七月二十五日，天子臣燾，使謁者僕射庫六官、中書侍郎李敞、傅㝹，用駿足、一元大武、柔毛之牲，敢昭告于皇天之神：啟辟之初，祐我皇祖，于彼土田。歷載億年，聿來南遷。應受多福，光宅中原。惟祖惟父，拓定四邊。慶流后胤，延及沖人，闡揚玄風，增構崇堂。克翦凶丑，威暨四荒。幽人忘暇，稽首來王。始聞舊墟，爰在彼方。悠悠之懷，希仰餘光。王業之興，起自皇祖。綿綿瓜瓞，時惟多祜。歸以謝施，推以配天。子子孫孫，福祿永延。荐于皇皇

帝天，皇皇后土。以皇祖先可寒配，皇妣先可敦配。尚饗！　東作師使念鑿

一千五百年前一位君王對自己的遠祖以及那曾經庇佑過整個族群的天神，獻上了他衷心的祝禱。在剝除了覆蓋的苔蘚之後，刻在石壁上的祝文清晰顯現，除了少數字句有些出入之外，幾乎和史書上記載的內容完全相同。這終於證明了大鮮卑山就是大興安嶺，是拓跋鮮卑遠祖的舊居，也是許多游牧民族遠祖的發源地。

學者說大興安嶺在四億年前是古陸，在三億年前淪為海洋，由於火山的噴發，開始形成摺皺山系，而在六七千萬年之前，慢慢成為地表之上的崇山峻嶺。在悠長的年月間，一步步地改變，到了最後氣候濕潤，森林密佈，成為孕育初民的最好的生存環境，是一位無比溫柔又無比巨大的母親。

這真是一座巨大無比的山嶺！她的高度並不高，只有海拔八百到一千五百公尺而已，但是南北的長度卻有一千四百公里，寬度從兩百到四百五十公里。這樣一片遼闊無邊的土地上，長滿了濃密的森林，森林間水流清澈，有鹿、狐、獐、狍，還有美麗的紫貂，只要人類學會了射獵，就可以得到溫飽。

而像嘎仙洞這樣的天然石洞，更是初民的美好居室。大興安嶺冬天氣溫有時候會冷到攝氏零下四十度，但是在石洞裡最低只到零下十七八度，可以說是冬日的暖房，怪不得早早地就有人搬進來了。

一九九四年的九月，我也跟著朋友們來到嘎仙洞前。從岩壁下方望上去，並不覺得這個石洞有什麼出奇之處，要等往上走到了洞口，才發現裡面真是又深又寬又高！

陽光只能照到學者稱作「前廳」的地方，往裡面進去到了「大廳」那裡就有些暗了，等到戰戰兢兢隨著逐漸升高的地勢走到「高廳」的時候，已經是伸手不見五指。朋友打開電筒照著腳下，我們才能繼續摸索前進，到了「後廳」，猛一回頭，才發現洞口變得又遠又小，原來我們已經貼近洞穴的最深處了。

就在這個時候，電筒忽然滅了，大概是接觸不良，朋友試了幾次也亮不起來。我們幾個人幾乎是貼著岩壁站著，沒有光，一步也動彈不得，也沒有人說話。

就在電筒重新亮起來之前，在那段很短很短的時間裡，我忽然有了一種恍惚的感覺，好像那悠遠的昔日正從每一處深暗的角落向我慢慢靠近。那感覺很難形容，並不會讓我害怕，只是一種很安靜很緩慢的恍惚，好像無法確定自己到底身在何處。

電筒又亮了，大家好像都鬆了一口氣，開始慢慢往來路走回去。

洞穴裡最主要也是最寬廣的部分，就是中間的「大廳」，據說面積大概有兩千平方公尺。那頂上高高的石壁離地有二十多公尺，以一種優雅的弧度往四周傾斜，宛如穹頂。在「大廳」裡有一塊很大的天然石板，周邊形狀並不規則，但是因為是被一塊半公尺高的岩石托了起來，怎麼看都像一張特意擺設在那裡的桌子。是領袖與族中長者用來聚會的嗎？

他們是怎麼商談的呢？

「走」還是「不走」？「守在這附近」還是「無論如何都要出去看一看」？

這一帶確實是個溫暖舒適又安全的居住環境。峭壁幾乎是垂直的，穴洞離地又這麼高，野獸不能輕易上下。離洞穴不遠的前方就有一條清澈的小河，取水十分容易，周圍是取之不盡用之不竭的森林，隨便砍幾棵放在附近，取火也十分方便。夏天陽光照耀之時，躺在微風吹拂的洞口，聽山鳥爭鳴，遠處傳來襲人的花香，為什麼還要離開呢？而到了冬天的第一場雪之後，狩獵野獸幾乎是輕而易舉的事。在嚴寒的冬日，大家廝守在火邊，讓穴洞之外的大雪把一切都覆蓋起來，這樣溫暖的家啊！為什麼還要離開呢？

在大興安嶺的叢山密林裡長大的許多部族，雖然並不都是住在這樣的洞穴裡，但是自然環境大致相同。在悠久漫長的遠古歲月中，每一個族群一定都曾經面對過這樣的抉擇吧。是什麼因素影響了他們的決定？是領袖的魅力？是長者的智慧？還是整個族群的性格？時間已經過去了這麼久，我們對當日的會議內容一無所知，我們只知道結論——

有人決定要留下來！

即使這些部族已經離開了初民的混沌時期，學會了畜牧，知道用山羊馱載行李，知道用樺木皮搭成敞棚和茅屋作為居室，他們依舊眷戀著這巨大而又溫柔的大興安嶺，整個族群的人終生都從不走出森林，世世代代在此定居，並且宣示：

「沒有比這更美好的生活，也沒有比他們更快活的人。」（拉施特《史集》森林兀良合惕部落）

有人決定要走出去！

譬如拓跋鮮卑，譬如蒙古。這兩個民族的遠祖終於帶領著族群走出了大興安嶺，千年之後，他們的子孫都成就了難得的功業，一位在公元三百八十六年建立了北魏王朝，一位在公元一二〇六年開始建立了蒙古帝國。

在還沒有來到大興安嶺之前，翻讀史書，我並不能說到底是那一種決定比較正確，也不能說——誰比較快樂。

我當然知道，歷史上橫跨歐亞兩大洲的蒙古帝國，她的疆土、她對世界文化交流的貢獻，到現在依然是無人可以比擬的遼闊，無人可以比擬的榮耀，這種功業，豈是那些終生不出森林的部族能夠揣想的境界！

可是，在我心深處，又會覺得，如果整個部族的人都只願意保持著單純的生活，擁有那樣單純的快樂，不也是令人衷心嚮往的境界嗎？

而當我終於來到了大興安嶺，發現觸目所及，都只剩下生長了二三十年的細弱的次生林，那些在四十年前據說還遍佈四野的原始森林，那些粗壯濃密的樹木都已經消失了。山上的野生動物有許多早已絕滅。如今只剩下不到兩千人的鄂倫春族，全族都搬進了在低平之處政府為他們蓋好的村落裡居住，許多祭祀的儀式都被遺忘了，好聽的歌聲只能到文物陳列館裡的錄影帶中去搜尋。而大興安嶺之間到處都是曲折綿長的產業道路，魯莽的揚著灰沙的運材卡車，日夜不停地在路上迴轉奔馳。

要到了這個時候，我才明白，原來，再彪炳的功業雖然在最後都只能走進歷史，可是，再單純的願望、再卑微的請求、再怎麼與世無爭的快樂，到了今天，也只能是永不復返的夢境了！

站在嘎仙洞前，我不知道我還能祈求什麼。此刻，山中依然有樹木，河水依然清澈，山風依然清涼，空氣依然濕潤芳香。神祇在上，如果您願意俯聽我的祝禱。那麼，請為我們擋住那就在眼前虎視眈眈的毀滅巨獸，請讓這山中的一切就此停留。

請為那千年之後的尋訪者，留下一些美好的值得珍惜的痕跡吧。

註：這篇文字中的資料部分，是從米文平、趙越、王大方三位先生發表在《呼倫貝爾文物》上的論文中借用的，在此謹致謝意。

——選自皇冠版《大雁之歌》

丹僧叔叔

——一個喀爾瑪克蒙古人的一生

一直想要提筆寫出丹僧叔叔的一生，卻是千頭萬緒，不知從何開始。

這幾年來，常常帶著幻燈片去演講，向台灣的聽眾介紹我所看到與知道的蒙古，心裡也會有這樣的感覺。有時候，一張幻燈片在黑暗裡停格，而我在黑暗中也滔滔不絕地訴說，彷彿在長久的時間與廣漠的空間之中，有千頭萬緒都奔湧而來，都爭著要在這短短的幾分鐘之內現身、解釋與告白。

我想，最主要的原因應該是在我們的教育之中，有關於北方民族的歷史人文，除了其中極少的經過挑選了的資料之外，其他一切都是空白，這就讓我在介紹的時候變得非常困難。本來應該是只說重點，突出那精采的部分，可是如果聽眾對一切的背景資料都毫不知情的時候，又怎麼能夠明白那重點的悲喜之後的遠因與近果呢？

寫丹僧叔叔，也是如此。

我當然可以先從一九六六年寫起，那年是我第一次見到他。但是，如果要清楚地說出他之所以如此的重要環節，就又必須從一六三〇年開始寫起。

所以，我只好話分兩頭……

1

先說一九六六年。

那年夏天，父親帶我去丹僧叔叔的家。

他有妻有子，並不是一位僧人，「丹僧」這兩個字，只是他名字的蒙音漢譯而已，但是如今又覺得滿貼切的。

他是父親的朋友，比父親年輕幾歲，所以我就這樣稱呼他。

那時，父親在慕尼黑大學教書，我在布魯塞爾讀書，姐姐和妹妹也都在歐洲。所以，一到假期，我們就會坐火車南下或者北上的彼此探望。

去慕尼黑的時候，父親有時會帶我們去市郊幾個蒙古人的家裡作客。

其實，那時我對丹僧叔叔的印象很模糊，只記得這幾個蒙古家庭都住在郊外廉價的國民住宅裡，房子不大，主人都很好客，每次見到我都會緊緊地擁抱，在我臉頰上親了又親，給我吃很多用羊肉烹調的大菜，笑著勸我喝酒，然後又唱歌又跳舞的，熱熱鬧鬧地過一晚。去了這家，就一定要答應再去另外一家，不然的話，就是兩三家湊到一家來聯歡，所有的孩子也都跟著父母過來，高高低低大大小小的擠滿了一屋子，那種熱情和歡樂，才是讓我印象深刻的記憶。

我也還記得，在每家客廳的牆上，總有達賴喇嘛年輕時的照片，披著潔白絲質的哈達，靜靜地俯視著這個家庭。

在當時，我也注意到了，雖然同是蒙古人，父親和那幾位叔叔的交談中常常要夾雜著英文才能說得通。有一次在回家的路上，我問父親，他說：

「他們是喀爾瑪克蒙古人，最早是住在新疆那一帶的，口音和我這個察哈爾蒙古人很不相同。而丹僧他們又是從小在俄國長大的，有些單字我實在聽不懂，就只好用英文來幫忙了。」

那天，是我第一次聽到「喀爾瑪克」這個字。父親說，這字的意譯是「留下來的」的意思，也有人譯作「餘留者」。

父親又說：

「喀爾瑪克蒙古人雖然可說是遠離家鄉的流浪者，可是對於蒙古的老規矩卻一點也沒忘，真是不容易啊！」

2

蒙古高原上的蒙古人，大致可以分成幾個重要的部族。在中心地帶，散佈在戈壁南北的是喀爾喀蒙古，也就是我們比較常聽說的內蒙古和外蒙古人（這之下再細分，才會有我父親所屬的察哈爾盟，或者母親所屬的昭烏達盟等等……）。在東部嫩江流域的是達斡爾蒙古，在北部西伯利亞貝加爾湖邊的是布里雅特蒙古，在西部以天山山脈為中心的是衛拉特蒙古（或稱瓦剌）。

衛拉特蒙古世居新疆北部，在天山北麓準噶爾盆地周邊一直到烏魯木齊和阿爾泰山之間，分成四部——土爾扈特、準噶爾、和碩特和杜爾伯特。十六世紀末期，和碩特人跟隨著他們的固顧汗去了青海，就是如今的「青海蒙古」的前身。而土爾扈特人從十六世紀的一五七四年代開始就逐漸計劃西遷到中亞草原。

那時候的中亞草原上並沒有任何政治與軍事上的干擾，人煙稀少水草豐美土地遼闊，先驅的探路者一直抵達了伏爾加河流域，回報之後，一六三〇年，土爾扈特人就在和・鄂爾勒克的領導之下，大舉遷徙。他們陸續出發，用了好幾年的時間，長途跋涉，終於定居在裡海北岸的阿斯塔拉汗地區，在那一片無憂無慮沒有任何威脅的土地上建立汗國，過了將近一百年的好日子。

但是，十八世紀開始，俄國國勢強盛了之後，對於帝國南方這些游牧民族的地區開始有了染指之心，惡運就慢慢逼近了。

在一連串的高壓統治與宗教迫害之後，土爾扈特蒙古人不禁又懷念起那在遙遠的天山之上的故土了。

那時在家鄉，多年爭戰的準噶爾部不幸終於被清廷所滅，「數千里內，遂無一人」。消息傳來，更堅定了他們想要回家的心。於是，一七七〇年底，躲過了俄國官吏的監視，渥巴錫汗召集了王公貴族和喇嘛密商，決定全族「東返準噶爾故土」，並且對外以抵抗哈薩克入侵的理由，開始集結土爾扈特軍隊。

多年之後，在天山山麓上的天鵝湖畔，一位土爾扈特的學者告訴我，他們自古以來，都自稱是「天鵝的部族」，因為，土爾扈特人的性格一如天鵝，不喜歡爭戰，如果遇到強大的壓力，就會展翅飛離，要到了威脅解除之後，才會再慢慢飛回來。

但是，在天上的飛鳥也許可以平安做到的事，在地上的土爾扈特子民卻沒有這麼幸運了。

其實，當時什麼都設想到了，什麼都計劃好了，甚至連出發的「良辰吉時」也都請喇嘛先挑選好了，在年輕的渥巴錫汗英明的領導之下，分布在伏爾加河兩岸的二十萬土爾扈特人，可說是做了萬全的準備。

但是，殘忍的上蒼，卻對他們開了個無法料想到的玩笑，那年冬天，伏爾加河竟然不肯結冰！

一七七一年一月五日清晨，天已亮、雞已鳴、時辰已到，河西有七萬土爾扈特人卻怎麼樣也無法渡河。人馬在兩岸結集，消息已經走漏，如果再不走，必然會遭到全族滅亡的命運，渥巴錫汗終於含淚下令出發，東岸的十六萬多的土爾扈特軍民向西叩首作別，踏上東返故土的長路。

我在這裡先不說這近十七萬人的歸鄉之路是多麼崎嶇坎坷充滿了追殺掠奪的死亡陰影，八個月之後，當他們終於抵達了故土之時，只剩下不到六萬零零落落一無所有的殘破隊伍，這就是西方史家所說的：「歷史上最悲慘的遷徙」。

在這裡，我要說的，是那七萬個留在伏爾加河西岸的土爾扈特人的惡運，因為，他們就是丹僧叔叔的先祖。

一七七一年之後，這七萬個留下來的土爾扈特人有了一個新的名字「喀爾瑪克」（也有譯作卡爾梅克），這是那些旁觀者，也在中亞草原上生活的突厥人，半帶戲謔半帶悲憫給他們取的名字。從此，這些「留下來的」人，終生都只能與悲苦共存。

3

從歐洲回來之後，我和海北忙著開始工作，開始養育子女。居住在新竹或是龍潭鄉下，都是偏僻的地方，不大能和朋友常常來往。倒是在有幾年的雙十國慶，蒙藏委員會款待回國蒙胞的歡迎會上，見到丹僧叔叔，雖然都只是匆匆一會，仍然覺得很親切。

不過，真正有機會與他深談，卻是要到了一九九一年的夏天了。

那年夏天，受一位在台灣學中文的喀爾瑪克女孩娜塔麗之託，要我去訪問丹僧叔叔在慕尼黑設立的喇嘛廟，如果我能拍幾張相片回來，也許可以幫他申請到一點補助。

我答應了。於是，一九九一年六月十四日的下午，父親和我，再一次去探訪丹僧叔叔。

奇怪的是，明明仍舊是同一所住宅，為什麼給我的感受卻與二十多年以前的截然不同？那天下午有陽光，社區裡也有綠樹有草花，可是為什麼卻給我一種荒蕪和寂寥的感覺，孩子們早已經長大了離開了，只剩下衰老的父母安靜地坐在空空的公寓裡，庭園依舊，歲月恍惚。

丹僧叔叔心臟不好，走幾步樓梯就要稍作休息，當然也更不能喝酒了。他本來就不高，如今身軀顯得更加矮小，頭髮已經花白，好像比父親看起來年歲還大。他帶我們去參觀喇嘛廟，其實，嚴格說來，只能算是一間佛堂的規模而已，卻是幾十年來，散居在歐洲的喀爾瑪克人的精神支柱。

佛堂在丹僧叔叔的住家附近，是一棟公寓樓房的二樓，從外觀看跟普通的住家沒有兩樣，房門上只有一條小小的黑色門牌標示著德文「BUDDHISTISCHERTEMPEL」。進門之後有客廳和飯廳以及小廚房，佛堂在左邊的大房間裡，平時房門緊閉，只有祈禱的時候才會打開，好保持清淨與尊嚴。雖然都是因陋就簡的設備，但是一進入佛堂之時，卻仍然會覺得心頭一凜，那種深藏在漂泊者心中的虔誠，讓眼前的佛像、供品、香燭和佛幡都平添了一層更加燦亮的光澤。

丹僧叔叔在我旁邊向我詳細地介紹這個喇嘛廟是如何由一位流亡在外的喀爾瑪克喇嘛所創立的，又如何在戰後的德國輾轉搬遷，終於在慕尼黑停下了腳步。從一九四五到一九九一，將近有五十年的光陰了，而丹僧叔叔從一九四八年開始，都擔任照顧的責任，德國政府每年也有津貼，可以繳付房租和水電的費用。

原來供奉的佛像，是從一六四八年，當土爾扈特人陸續遷徙到中亞草原的時候，從天山故土的廟裡請出來的。三百多年來隨著他們的族群從新疆天山、中亞草原，從伏爾加河邊一直走到了歐洲，在德國供奉了幾年之後，一九五一年又隨著一批被批准移民到美國的喀爾瑪克人帶到美國去了。如今這個佛堂裡供奉的是釋迦牟尼佛像。

「但是，我們還留下了七個白銀做的供杯。這也是當年土爾扈特先祖們離開天山的時候一起帶著走的，到今天也已經有三百五十年的歷史了。」

丹僧叔叔把七個供杯都排在神壇之前要我拍照。那三百多年來一直被小心呵護的銀質供杯上，一絲傷痕也沒有，在燈光下閃耀著溫柔的光芒。信仰，是多麼奇妙的東西！當滿身傷痕的喀爾瑪克蒙古人來到佛壇之前，想必都能夠從這些完好無缺的物件身上，得到極大的安慰吧。

4

一七七二年，在一次對抗俄國高壓統治的革命失敗之後，俄國凱瑟琳二世下令終止這些喀爾瑪克人「汗」的稱號與地位，把他們從獨立的藩國降為帝俄子民。同時又加強對他們的政治整合與「俄化運動」，分化和移民。

當初土爾扈特人力圖避免，不惜舉族遷徙的疑懼與憂慮，如今都變成真實的災難，在伏爾加河西岸，這七萬「留下來的」蒙古人只能以孤單與脆弱的肉身來承擔。

唯有靈魂依舊可以自主。

於是，所有喀爾瑪克的長者都諄諄告誡子孫：

「不管身在何處，都要記得我們是信奉喇嘛教的喀爾瑪克蒙古人！」

每一個流亡在外的子孫都做到了。

一九一七年，在俄國的「二月革命」與「十月革命」之間，喀爾瑪克人被迫捲入爭戰。絕大多數的人是加入了白軍，與蘇維埃共黨紅軍展開長達兩年之久的戰役，生命財產損失慘重。當白軍戰敗，這批在俄國已經安家三百年的喀爾瑪克人，又被迫流亡。

可惜，能夠幸運逃離的，只有不到兩千人左右，他們由黑海乘船逃到土耳其，再陸續逃到南斯拉夫、保加利亞，甚至遠至捷克和法國，成為了真正一無所有的流浪者。

唯一能保留的，就是充滿了信仰與記憶的靈魂。

逃脫不及的那些喀爾瑪克人，有的遭到殺戮，有的被強迫送到西伯利亞勞工營，一波又一波的整肅與迫害，不停地前來。雖然在一九三五年十月，史達林為了籠絡人心，批准了「喀爾瑪克自治共和國」的設立。但是，到了一九三六年和一九三七年的「大清算」，數以千計的喀爾瑪克人又被迫害，或革職或入獄，甚至大批集體放逐到西伯利亞。

一九三九年，又一場讓喀爾瑪克人兩難的戰爭發生了——第二次世界大戰爆發。

一部分的喀爾瑪克人選擇相信蘇聯政府，相信這是一場護衛國土的聖戰。於是，在一九四一年六月德國入侵俄國的時候，他們奮勇抗敵。有學者在戰後統計，認為在蘇聯的大小聯邦中，喀爾瑪克為「祖國」所付出的傷亡比例是數一數二的。

但是，也有一部分喀爾瑪克人選擇了投效德軍，想藉此向他們的世仇俄國作個了斷。

5

父親和我，就在佛堂所在的公寓裡住了兩個晚上。

父親是長者，又是男人，所以可以在佛堂裡搭地鋪。而我和兩個到德國來求學的喀爾瑪克女孩子，只能睡在外面的小客廳裡。

在這兩天之中，丹僧叔叔和我說了許多話。有一次，他談到了自己的童年：

「我是一九二二年十二月二十五日出生在雅茨庫克的。七歲那年，母親去世。父親為了讓我上學，只好忍痛讓我離開家鄉參加一個兒童福利組織的教育計劃。我和十個女孩、二十個男孩一起，到首府附近的一個寄宿學校就讀了好幾年。

「一九三三年，是大饑荒的那年，每天有數以百計的人餓死在街邊。我還小，食量也不大，只是覺得精神不好而已。但是，我們學校裡已經有五六個孩子都餓死了，餓死的屍體都只能在匆忙中先拖放到另一個房間。我因為昏睡不醒，也被拖放到這間房子裡，就躺在十個左右裸體的死去的孩子之間。

「在這個學校裡，有位十八歲的大姐姐，她有個十一歲的妹妹，平常就很喜歡同年的我，常常來找我玩。這天聽人說我也餓死了，覺得很捨不得，就偷偷跑到這個房間來，打開房門，想在門邊再看我最後一眼。

「想不到，我就在那個時候睜開眼睛，往四周看一看，就又陷入昏睡了。這個女孩奔跑著回去告訴她的姐姐，說丹僧沒死，還活著。那時誰也不肯相信她。她只好哭喊著要姐姐一定過去看看，有位蒙古舍監聽見她的哭喊，就過來探視，俯身聆聽撫摸，想不到我果然還有呼吸，於是趕快把我移出房間，特別細心地照顧了幾天，我就這樣奇蹟般地活了下來。

「其實，在那個年代裡，喀爾瑪克人真的幾乎都是要靠奇蹟才能活下來吧！」

丹僧叔叔說到這裡，苦笑了一下。我趕緊問他，還記不記得那個女孩的名字？現在有沒有再聯絡？

「我們再在一起讀了三年書，一九三六年從學校畢業之後，就沒有再見過面了。不過，我一直都記得她，她叫做布露葛爾，是個笑起來有兩個小酒渦，眼睛很亮的蒙古女孩子。」

在五十八年之後，那個小女孩還活在丹僧叔叔的心中吧？不然的話，在提到她的名字的時候，他的眼睛為什麼也好像有點亮了起來？

「一九三六年離開寄宿學校，前途無比黑暗。父親已經在一九三三年的饑荒中餓死了，家鄉還有姐姐和妹妹，我只好徒步去一個又一個的城鎮裡找工作。好不容易找到了一個翻譯的差事，做了幾年，剛剛覺得安定了下來，卻又遇到第二次世界大戰，讓我在德國和俄國的烽火線上做了好幾次的砲灰！

「一九四一年六月當德國人攻進來的時候，喀爾瑪克人確實曾有人拿起槍抵抗過，但是，當俄國軍隊重新奪回這些城鎮之後，卻又懷疑所有的喀爾瑪克人都是叛徒與奸細。

「我不管誰是誰非，一心想要回故鄉雅茨庫克。找到了一個駱駝車，在酷熱的陽光之下，路很長，沒有水，可是還是給我捱回到家鄉了。但是，雅茨庫克已經陷落在德軍的手中，我算是自投羅網了。

「不過，奇怪的是，這些德國人反而對我們很友善，他們把羊群和馬群都還給我們，還宣布說如今既然已經脫離俄國的統治，我們喀爾瑪克人應該恢復自己的宗教信仰。當時有五位喇嘛混在群眾之中掩藏，聽了這話之後就現身，領導我們在雅茨庫克建立了一座佛教殿堂。這其中有兩位喇嘛是在多年前的『十月革命』之後，被流放到西伯利亞去的。其中一位名叫阿格卓拉力吉，一八九一年五月一日出生，經歷過許多災難之後，終於在一九四一年回到故鄉雅茨庫克來，為了重建聖殿，他投進了全部的心力。

「一九四二年七月，我們在堪稱華美的小小聖殿裡舉行了第一次的儀式，獻上衷心的祈禱，渴望上天保佑，重新開始平安的日子。

「三個月之後，德軍戰敗，美夢破碎。

「在俄國人與德國人之間，現在已經不需要選擇了，都是曾經為重建聖殿出過力氣的年輕人，如果留在家鄉，只有等待死亡。於是，我們只能跟著戰敗的德軍一齊撤退。

「那一年，我二十歲，離開了我的家鄉雅茨庫克之後，就再也沒有回去過了。」

6

一九四二年的冬天，德軍在史達林格勒一役慘敗之後，撤離俄國。這時候，大約有五千名喀爾瑪克子弟，因為害怕俄國人的殘忍報復，只好與德軍一齊撤退。但是，絕大多數的喀爾瑪克人自認清白，他們從來不曾與德軍有過什麼牽連，就都留在家鄉原地。

這些又一次留下來的「餘留者」，想不到竟然與他們的先祖一樣，又一次遭逢到含冤屈死的悲慘惡運。

一九四三年，史達林復仇行動開始，他以「通敵」、「叛國」的罪名，加在喀爾瑪克人以及韃靼等五個小國的身上，十二月二十七日，宣布解散喀爾瑪克共和國，再將全體人民集體放逐到西伯利亞的勞工營去。一去十三年，漫漫長夜，無人聞問，在十三年之間，整個蘇維埃聯邦沒有一個人敢對他們有任何探詢或者聲援的行動。

這個世界假裝無知、假裝無事，即使曾經毗鄰而居也假裝已經忘記了他們！

一直要到了一九五六年的二月，在赫魯雪夫那篇有名的演說裡，才第一次提到史達林時代的許多殘忍行為，包括對喀爾瑪克以及其他幾族的大遷謫和流放。

一九五七年，為了自我在政治上的利益，赫魯雪夫假裝慈悲地為喀爾瑪克人翻案，准許他們重回故土。但是，能活著從西伯利亞回來的，只剩下六萬多人，還不到十三年前被放逐時人口的一半。

我認得其中的一位。有一年，在歐洲，他向我描述在那零下五十度低溫裡生活的感覺，他說：

「起初，寒冷讓人疼痛。可是，又不得不繼續在戶外工作，久了之後，整個人變得失去了該有的重量的感覺，好像變得很輕很輕。」

多年之後，面對著我，劫後餘生的他帶著從容的微笑，彷彿描述的是他人的情節。可是，當時的痛苦要怎樣努力，才能熬過來呢？

史達林曾經公然殘害了數以萬計的喀爾瑪克人，你可以說他本來就是個惡魔。可是，那些自認是英雄，自認是二次大戰正義之師的國家——英國和美國又如何？

戰爭剛結束的時候，情勢混亂，一部分的喀爾瑪克軍隊，也想到了這其實是投奔自由的好時機。於是，他們的領導者與盟軍代表商談，當時的盟軍笑臉相迎，並且保證只要他們肯放下武器，就一定負責帶領這些部隊前往自由的天地。

五千多人的軍隊，五千多喀爾瑪克壯士，就這樣手無寸鐵地把自己交付到盟軍的手中，坐上安排好的火車，大家都慶幸終於能夠脫離苦海了。

想不到，火車在下一站的月台前就停住了。月台上站滿了一排排荷鎗實彈的俄國兵，所有的喀爾瑪克軍官都被帶下火車，就地鎗決，而五千個十八九歲的年輕士兵直接用原車押送到遙遠的西伯利亞荒原，從此再也沒有任何的消息。

原來，蘇聯已經和英、美兩國有了一項祕密的協定——史達林要求，所有在俄國境內的蒙古軍隊，都要交還給俄國來處置。

明明知道這是陷人於絕境，英國和美國竟然也會答允，喀爾瑪克人是被出賣了！

從第二次世界大戰以後一直到現在都還時時自命為正義化身的英國和美國，不知道還記不記得這一段醜惡的歷史？

但是，無論這個世界如何假裝無知、假裝無事，滿身滿心都是傷痕的喀爾瑪克人卻從來沒有忘記過。

7

丹僧叔叔在佛堂外的小飯廳裡，招待了好幾位前來德國的喀爾瑪克留學生晚餐。這些年輕人很有教養，對長者特別恭敬，也都不過是二十歲左右的年紀而已。丹僧叔叔說：

「這些孩子多好！在這樣的年紀裡可以專心地求學問，多讓人羨慕！」

而丹僧叔叔的二十歲呢？

我們圍坐在他身旁，聽他重述那在戰火之中掙扎求生的記憶：

「喀爾瑪克人的騎術是一流的。在戰爭初期，德國軍隊也曾經要求過喀爾瑪克人擔任監視鐵路和公路的工作，一有警訊，就可以快馬追蹤或者報訊。

「但是，在撤退的長路上，寒冬已經封鎖了所有的一切，任是多快多好的馬，也沒有用武之地。

「所有的河流和土地都結冰了，德國軍官一直催我們走快一點，卻是怎麼也不可能加快半步。

「有一天，部隊正走在結冰的河面上，俄國飛機發現了我們，馬上俯衝逼近，子彈一排一排地掃射過來，我們這些人只能拚命往對岸奔跑。那天天氣非常晴朗，對岸樹林裡白樺樹的枝子一層一層的原本清楚極了，可是在那一瞬間我什麼都看不見了，只能聽見頭頂上飛機引擎巨大的噪音，子彈尖叫著掠過，還有人群的哀傷呼號，這一切都交織在我耳旁，恐怖與掙扎使我奮力往前奔逃，同時大聲地呼唸著大悲咒，一遍又一遍，一遍又一遍……

「等到飛機掠過了我們，鎗聲暫時停止，我才恢復了視力，才發現剛剛還緊靠在左手邊與我一起奔跑的那位蒙古弟兄躺在我身後的冰上，雙腿染滿了鮮血，正向我大聲呼救；而右手邊的那位德國士兵已經身首異處了。

「那位蒙古弟兄只有十八歲，忍受不了疼痛，一直央求我們射殺他，我走過去把他抱了起來，放在馬背上，可是，等到到了對岸之後，他已經咽氣了。我檢視自己全身，竟然沒有一絲傷痕，不禁跪下向上天叩謝，到這個時候全身才止不住地抖了起來。

「在我的童年時期，一位老姑母告訴我，遇到災難或者危險的時候，要誠心唸誦大悲咒就可以逢凶化吉，從此之後，我是深深地相信了！」

這是倖存者在發言，在向眾人見證他的信仰。事實也由不得我們猜疑，在那九死一生的經歷裡，好像真的是處處有神蹟，處處都有上蒼的眷顧。

可是，那些沒有逃過劫難的魂魄，又該怎麼說呢？

8

一九四五年，第二次世界大戰結束，在德國慕尼黑附近的勞工營裡，聚合了八百五十名喀爾瑪克人。

說是「聚合」，是因為這裡面除了包括丹僧叔叔在內的剛剛隨著德軍撤退過來的青年之外，還有另外一批「資深」的流浪者。

這些人就是我們前面提過的，二十五年之前，在俄國大革命之後倉卒乘船從黑海逃離了共黨紅軍追捕的喀爾瑪克人。一九二〇年後有些人流亡在東歐各國，也建立了一些小小的家園，想不到這次隨著戰敗德軍的撤離，又被迫拋妻別子地遷進了這些勞工營裡，意外地竟然能和從家鄉逃出的年輕人見了面。

重新見到同胞，重新聽到鄉音，對於這些已經離開家鄉有二十五年的喀爾瑪克人來說，彷彿也算是一場悲喜交集的「團聚」了！

然而，這八百五十個喀爾瑪克流浪者，在那一刻裡，其實都是無家無國無一處可以依歸的遊魂。喀爾瑪克蒙古共和國已經被史達林宣布解散，所有的同胞都被驅逐到西伯利亞，沒有一絲音訊；東歐的消息也被封鎖，那些用二十五年時間辛苦構築而成的小小世界又完全破滅，天下這樣廣大，卻再無一處可以去投奔的了。

戰爭結束，大家離開了勞工營，卻也只能暫居在德國，等待聯合國國際難民組織替他們尋找容身之處，幾經交涉，才在一九五一年的時候，得到了幾個國家的接納。

其中有五百七十一名喀爾瑪克人，在一九五一年十二月到次年三月這段時間裡，陸續出發到美國定居。其他的兩百多人，有的去了法國，也有的選擇繼續留在德國。

9

四十年就這樣過去了。

「現在，」丹僧叔叔說：「在歐洲的喀爾瑪克人，如果加上他們的孩子，還再加上一九二〇年的時候出來的那些喀爾瑪克人的子孫，大約有一千五百人左右。從德國、法國、比利時、義大利、瑞士，一直到東部的保加利亞、捷克、波蘭和南斯拉夫，都有他們的蹤跡，有的地方人很少，只有兩三個家庭而已，還是在法國和德國的蒙古家庭最多。」

一九四五年之後，德國政府對待這些留在德國的喀爾瑪克人還算不錯，幫他們找到工作，也配給房舍。丹僧叔叔就是在一九五二年分到了這一間公寓的，一九五四年結婚後也沒有再搬動。

丹僧叔叔在一九五三年底，已經有三十一歲，知道家鄉在可預見的將來是回不去的了，於是，就學著像有些單身漢一樣，登報徵婚。寫信前來應徵的這位德國女子，是個寡婦，有個小女兒，雖然並不能算是那些直接受戰爭之害的戰後德國眾多的戰爭寡婦之一，卻也是個傷心人，名叫安娜。

兩個人約好在慕尼黑火車站見面，第一次相見，幾乎沒有什麼話可說。後來，也許是感覺到了丹僧叔叔的誠懇，兩人才逐漸交往，最後在一九五四年七月十五日正式成為夫妻。

婚後，兩人又生了三個小孩。如今，四個孩子都完成學業，找到了工作，也成了家，都搬走了，只有兩個老人依舊住在這裡。丹僧叔叔說：

「孩子們長大了就搬出去住，本來是天經地義的事。我唯一掛心不下的，就是將來我不在了之後，還有誰會來管理這間佛堂呢？」

佛堂所在地的公寓，雖然並不是國家配給，而是租用的，所以也搬遷了幾次，好在還有政府津貼，一般的支出可以維持。但是佛堂內的一切設備卻是靠德國朋友的捐助，而晨昏灑掃以及其他種種雜務的管理，更是要靠丹僧叔叔的全心投入了。孩子雖然也遵從信仰，但是還有沒有熱情與力量來追隨父親的腳步呢？

這一間小小的佛堂，靠著好幾位喇嘛的帶領，以及丹僧叔叔全心的奉獻，就這樣在四十多年間，逐漸成為流落在歐洲的所有喀爾瑪克人的精神殿堂，甚至達賴喇嘛也曾經兩次親身前來，為信徒講經與降福。

「第一次是在一九七三年十一月四日，第二次是在一九八二年十月二十九日，那真是難得的榮寵與盛況啊！」隔了這麼多年，丹僧叔叔向我們重述的時候，語調裡仍然有著藏不住的喜悅與興奮。

從歐洲各地聞風而來的喀爾瑪克蒙古人兩次都有一百多人，再加上從瑞士來的上百位的西藏人，把小小的廟堂擠得滿滿的，達賴喇嘛給他們每個人降福。而所有的德國朋友都站在外面的草地上，也有幾百人。他們帶著微笑，自動把一切能與達賴喇嘛接近的時間與空間都讓了出來，讓給這些遠離故土受盡苦難的流浪者，希望他們能夠親近自己的宗教領袖，能夠得到降福，得到安慰。

當時達賴喇嘛講經時的座位，如今是當作聖物一般地保存與供奉，丹僧叔叔還特別准許我拍了幾張相片。

他也為我展示了這個佛堂裡最早的一位住持喇嘛的相片，他就是我在前面所提到的那位名叫阿格卓拉力吉的喇嘛。是在一九四二年領導著丹僧叔叔這些青年，在雅茨庫克建立了一座佛教殿堂的五位喇嘛之中的一位。

德軍戰敗撤退，這五位喇嘛也跟著喀爾瑪克的年輕人一起行動，在軍隊撤退的途中，照顧這些年輕人，並且為他們祈禱降福。但是，中途有三位喇嘛被俄國軍隊俘虜了回去，只剩下兩位到了德國。其中一位在一九五一年陪著那五百多個喀爾瑪克人去了美國，在紐澤西建立了第一座喇嘛廟堂，而留在德國的便是這位阿格卓拉力吉喇嘛，後來達賴喇嘛追稱他為「阿克捷諾爾・那旺沁格」，意譯就是「此廟之宗師」。他在一九七三年十月九日去世，享壽七十五歲。肉身火化，骨灰送到印度達賴喇嘛的居停之處，當地的喇嘛將骨灰撒在喜馬拉雅山上的一條潔淨的河流裡，但願魂魄能夠回歸故土。

「那年冬天，隨著德國軍隊一齊撤退的時候，喇嘛其實和我們一樣，都想著也許四、五年之後，就可以重回家鄉。誰會知道一離開就是這麼多年，喇嘛已經故去了，我也老了。」

其實丹僧叔叔年齡並不算老，只是健康情形很差，大概是不適合作長途的旅行了。

一九八九年，輾轉得到家鄉的消息，家中只剩下兩個妹妹。當然，下一代也還有不少的姪子姪孫，可是，屬於他記憶裡的那許多親人，如今只有這兩個妹妹還在世了，健康狀態也都很惡劣，大概也不能前來探視他。

「你知道嗎？我以前常常會做夢，夢裡總是會回到家鄉。但是自從得到了家鄉的消息之後，好像連夢都沒有了。」

10

一九九三年九月，第一屆「世界蒙古人大會」在烏蘭巴托召開，有來自許多不同國家的兩百多位代表參加。

在會場裡，我遇到好幾位從德國、法國來的喀爾瑪克蒙古人，都是舊識，大家在蒙古國的首都相見，更是十分歡欣，忍不住互相擁抱。

但是，接著來的，便是悲傷的消息：

「丹僧先生在八月份逝世了。我們明天要去甘丹寺為他求喇嘛唸經，你要參加嗎？」

我當然要參加。但是，在靜聽喇嘛誦經的時候，心裡想著的卻是兩年前的夏天，在千里萬里之外的慕尼黑郊區那間小小的佛堂裡，丹僧叔叔曾經告訴過我的每一句話。

這樣就是一生了嗎？

我與他相識不能算深，可是，在那年夏日兩天的相聚之中，好像在向我講述那間佛堂的歷史的時候，丹僧叔叔也把他自己的一生都說給我聽了。

甚至包括了他的渴望和夢想：

「你知道嗎？除了渴望回到家鄉之外，我這一生還有個夢想，希望有一天能去甘丹寺朝拜，然後再到戈壁看日出。我們蒙古人說：『在戈壁看日出，是人間天堂。』其實，我也去過一些地方，看過一些風景，不管是在歐洲還是美洲，也真有些壯觀的景象，可是，我從來沒去過戈壁，不知道這一輩子還有沒有可能到戈壁去看日出，享受那身在天堂的滋味？我看，大概只能是夢想了吧！」

甘丹寺內香煙繚繞，古老的佛幡在歲月的薰染之下，那顏色有著無法形容的華麗和蒼涼，這就是丹僧叔叔渴望前來朝拜的聖殿。置身在他永遠都無法實現的夢境裡，我默默向自己發誓，要把他說過的一切都如實地寫出來。

這就是一個喀爾瑪克蒙古人的一生。

註：本文內有關喀爾瑪克蒙古的史料部分，多有借自海中雄先生民國八十一年二月二十二日至二十四日發表於《聯合報》副刊〈歷史上最悲慘的遷徙〉一文，在此謹致謝意。

——選自皇冠版《大雁之歌》

盛宴

開始的時候，是朋友告訴我的，在師大附中停車場附近的巷子裡，有家專賣藝術文物圖書的小書店，找到了之後，果然很不錯，有空時就常常會進去張望一下，遇到喜歡的書，就坐下來慢慢翻看。店裡很安靜，店主和工作人員又都非常溫和秀氣，店門口還總有兩三碗半滿的貓餅乾放在那裡，供兩三隻看起來也挺有風度的野貓進食。

不過，幾年下來，我才發現，無論在那裡翻看了多少本精采的畫冊，最後真正捨不得放下而一定要買回家來的，卻有絕大多數都是與蒙古高原有關的考古文集，有的甚至只是白紙黑字厚厚一大冊的發掘報告而已。

我於考古，當然是外行，有些文字也只是一掠而過，並沒有深讀。但是，由於那些發掘地點都是在蒙古高原之上，有的是我這幾年走過的地方，有幾處甚至就在我母親或者父親的故鄉，都是親得不能再親的蒙古地名，我就忍不住要把這些書買下來據為己有帶回家中，好像書一旦放在我的書架上，那在先祖故土之上曾經發生過的一切史實和傳說，也都會與我靠得更近一些似的。

了解我的朋友，都能容忍我在這近十年來的行為。C說這是內在的召喚，H認為這未嘗不可以解釋成一種激情，L則說這是對生命來處的追尋；然而我自己身處其中，卻只覺得彷彿來到一個全新的世界，雖說是先祖故土，然而所有的細節對我來說都是初遇。我是一株已經深植在南國的樹木，所有的枝葉已經習慣了這島嶼上溫暖濕潤的空氣，然而，這些書冊中所記錄的一切恍如冰寒的細雪，令我驚顫，令我屏息凝神，舊日的種種在我攤開書頁之時以默劇般演出的方式重新呈現，是一場又一場的饗宴啊！

首先是那混沌初開的序幕，當地球還在進行造陸活動之時，那該是一幅充滿了熔岩與濃煙，沸騰而又動盪不安的畫面吧。

然而，即使是如此混亂，還是有些當日的訊息遺留了下來，在如今的內蒙古自治區的鄂爾多斯高原上，我們找到了地球上最古老的岩層——高齡三十六億年。

然後在六億年之前，海水從南方漫浸而來，淹沒了大地，成為汪洋，生命因而在古海中發源。這時間據說有一億多年，在這之後，陸地上升，再度露出海面，只留下許多滅絕的生物的名字。

我喜歡那些有趣的名字，譬如「準噶爾小實盾蟲」、「伊克昭莊氏蟲」（其實牠們都是長得很難看的「三葉蟲」），還有「筆石」、「角石」，還有名實相副真的如花朵一般的「海百合」。

珊瑚出現在更晚的年代，那時地殼顫動頻繁，時升時降，時海時陸。據說在那個年代裡，海水清澈而又溫暖，從粉白到艷紅的珊瑚就在海底伸展堆疊繁殖，無限量卻也是空前絕後地盛開，成為蒙古高原遠古史上海洋生物中最後一抹的絢麗光彩。

是不是因此而讓我們特別偏愛珊瑚呢？蒙古女子的首飾，珊瑚是主角，其次是琥珀和珍珠，這三樣剛好都不是如其他的配飾像瑪瑙或者綠松石一般的礦石。珍珠原是蚌的心事，琥珀是松脂的淚滴，而珊瑚則是古海中最美好的記憶，都是由時光慢慢凝聚而成的寶物。

或許正因為如此，蒙古民族對美麗的讚嘆字彙之中常常包含了極深的疼惜，凡是可愛之處，必有可憐之因，在無邊大地之上，只有時光成就一切，包括我們的繁華和空蕪。

——選自九歌版《金色的馬鞍》

母語

年少的時候，在家中，父母都是用蒙文交談。只能聽懂幾個單字的我，有時候會故意去搗亂，字正腔圓地向他們宣示：「請說國語。」母親常常就會說：

「好可惜！你五歲以前蒙古話說得多好！」

一九八九年八月底，母親離世已有兩年多了，我在父親的祝福之下，開始我的溯源之旅，從北京向蒙古高原前行。和我一起出發的還有好友王行恭，遠在德國的父親又特別請託了他的忘年之交，居住在北京的蒙古詩人尼瑪先生來給我們帶路。

尼瑪到機場來接機，等到我們的行李都在王府飯店安頓好了之後，天色已近黃昏。他就帶我們直奔在市區另一端的中央民族學院，說是在那裡剛好有個晚會，一方面是在北京工作的蒙古同鄉一年一次的聯誼，一方面也是款待從各地前來參加蒙古史詩《江格爾》研討會的學者。

會場裡人很多，空氣不太流通，燈光又不夠亮，每個人對我來說都是第一次見面，包括尼瑪。所以，儘管我努力要適應這個新環境，慢慢地還是覺得有點力不從心，就想法子找到一處比較空曠也還安靜的角落坐了下來。

坐定了之後，往周圍一看，原來早已經有三位男士坐在那裡了。大概和我差不多，都是有點覺得疲累的遠客，只是衣著不同。我穿的是普通城裡人穿的衣裙，他們卻是穿著蒙古袍子，繫著腰帶，頭戴氈帽，腳下是長統的靴子，衣冠齊整，正襟危坐。那被草原上的太陽曬得很黑、被高原上的風霜侵蝕得皺紋滿佈的面容，有一種很奇怪的肅穆和漠然。看見我這個闖入者對他們微笑點頭致意，他們三人也只是稍稍欠身還禮，依舊沉默著不發一言。

我可是忍不住了，第一次見到從草原過來的蒙古同胞，讓我很想和他們攀談。於是，側過身去，用我有限的蒙古話向他們問候：

「您好嗎？」

原來漠然的雙眸忽然都重新調整焦距，向我專注地望了過來，我心中一熱，又急著說了兩句蒙古話來自我介紹：

「我也是蒙古人，我的父親和母親都是蒙古人。」

在昏暗的燈光下，有些什麼在我眼前忽然變得非常明亮，他們三個人同時向我展現的笑容是那樣天真的歡欣，充滿了善意，一切暗藏著的藩籬在那瞬間全部撤除得乾乾淨淨，只因為，只因為我說的是我們共同的母語。

當然，在這之後的交談，我那幾句蒙古話是絕對不夠用的。不過，我儘可以找一位住在北京的蒙古同鄉來幫我們翻譯，他們也不會在意了。好像那最初的幾句話已經成為我的護照，讓我從此可以自由進出他們的國境——那一處曾經因為遭受過無數的挫折與傷害，因而不得不嚴密設防的大地。

果然，他們來自遙遠的天山，是土爾扈特人，而且是用一生的時間來記誦和演唱「江格爾」史詩的藝術家，民間詩人。蒙古人尊稱他們為「江格爾齊」。

心中珍藏著衛拉特先民的文化瑰寶，一代又一代傳誦下來的英雄史詩，卻在另外一個民族強勢的文化與政治擠壓之下，幾乎要失去了生存的空間，直到最近這幾年才得到學術界的重視。因此，在他們風霜的面容之上，才會流露出那種內在的肅穆以及外在的漠然了吧？

這種神情，普遍出現在內蒙古自治區許多牧民的臉上。從一九八九年那個晚上開始，十年來，走在碎裂的高原之上，常會遇見相似的情景。可是，只要我用蒙古話一開口問候，那藩籬就會自動撤除，然後光燦溫暖的笑容就會出現了。

有一次，我用玩笑的語氣向一位教蒙文的教授說：這些牧民，怎麼就憑我這幾句話就輕易地相信了我？想不到他卻正色回答：

「你現在雖然說不出幾個句子，可是每個字的發音都很標準，我們的耳朵一聽就知道。你要曉得，在母親懷中學會的語言，有些細微的差異別人是學不來的啊！」

——選自九歌版《金色的馬鞍》

無題

在舊的戶籍法裡，孩子都跟從父親的籍貫，並且視為理所當然。因此，長久以來，我們家裡就有三個山西人，一個蒙古人。

其實，在台北出生，在新竹和龍潭長大的這兩個孩子，從來也沒背負過什麼「血脈」的包袱。在家裡，他們對我那種不時會發作的「鄉愁」，總是採取一種容忍和觀望的態度，有些許同情，然而絕不介入。慈兒甚至還說過我：

「媽媽，你怎麼那麼麻煩？」

想不到，這個多年來一直認為事不關己的旁觀者，有一天忽然在電話裡激動地對我說：

「媽媽，我現在明白你為什麼會哭了。」

那是紐約州的午夜，她剛聽完一場音樂會回來，從宿舍裡打電話給我：

「今天晚上，我們學校來了一個圖瓦共和國的合唱團，他們唱的歌，我從前也聽過，你每次去蒙古，帶回來的錄音帶和ＣＤ裡面都有。可是那個時候什麼感覺也沒有，為什麼今天晚上他們在台上一開始唱，我的眼淚就一直不停地掉下來？好奇怪啊！我周圍的同學都是西方人，他們也喜歡這個合唱團，直說歌聲真美，可是，為什麼我會覺得那歌聲除了美以外，還有一種好像只有我才能了解的孤獨和寂寞，覺得離他們好近、好親。整個晚上，我都在想，原來媽媽的眼淚就是這樣流下來的，原來這一切根本是由不得自己的！」

然後，她就說：

「媽媽，帶我去蒙古。」

那是一九九五年的春天，因此，夏天的時候，我們就動身了。先到北京，住在台灣飯店，準備第二天再坐飛機去烏蘭巴托。那天晚上，我們去對面的王府飯店吃自助餐，慈兒好奇，拿著桌上的菜單讀著玩，中式的什麼「廣州燴飯」、「揚州炒飯」，和台北的菜式也沒什麼差別，我問她要不要試試？她說沒興趣。

因為對她來說是第一次，所以，到了蒙古，我特別安排住在烏蘭巴托飯店，房價雖然比較貴，但是飲食可以選擇西式或者蒙古式，慈兒還覺得我多慮了，她其實什麼都可以吃。

這句話好像說得太滿了一點。等到過了幾天，我們飛到更北的布里雅特蒙古共和國時，她胃裡的「鄉愁」就慢慢出現了。到了離開烏蘭烏德的旅館，開車穿越山林到貝加爾湖，住進了畫家朋友在湖畔的木屋的那幾天，慈兒真可說是什麼都吃不下去了。眼前的風景是美得不能再美的人間仙境，然而每天的食物卻是蒙古得不能再蒙古的傳統滋味；羊肉、馬奶酒還都是小事，有一天竟然在野鳥靜靜迴旋，野花怒放的河邊現殺現烤羊肝給她吃，晚餐桌上是畫家的夫人、女兒和女祕書忙了一個下午灌好的血腸，煮了滿滿的一大盤，大家都勸我的女兒要多吃幾口。臨睡之時，慈兒悄悄在枕邊對我說，這幾天晚上她都在默念王府飯店的菜單，回北京之後，可不可以去點一客揚州炒飯？

當然，這個願望不久就實現了，在王府飯店的餐廳裡，慈兒的快樂是看得見的。後來，我去德國時，就一五一十都轉述給父親聽，想不到父親聽到羊肝和血腸時卻忽然輕輕嘆了口氣，無限嚮往地說：

「唉！那可真是好東西啊！」

——選自九歌版《金色的馬鞍》

夏日草原

若是問我，每次舟車勞頓，千里迢迢的到了蒙古高原，最想要做的是什麼？

我一定會說，沒有比走在無邊無際的夏日草原上更好的事了！

有過幾次，正當七月，剛好經過蒙古國中央省或者近庫布斯固勒省境內那些遼闊美好的草原，我只求能趕快下車走路。

從來沒有比走在無邊無際的夏日草原上更令人難忘的歡暢快意了！

首先是視覺上的舒展。

我們的眼睛可以望到無窮遠。然而，蒙古的草原又不是平坦開闊到無趣的地步，相反的，她總是有著和緩而優美的起伏，像是放大了的微微動盪的海浪，又像是轉側的女體，這裡那裡總有一些圓潤的隆起；總會引誘你想稍微快走幾步，好登上眼前這座基地廣大的丘陵，眺望前方又有些什麼新的動向和美麗的線條。

即使有時在更遠處真的有比較高大的山脈，那和草原連接起來的山坡坡度也不大，無論是步行或是騎馬，都可以從山下從從容容地走到山腰，一路也鋪著有如地毯一般的綠草。

草原是廣大的圓周，蒼天真如一座高不可測的穹頂，以無限寬廣的弧度覆蓋著大地，而我自己這小小的身體，就是這片天地的圓心。如果我把身體做三百六十度的旋轉，那極遠處微微起伏的地平線也繞著我轉一圈而無始無終；也就是說，無論我往前走了多少步，依舊是這個廣大圓周的唯一的中心點。

然後就是那雲影與天光。

草原上的雲朵，有時候又多又大又平整，在藍天上列隊而行，天高雲低，風起的時候，一朵一朵依序飛過，那草原就忽明忽暗，人好像走在夢裡。一下子所有的青草都閃著金光，逆光處背後的丘陵像鑲上了發亮的邊線，身體被陽光照得暖烘烘的；然後忽然間所有的顏色都沉靜了下來，在雲影掠過之處，草色在泛白的灰綠和透明的青綠之間挪移，風也涼多了，像擦了薄荷油一樣。

然後，還有那難以形容的芳香！

那不只是青草的清香而已，而是混合著好幾種香草的草葉被壓折碰觸後所發出的香氣。

在剛剛站定時還不太顯著，不過，只要一開始往前走，每邁一步就會馬上有一股翻騰而起的獨特的芳香，瀰漫在四週。

野生的香草，在夏日遍佈草原，好幾種香味混合之後，那強烈的芳香如藥酒又如甘泉那樣的提神醒腦，沁人心肺，進入每一種感覺細胞的最深處，讓生命甦醒，讓我忘記了所有的疲勞困頓，只想就這樣一步一步地走下去。

我當然明白我的祖先在游牧生活裡有許多艱難之處，可是，七、八月間，時當草原的盛夏，陽光靜好，青草繁茂，鷹鵰從雲層下低飛掠過，草叢間被我們的腳步驚擾起來的蚱蜢和草蟲，在身前身後彈跳得好遠，還不斷發出「嘎」聲的鳴叫，曠野無人，只有輕柔的風聲，這裡，應該就是天堂了吧？

草原深處，有時會遇見一泓彎泉極盡曲折的流過。小河的流水清澈，河中長長的水草順著水流的流勢忽左忽右輕輕擺盪，連幾顆小石子的滾動也看得清清楚楚；薄暮時分，從山腰往下眺望，那樣一條狹窄彎曲的河流映著天空的霞光，像條灰紫色的發亮的緞帶，在暗綠的曠野上蜿蜒伸展，不知道從何處起始？到何處終結？然而，我深信，幾千年來我的祖先們所追求的「水草豐美」，應該就是這樣了吧？

——選自九歌版《金色的馬鞍》

河流的荒謬劇

公元兩千年十月一日的傍晚，我到達了內蒙古自治區阿拉善盟額濟納旗的首府達來庫布鎮，也就是額濟納綠洲的中心。

同行的是在額濟納旗出生，在上海讀完大學的年輕朋友那仁巴圖，還有他美麗的妻子原籍上海的夏穎。

我們三人在銀川會合，然後在時走時停的幾天之內，穿越賀蘭山和巴丹吉林沙漠北緣的廣大戈壁，直奔這片面積應該有三萬多平方公里的綠洲而來。

一路上，那仁巴圖不時就會冒出這句話來：「不知道水來了沒有？」有的時候，他好像是在問夏穎，有的時候，對著車窗外無垠的曠野，我真的不知道他是在向誰發問？

暮色四合之際，車抵額濟納，車中這對年輕的夫妻迫不及待地伸頭往外看，丈夫說：「這是七號橋了吧？」妻子說：「沒有水啊！」再過一會兒，丈夫又說：「這是五號橋了吧？」妻子又說：「沒有水啊！」

於是，再從四號、三號、二號到一號橋，同樣的對話都再重複一次之後，我們就到了市中心了，那仁巴圖臉色沉重地幫我安排住進旅館房間的種種雜事，夏穎輕聲在我耳旁說：

「他本來是希望讓你看到有河水流過的額濟納旗該有多好看的。聽說額旗已經快兩年都沒見到水了，和甘肅省他們交涉了不知道多少次，每次都說過兩天會想辦法給我們，可是每次等啊等的，都總是等不到。」

想不到的是，第二天下午，我們要出發去黑水城的時候，竟然有一條滿水的河流浩浩蕩蕩流過我們眼前。

不知道是幾號橋？然而這橋卻有一個在此刻是名副其實的名字，叫做「淌水橋」，就橫亙在河面上，有小半個車輪高的河水從橋面上潺潺流過，我們的那仁巴圖歡喜地叫司機暫停，先別過橋，回頭對我說：

「慕蓉老師，你要不要先拍些相片？」

有了河水映照（儘管這水色本身是渾濁的泥黃），岸邊的胡楊林果然變得光耀動人起來，一點也不像昨天傍晚那般無精打采的模樣了。

河邊已經有居民聽訊趕來，攜兒帶女的，也不吵鬧，每個人都是喜笑顏開地對著河流呆呆地看著，動也不動。我原本已經舉起相機想「捕捉」這比胡楊樹還要吸引我的景象，鏡頭裡已經清清楚楚地看到了他們那種瞪大了眼睛張開了嘴巴好像還不能相信卻又準備要開始歡喜雀躍的表情……。

不過，我不能按下快門。鏡頭一轉，還是只能去拍艷黃金紅的胡楊樹林了。

奇怪的是，再過一天，滔滔的河水忽然都轉到另外一條河道上去了。那條河流就在四號要舉行「金秋胡楊旅遊節」開幕儀式的場地旁邊，場地中心已經鋪上了綠色的大地毯，沒能細看是什麼材質，只知道面積很大，一大塊一大塊地覆蓋了沙質的地面。後來才能明白，如果沒有這些地毯的覆蓋，所有的舞蹈或者體操、摔角的表演都只能見到沙塵飛揚、什麼都看不見了。

開幕式盛大而又隆重，對於這綠洲上的一萬五千九百零七個人的全部居民來說，真可以說得上是全心全力構築而成的一場「繁華盛典」了！在萬紫千紅的蒙古服裝表演裡，笑容完美無瑕，胡楊完美無瑕，而近在眼前正奔流不息的額濟納河河水也完美無瑕。每個人的情緒都受到鼓舞，整個上午都在一種溫暖而又歡暢的氣氛裡進行著各種表演節目，除了本來就是從各地前來的攝影家和記者在忙著搶鏡頭之外，我們這些有相機的普通人，也在瘋狂地忙著合影，一下子是在胡楊樹旁，一下子又奔到河岸邊去，有時候是擁著幾個剛剛跳完舞的鄰家女孩，有時候是站在穿著古代貴族婦女裝束的阿姨和嬸嬸的身旁……。

奇怪的是，隔了一天，滔滔的河水忽然又不見了。重回原地，風沙正起，幾步之外就不能看得很清楚，河床空蕪，景色淒迷，向當地的居民打聽，他們說河水今天又轉到林子裡的那條河道去了。

旁邊有位記者告訴我：

「這水本來就是中上游的甘肅特別送給這次『金秋胡楊旅遊節』的禮物，總得搶著時間好好利用一下，所以每條河道都得走一走吧。」

在短短的幾天之內，一條又一條的河道忽滿忽空，河水神出鬼沒。在甘肅省把「禮物」收回之前，我在悲哀又憤怒的心情裡，親眼見證了這一場關於一條河流的荒謬劇。

——選自九歌版《金色的馬鞍》

夏天的夜晚

第一次站在蒙古高原之上的時候，只覺得蒼天真如穹廬，籠蓋四野，而草原上丘陵如海浪般的起伏，置身於其中，一方面深深感覺到自己的渺小，一方面卻又覺得和大地如此貼近是一種無法形容的幸福。

後來，常有在草原上趕夜路的經驗。一九九四年夏天，從滿州里回海拉爾，在呼倫貝爾草原上夜行，另外一輛車落後了，我們這輛就在草原中間停了下來。我本來已經很睏了，就想賴在車上睡覺，朋友卻在車外聲聲呼喚，要我下來伸伸腿，走動走動，我只好不情不願地下了車。

開始的時候，馬達和車燈都開著，我們幾個人就在車燈前的光圈裡聊天，旁邊黑漆漆的，什麼也看不見，也不想去理會。

但是，久等不見車來，我們的司機就把馬達停了，把燈熄了。

燈一熄，才發現就在整片黑暗的大地之上，群星燦亮，閃爍在無邊無際的穹蒼中，那浩瀚的天穹和我們這幾個渺小的旅人的不成比例，令我驚悚屏息，真的覺得自己縮得比螻蟻還要渺小。可是，就在同時，我的心裡又充滿了一種狂喜的震撼，好像是才開始真正認識了這個世界。

這震撼久久不曾稍退。

有一次，在台北，與一位心儀已久的朋友初次見面，我們談到了蒙古，談話中，他忽然問我：

「快進入二十一世紀了，蒙古高原在未來的日子裡，會對這個世界有些什麼樣的貢獻和影響呢？」

雖然，我並不認為日子一定要照著這樣的方式來計算，不過，在他問了這問題之後，呼倫貝爾的黑暗大地和燦亮星空忽然都來到眼前。

那個夏天的夜晚，腳下的土地堅實而又溫暖，高處的星空深邃浩瀚，是從多麼久遠的年代開始，這片草原就是這樣承載著哺育著我們的先祖。那時萬物皆有魂魄，群星引領方向，人與自然彼此敬重，彼此善待。但是，一路走來，到底有多少勇氣與美德都被我們拋在身後？多少真誠與謙卑的記憶都消失了，非得要等到有一天，重新站在這片土地之上，仰望夏夜無垠的星空之時，才會猛然省悟，原來，這裡就是我們的來處，是心靈深處最初最早的故鄉。

所以，我的回答是這樣的：

「在二十一世紀，我也許不能預知蒙古高原會有些什麼特別巨大的貢獻和影響，也許，一般人總會多往經濟或科技方面去追求，但是，我認為，蒙古高原的存在，有遠比這些追求更為重要的價值。」

她的存在，讓這個世界覺得心安。

她的存在，讓我們知道，無論世事有多麼混亂，無論人類在科技文明充斥的環境裡（當然其中也包括了蒙古國的烏蘭巴托或者內蒙古的呼和浩特等等城市）變得多麼軟弱，在這一塊土地上，生命總能找到更為積極和安定的本質。

蒙古高原在某種意義上來說，其實不只是北亞游牧民族的家鄉而已，她更是人類在地球上最後僅存的幾處原鄉之一了。

對蒙古高原有著更深一層的了解，也是對生命本身得到更多一層的領悟。

在每個人的心靈深處，所有的記憶其實來自一樣的地方。

——選自正中書局版《諾恩吉雅》

異鄉的河流

1　少年時

我不知道為了什麼
我會這般悲傷
有一個舊日的故事
在心中念念不忘

萊茵河慢慢地流去
暮色漸漸襲來

夕陽的光輝　染紅
染紅了山崗……

一九五四年夏天，從香港來到台北，參加插班生考試，考進了當時的北二女初中二年級。上音樂課時學會了幾首好聽的歌，其中就有這一首德國歌曲〈羅累萊〉。

前面寫下的，是我還記得的第一段歌詞。

萊茵河上有個古老的傳說：船過羅累萊崖口，山崖上傳來金髮女妖的歌聲，會使水手分心而造成船難。由於曲調緩慢而又憂傷，再加上傳說給我的想像空間，因而深得少年的我的喜愛。

尤其喜歡「萊茵河慢慢地流去，暮色漸漸襲來……」這一段，反覆吟唱之時，總會不自覺地想像那暮色蒼茫的河面，映著夕陽的餘暉，是如何地在閃動著一層又一層淡淡的波光。

至於知道了這原來是海涅寫的詩，而詩人是在波昂大學讀法律等等的細節，則是很久很久以後的事了。

●

一九六四年夏天，從台灣到了比利時，通過了布魯塞爾皇家藝術學院的入學考試，直接進入繪畫高級班二年級就讀。

頭一年，想家想得不得了，每封家信都是密密麻麻地寫上十幾頁。好在德姐早我兩年來到歐洲，在慕尼黑音樂學院讀書，有時候會來布魯塞爾看我，兩姐妹聚一聚，稍解鄉愁。

一九六五年初秋，父親應慕尼黑大學東亞研究所之邀，來德國教書。每有假期，我就會坐十個鐘頭的火車南下去探望他。過了科隆和波昂之後，火車會沿著萊茵河邊走上好幾段，每次經過羅累萊山崖，我都會止不住在心裡輕聲地唱起那首歌來。

能夠親眼見到了歌中的這條河流，當然不無感慨。不過，年輕的我，在那個時候還不能料想到，這一條異鄉的河流，以後會在我的生命裡佔著什麼樣的位置。

●

那幾年，德姐、萱姐和妹妹都在歐洲，沿著萊茵河來來往往。一九六六年冬天，海北和我的訂婚典禮，是南下去父親在慕尼黑的寓所裡舉行的。一九六八年春天，父親北上在布魯塞爾為我們主持婚禮。母親和弟弟從台灣寄來許多禮物，尤其是她親自去挑選的那條珍珠項鍊，光澤柔潤美麗。姐妹都在身旁，朋友又那麼熱心和喜悅，沒有比我再幸福的新娘了！

唯一的遺憾，應該就是我在紅毯上走得太快了吧。早上婚禮在教堂舉行，父親牽著我的手順著風琴的樂音前行，幾次輕聲提醒我：

「走慢一點！」

無奈我根本聽而不聞，完全忘記了新娘該有的禮儀，只看見海北站在聖壇之前，正回身望向我，我心裡只想到要趕快站到該站的位置上。因此，不管父親怎麼說，這個新娘的步伐可是一點兒也沒有減緩，在樂曲結束之前就早早地到了新郎的身邊了。

後來，父親半是傷心半是玩笑地對我說：

「從來沒見過走得這麼急的新娘子！怎麼？有了丈夫就不要這個老爸爸了嗎？」

其實父親那時候一點也不老，還不到五十七歲。加上他精神飽滿，器宇軒昂，人就顯得更年輕。他自己也很知道這一點，也很喜歡聽我的朋友爭著向他說：

「席伯伯怎麼這麼年輕！」

我們這幾個女兒從小就聽慣了這一句話。我自己在十幾歲的時候，更是有一次頗為離奇的遭遇。

那是一九五六年的夏天，我進入台北師範學校藝術科就讀。新生訓練第一天，父親送我到學校，看了我的教室和宿舍，叮囑了一番才離開。中午，新生集合在飯廳吃飯，一位女教官匆匆走到我的桌前，看了我的名牌一眼，就叫我站起來，厲聲責問：

「席慕蓉，剛才陪你來的那個人是誰？」

我莫名其妙，不過還是照實回答：

「是我爸爸。」

想不到教官忽然間滿面通紅，不發一言就轉身走開了，我當然也不會去追問她到底是什麼意思？

這個謎團到我快畢業之前才解開。

那時候，教官已經和我們很熟了。她笑著向我招認，她本來是準備殺雞儆猴，一個才剛上高中的女孩子竟然那麼大膽，和男朋友公然挽臂同行，親親熱熱的，完全不把校規放在眼裡。她把我叫起來，是想當眾記個大過，或者甚至開除也是可能的。

好險！教官的想像力未免太離奇了一點，這就是後來她為什麼會臉紅的原因了吧？

不過，也許還有另外一個原因。隔了很多年之後，我再回想，也許是因為在那個時代裡，「父親」的形象極為固定——或者嚴肅，或者冷漠，很少有為人父者，能像我的父親那樣活潑熱情和開朗。

也很少有人，能像我父親那麼俊美的。

●

但是，無論我的父親和別人的父親有多大的差別，在我們這幾個孩子的心中，他依然只是個「父親」而已。

我的意思是說：在成長的過程裡，家，只是個溫暖的庇護所，外面的世界才是真正的誘惑。尤其是我一放假就喜歡往野外跑，每次都是曬得又黑又瘦的回到家來。而平日不出門的時候，大半都是窩在自己的小房間裡畫畫，和父母相處的時間並不多。即使在餐桌上，說的也都是我在學校裡遇到的事，對於父母是怎麼在過著日子，其實從來也沒有想到要去深入了解。

遠離家鄉的父母，到底是用什麼樣的心情和態度在過著他們的日子呢？我從來也沒有認真地向他們問過這個問題。

父母健在時，從來不曾認真地去晨昏定省，反倒是如今，每天早上進到書房都會先向父母親的遺像鞠躬道早安。相片就擺在書架的一層空格裡，父親穿著紅色羊毛衣拿著煙斗站在他的書房外陽台上的相片，還是我在一九九六年春天拍攝的。

我在書桌前坐下來開始工作的時候，父親和母親就在我的背後，在兩張光影清晰色彩柔和的相片裡微笑地注視著我……。

2 美好的時光

一九七〇年夏天，懷著慈兒，我離開歐洲回到台灣，在新竹師範學院開始教書，然後生女育兒，忙著和海北一起來給孩子打造一個溫暖的家。等他們稍微大了一些之後，又重拾油畫，日子因此過得很緊湊。

父母那時都在國外，偶爾回來探望我們，平日書信往來之間，談的都是關於兩個小外孫的趣事。

一九八二年的暑假，我去接回中風後的母親，在石門鄉間療養，和我們住在一起。一九八七年春天，母親逝世。再過了兩年，我才帶著慈兒，重回歐洲。

已經是一九八九年的盛夏了。

在這之間，父親從慕尼黑大學的東亞研究所轉到波昂大學的中亞研究所，任教多年之後，已經退休了，不過仍然住在波昂近郊，就在萊茵河的旁邊。

慈兒和外祖父有兩年沒見，她剛考完大學聯考，成績不錯，是來向爺爺報喜的。而我則是要為八月底的首次返鄉之行，先來做點功課。生在南方，從來也沒見過原鄉的我，雖然從小常能從父母那裡聽到關於蒙古高原的種種，但是，一旦真的要成行了，還是有許多問題要來問清楚。

父親十分高興，親自到市區來接我們。

為了早晚作息不會打擾到他，出發之前我就要求給我和慈兒訂一間在他寓所附近的旅館。父親給我們訂的旅舍緊臨著萊茵河岸，屋子相當老舊，聽說還曾經接待過維多利亞女王？屋前有個平台，和屋內的餐廳連接起來，客人可以在戶外用餐或者喝啤酒，平台之下就是河岸，萊茵河緩緩地從眼前流過，閃動著細碎的波光。

酣睡了一夜。不過可能是受了時差的影響，我還是起得相當早，梳洗完畢之後，就靠著窗戶往樓下眺望。

屋外種了幾棵大樹，雖然枝葉茂密，但是因為長得很高，反而沒有遮住我們二樓房間的視線，只把濃蔭的暗綠，從高處勻幾分到了室內，使得不遠處的河面顯得更加明亮。

就是在這個時候，我看見了窗下的父親，正跨著大步從旅館前方的河岸上走過。父親的寓所在旅館的右後方，步行過來用不到十分鐘，這天早上，他大概也是起得比平常早多了，穿戴整齊之後，就急著前來和我們相會。

濃綠的樹蔭之下，明亮的河水之前，父親的側影到今天還是那麼鮮明和清晰。

他那天早上穿著一套淺色的夏季西服，裡面是潔白的襯衫，米色有著暗紋的絲質領帶在晨風裡被吹得向後稍稍揚起，天然微卷的頭髮服貼地梳向腦後，幾乎不見什麼白髮，飽滿的額頭，挺直的鼻梁，依舊豐潤的面龐，父親跨著大步向前快走的身影是那樣挺拔矯健，那樣興高采烈，即使隔了一段距離，我好像也能感受到那種充沛的喜悅。

那是生命裡多麼美好的時光。

●

那個夏天，在萊茵河邊，我們父女兩人第一次有了一個溫暖強烈的可以共享的主題。我也發現，離家多年的父親卻保有了全部的記憶，那是沉默地收藏了幾十年，終於可以經由自己的女兒再去一層一層重新碰觸的原鄉記憶啊！

歐洲的夏天，天黑得極晚。吃過晚餐之後，我們祖孫三人每天都要在平坦的河岸上散步。河岸時寬時窄，無止無盡，有幾處規規矩矩地種著行道樹，近河的一邊還圍著鐵欄杆；有幾處卻是忽然出現兩條分歧的小路，低的那條可以直通到有野鴨在成群棲息的水邊，高的那條卻可能把我們帶到一個雜花生樹、鶯飛草長的小公園裡，或者是那一個大使館的後院牆外。

萊茵河慢慢地流去，暮色是用幾乎無法察覺的速度逐漸逐漸地襲來。就是在這樣的時刻裡，在一條異鄉的河流之前，父親盡他所能的帶引我去認識我的原鄉，那在千里萬里之外的蒙古高原。

那的確是生命裡等待已久的好時光。

白天，父親常帶著我和慈兒到處走一走。有時候去波昂市區，他喜歡在服飾店裡坐下來，抽他的煙斗，讓我們母女去挑選，再把中意的拿給他看，由他來提供意見。有幾次，慈兒挑到特別合適的，父親就很高興，馬上對旁邊的店員說：都包起來吧，這是我要送給外孫女的禮物哩！

有時候，他會帶我們搭渡輪，沿著萊茵河下去。船停靠在旁邊的小鎮時，就上岸去吃頓午餐，拍幾張相片，父親看見慈兒喜歡的小東西，總要給她買下來。我若是勸阻，他就會說：別擔心！好孩子是寵不壞的。

到了傍晚，算好時間，再搭乘上行的渡輪回來。這樣奔波了一天，下船的時候，我已經很疲倦了，但是，父親上了岸之後，依然健步如飛，讓我幾乎追趕不上。

八月的萊茵河，河岸上開著一簇簇深暗的紫紅色的野花，叢生的枝幹有半人高，那花束有點像是丁香，卻比丁香更自在更狂野。

傍晚時分，河面映著斜陽逐漸變成耀眼的金黃，父親停下腳步，回頭向我們微笑。是多麼美好的時光！

●

我們常說：「幸福易逝。」可是，為什麼父親給我的幸福卻不是如此？

此刻，我在靜夜裡書寫著的，當然是一種追懷。父親逝去已經有一年多了，有時一人獨坐，胸懷之間會突然湧出一股伴隨著劇痛的悲傷，毫無預警地襲來，讓我根本不知道要從何抵擋。可是，為什麼當我提筆要把它牽引出來的時候，呈現在筆端的，卻是綿綿密密彷彿無窮無盡的美好時光？

一九八九年八月底到九月中，我終於踏上了從未謀面的高原故土，四十多年以來，我是我們家裡第一個見到了父母故鄉的孩子。回到台北之後，第一件事情就是給父親打電話，然後再把在內蒙古拍的相片貼成厚厚的一本，每張相片之旁再加上自己的說明和觀感，寫得滿滿的給父親寄去。

第二年夏天，我又帶著剛考完高中聯考的凱兒到波昂去看爺爺。那年，父親接近七十九歲了，凱兒才十五歲多。祖父對這個三年不見，又長高了許多的外孫，真是無限寵愛。

去年住的河邊旅舍正在整修，停止營業，我們這次住在波昂市中心的旅館，就在市政府前廣場的邊上。父親每天搭二十分鐘左右的公車來和我們會合，然後再一起出發，當然，遊覽的行程中也包括了坐一次萊茵河上的渡輪。不過，稍有不同的是：這次，回程的時候，父親在他家附近的那一站先下船，我和凱兒則要再坐一站，到波昂市區上岸。

船離開碼頭之後，開始的速度還很慢，已經和我們說了再見的父親，在岸邊還能夠和我們同行一段，他忽然間童心大發，一面微笑向我們揮手，一面假裝非常賣力地跨著大步追著船走，惹得凱兒也興奮地在甲板上不停地揮手呼喚：

「爺爺再見！爺爺明天見！」

那天下午，陽光出奇的好，曬在身上暖洋洋的，是那個稍嫌陰冷的夏季裡難得的好日子。又是八月，河岸上又開滿了深暗的紅紫色一簇一簇的野花，離岸稍遠的坡壁上綠樹成蔭。船行越來越快，也逐漸靠近河心，隔著那兩個越離越遠卻還在互相揮著手的祖孫之間，是夏日萊茵滿溢的一層又一層動盪著的波光。

●

父親在一九九八年十一月三十日逝去，凱兒正在軍中服役，在電話那端聽到我告訴他這個噩耗之後，忍不住大哭了起來，他說：

「爺爺為什麼不能等一等我？我還有幾個月就可以退伍，就可以去看他了啊！」

我無以為答，卻忽然想到那夏日萊茵的波光，恐怕不僅是只藏在我一個人的心裡了吧。

3 離別後

前天傍晚，到淡水街上去取回加洗和放大的相片，年輕的店員先把相片從封袋裡拿出來端詳了一下，在交給我的時候，再微笑著問了一句：

「席老師，這是你去旅遊時拍的吧？」

其實不過是句隨意的寒暄，我只要點個頭，說聲「是的」，也就好了。可是我竟然沒有辦法回答他。

剛好有兩個客人同時推門進來，店裡一下子變得很熱鬧，我就付了帳說了再見。走出店外，小鎮的街道上已經開始亮起了五顏六色的燈光，我把紙袋小心地拿在手中。

紙袋裡裝的是我在一九九八年秋天拍的一些萊茵河邊的風景，是異國的風光，也當然應該是只有在旅遊途中才會拍到的相片，人家問的並沒有錯。

我可以這樣回答：

「這是我父親在德國住家附近的景色，我從前常去的地方，現在父親已經過世了。」

這樣的解釋也不算冗長。

但是，在那一刻裡，真正讓我難以啟口卻又很想說明的，還有一些別的。

我其實還想說：

「當時拍完了洗出來之後，覺得很普通的相片，前幾天收拾抽屜的時候看到了，才忽然發現它們對我所代表的意義，所以才會再來加洗和放大，因為，在我拍著這些風景的時候，我的父親還在。」

這些相片拍的都是那一段河岸，一九九八年十月中旬，那天，河面有很濃的霧氣，樹葉已經逐漸從金黃變成褐紅，在河邊的小公園裡，有些行道樹的葉子還是深綠色，天很涼，沒有什麼行人。

在這段平坦的河岸上，在這些因著四季而變換著顏色和面貌的行道樹下，父親和我並肩同行，不知道走過多少次。即使那天我拍的只是無人的風景，但是，在那一刻，父親還在我的身邊，還在人世。因此，這些風景所代表的意義，對此刻的我而言，似乎有了一種全新的絕對的價值——這是當時還有我父親在其中的那個世界所留下來的最後的影像。

一個半月之後，父親就永遠離開了。

可是，這些話別人要聽嗎？即使他願意，我又能夠很清楚地說出來嗎？

我想，這應該就是我在那極為短暫的一刻裡忽然躊躇難言的原因了吧。

●

然而，還有更多的難以明言的什麼，是在我開著車一個人慢慢往回走時，在黑暗的山路上忽然逼到眼前來的。

在黑暗的山路上，我流著淚問自己，我到底是不是真的在意父親的離去？

我到底是不是真的愛他？

答案應該不是否定的。因為我心裡的疼痛、我對他的想念，還有那在人前強忍著的悲傷和淚水，應該都不是虛假的。

可是，為什麼在那個秋天，我還會為萊茵河邊的秋色動心？還會去為那些有霧的河面和鋪著落葉的小徑一再取景？

當然，我可以說，因為父親身體一向非常健壯，因此即使是在那個秋天忽然明顯地衰弱下來，我也毫無警戒之心，以為日子還會繼續這樣過下去？

或者就算是心裡隱約有點明白了，但是就是不想去面對？

還是說，要到了父親真的不在了的時候，才會明白我從來沒有全心全意地愛過他？

我流著淚問自己，父親已經走了，這些不斷糾纏著的疑問到底還有什麼意義？

車子右彎進一條狹窄的上坡路，還有一公里就到家了，在不遠處暗黑的山影之上，一輪初昇的明月就在我的正前方。

還是說，要到了父親真的不在了的時候，才有可能在回溯的淚水裡，用各種或者真實或者縹緲的線索，去試著全心全意地愛他和了解他？

●

也許，這父與女的關係，在對父親的了解中，反而成了一種「蒙蔽」？

即使是從一九八九年的夏天之後，在萊茵河邊，我們父女之間曾經有過那麼多次的深談，然而父親依舊是針對我的需要所設定的角色——女兒如今想要知道自己的原鄉了，於是她的父親詳盡地作答。

到了蒙古高原之後，這幾年間，我曾經訪問過幾位老人。有的訪問已經寫成文字發表了，像是〈丹僧叔叔〉、〈歌王哈札布〉。有些還是草稿，但是我自認已經把握到重點，可以在幾千或者一萬多字裡，寫出他們顛沛流離的一生。可是，我從來沒有想過應該也對自己的父親做一番更深入的了解。

我所有的資料，都是片段的，零亂的，只因為他是我的父親，是生活裡那樣熟悉因而似乎已經固定了的形象。

直到在追悼儀式中，父親的同事，波昂大學中亞研究所的韋爾斯教授（M. Weiers）站到講台上，面對大家開始追述父親一生的事蹟之時，我才忽然明白，我一直都在用一個女兒的眼光來觀看生活裡的父親，那範圍是何等的狹窄。

韋爾斯教授的講詞中有一段話，我記得他是這麼說的：

「對我們而言，拉席敦多克先生這一生所經過的是多麼漫長而曲折的道路。他從那麼遙遠的地方走來，在此為我們講述那古老而豐美的蒙古文化，讓許多人從此熱愛蒙古……」

我的父親，確是歷經了流離傷亂。

尤其在前半生，為了爭取內蒙古自治所遭遇的種種艱險，那條漫漫長路，充滿了我所不能想像的坎坷和災劫，甚至包括自己兄長的被刺身亡；然而，這麼多年來，他卻也始終沒有失去那樂觀到近乎天真的本質，有的時候，我們做子女的，甚至在生活裡為此而怨怪他。

可是，如今從一位異鄉友人的眼中來觀看自己的父親，卻讓我領會到，父親所代表的，不正是我一向尊崇的那種近代蒙古知識分子在政治與戰爭的亂流中掙扎求存，無限辛酸卻又無比執著的典型嗎？

曾經在慕尼黑大學東亞研究所與父親共事的法蘭克教授（H. Franke），是與父親相交超過四十年的老友，他在知道父親逝世之後，寄給我的信裡寫著：

「我會永遠記得令尊，他是位淵博的學者，高貴的典範。」

父親啊！父親。

妹妹常向父親提起要接他到自己家裡來住，父親卻總是回答：

「等我老了的時候吧。」

而父親真的好像總也不老。八十歲之後還到處去旅行，甚至有一年還去了埃及！然而他卻不肯應邀回去內蒙古講學。他對我說：「老家的樣子全變了，回去了會有多難過？」

八十六歲那年冬天，德國的朋友們援例為他在波昂近郊的中國飯店裡擺壽宴，有許多蒙古國和內蒙古的留學生都來了，我也從台北飛去湊熱鬧。那天父親真是容光煥發，妙語如珠，當他在宴席之間，舉起一杯香檳向大家致意之時，我搶著拍了一張，回到台北後剛好可以放進我要在大陸出版的蒙古高原散文選裡做插圖，那篇散文是〈父親教我的歌〉。

在那個時候，我並沒有想到，兩年之後，我會把這張相片放到父親的訃聞上。

第二年夏天，海北和我一起去了波昂。翁婿兩人多年不見，竟然就在我眼前拚起酒來。海北的開始喝酒，還是當年訂婚之前，陪著女朋友到慕尼黑拜會準岳丈的時候，被強迫著學會了的，不過後來好像有些青出於藍。

當然，我還是要假裝惡言勸止，他們兩個人也都假裝充耳不聞，那個夏天的陽光很足，父親陽台上的天竺葵開得很旺，艷紅艷紅的。窗內的我們歡聲笑語，窗外也有飛鳥閃著輕快的翅膀喧鬧著飛掠而過。

而那還不是最後的幸福時光。

即使在這年秋天，父親忽然生病了，生平第一次住進醫院，八十七歲的老人，生的並且是很嚇人的病——膀胱癌，弟弟和我一起去照看。然而，父親恢復的能力極強，危機也很快地過去了，出院回家，家中有朋友來加強注意他的飲食起居。

回到台北後，每次打電話去，電話裡父親的笑聲爽朗，中氣十足，就可以讓我安心好幾天，生活在表面上好像又如常了。

第二年的五月，我飛去探望。在這幾年裡，每當我單獨去波昂的時候，已經不再住旅館了。父親把他客廳的沙發換成一張活動的沙發床，到了晚上拉開來給我睡，白天再恢復原狀。

我們父女共處的時間因此又多了一些，在這個春天，也常一起去河邊散步，還去那間早已重新整修好了的臨河的旅館吃晚餐。父親吃得不多，卻一樣喜歡縱容我在餐後點額外的甜點來吃。然而他是比從前瘦了，走路的速度也比從前慢了許多，我還是需要調整步伐，卻再也不是為了追上我的父親而是要陪伴他等候他了。

然而我們還是快樂的。在向晚的萊茵河邊，春風撲面，美景如畫，河對面山上的樹林全長出了柔嫩的綠葉。

「那山上風景很不錯。」

父親是這樣說過的，我當時也附和著他，說是那天過河去看一看。

眼前真的並沒有什麼立即的憂慮，父親按時去做追蹤檢查，都是完全正常的結果。

應該是不要太擔心了吧？

只是，在那個春天，我可能做錯了一件事。

我帶了本書去給父親。是位讀者在我的一場演講會後送給我的。書名叫做《蒙古高原橫斷記》，就是日本的江上波夫和赤崛英三那些人組織的「蒙古調查班」，在一九三六年到內蒙考古後所出版的報告。

前幾年，烏尼吾爾塔叔叔曾經幫我譯出其中與我祖父有關的一段，裡面也描述到父親老家附近的景象，我曾經據此而寫出那篇散文〈汗諾日美麗之湖〉。

如今自己手中有了這本書，最欣喜的是，書裡有張相片，拍的正是我們家族的敖包。

這處敖包山雖然在我第一次回到父親家鄉的時候，族人就帶我上山獻祭過了，相片也寄給父親看過了，然而那畢竟是幾十年後的相片，由石塊堆疊而成的敖包形狀已經不大一樣了。但是，在這本六十多年前的老書裡，祖父還在，那相片上所顯示的敖包還是父親在年輕的歲月裡曾經親眼見過的模樣啊！

我像獻出寶物一樣，把書翻到這一頁拿給父親看，父親果然驚呼起來，然後，幾乎是整個晚上，他都在來回翻讀這本書。雖是日文，然而配合著圖片內容與一些零星的漢字，那些相片底下的解說也是可以明白的。

書中所有的圖片，雖然都是黑白相片，但是品質很好。從曠野到溪谷、從穹廬到寺廟、從馬牛羊群到孤獨的牧者、從衣裳簡單的少女到滿頭珠翠的貴婦、從父親的察哈爾盟到母親的昭烏達盟，都是父親曾經行過走過笑過哭過歌過同時無限愛惜過的故土家園啊！

在夢中珍藏了五十多年的舊日家鄉，如今忽然同時都來到眼前，並且清晰潔淨，光影分明，對於一個八十八歲羈留在天涯的漂泊者來說，該是何等深沉的悵惘和疼痛？

原本只是希望討他的歡心。但是，當我看到整個晚上，父親都不說一句話，只是用稍顯顫抖的手，在燈下急速地把發黃的書頁翻過來又翻過去的時候，我不禁深深地後悔了。

而就在今夜，就在此刻，我才想到，那天晚上當父親在翻看著從前的蒙古高原時，在他混雜的思緒之中，會不會偶爾閃過和我在今夜的燈下翻看著這幾張剛剛放大了的萊茵河岸相片時一樣的想法——這是當時還有我父親在其中的那個世界所留下來的最後的影像。

父親啊！父親。

4　啟　蒙

船正在江上，或是海上。我大概是三歲，或是四歲。

我只記得，有一隻疲倦的海鳥，停在船舷上，被一個小男孩抓住了，討好地轉送給我。

我小心翼翼地把海鳥抱在雙手中，滿懷興奮地跑去找船艙裡的父親。

可是父親卻說：「把牠放走好嗎？一隻海鳥就該在天上飛的，你把牠抓起來牠會很不快樂，活不下去的。」

父親的聲音很溫柔，有一些我不太懂又好像懂了的憂傷感覺觸動了我，心中一酸，眼淚就掉了下來。轉身走到甲板上，往上一鬆手，鳥兒就撲著翅膀高高地飛走了。

啟蒙的經驗是從極幼小的時候開始的。

父親是為我啟蒙的最早也最親的導師。在他的導引之下，我開始對人世間一切的美好與自由無限嚮往。

生命是需要啟蒙的，然而，死亡也需要嗎？

面對死亡，也需要啟蒙嗎？

●

父親逝世之後，在波昂火化。

當我和弟弟從殯儀館回到父親生前居住了多年的萊茵河畔的寓所，把裝有父親骨灰的圓柱形的骨灰盒放在他臨窗的書桌上時，我心中的惶惑與紛亂已經達到了極限。

我沒有辦法解釋眼前的一切。

父親在四樓上的公寓，原本就因為有大面積的玻璃門窗而總是顯得特別明亮，那天天氣又很好，十二月中旬的陽光難得的燦爛，前一天晚上我只是把書桌的桌面騰空、拭淨，然而桌面下的抽屜，牆邊的書櫃和屋子裡的其他物件都還沒有開始整理，沙發旁邊的茶几上擺放著的老花眼鏡、煙斗和父親正在讀的那本書，我也還捨不得收起來，書頁裡夾著父親慣用的那張灰綠色的書籤，標示著他還沒讀完的那個章節……

我坐在沙發前的地毯上，久久環視著周遭，整個房間和從前完全一樣，沒有任何變動，充滿了熟悉的物件和熟悉的光影，所有的溫柔和美好都還留在原處，好像父親只不過剛剛起身走開一會兒而已，然後就會再回來的。

然而，回來了的父親再也不是從前的父親了。我從小仰望的高大健壯俊朗而又親愛的父親，如今已是這一盒抱在懷中微微有些分量的骨灰盒中的灰燼，就擺在明亮的窗前，擺在他使用了多年的書桌上。

我實在沒有辦法順從這眼前的一切。

生與死的界限，在這一刻裡怎麼可能是如此的模糊和溫柔卻同時又是如此的清晰和決絕？

面對著父親的骨灰，我恍如在大霧中迷途的孩子，心中的惶惑與紛亂難以平服。原來曾經是那樣清楚的目標和道路，曾經作為依憑的所謂價值或者道德的判斷，甚至任何振振有詞的信念與論點，在灰燼之前，忽然都變得是無比的荒謬薄弱因而幾乎是啞口無言了。

在灰燼之前，什麼才能是那生命中無可取代的即或是死亡也奪不走的本質呢？

●

多年來，每次去德國探望父親，我都是搭乘火車往返法蘭克福機場與波昂市之間，路程雖然固定，但是由於在這兩個鐘頭的車程中，其中有很長一段都是沿著萊茵河邊行駛，冬盡春顯，夏去秋至，四季裡對岸的山色有無窮變化，一次又一次的收進我的眼底。

不過，這一次，住在美國的弟弟，到了法蘭克福機場之後就租了一部車北上，與我在波昂會合，一起參加了父親的追悼儀式，然後再一起護送父親的骨灰回台灣，安葬在母親的旁邊。

所以，回程就由他駕車，由我捧著父親的骨灰盒上路。

前一天晚上，朋友已經給我們指引了一條捷徑，不需要繞道市區，只要在附近的河邊碼頭搭乘汽車渡輪到對岸，再翻過一座山之後，就可以接上前往法蘭克福的公路了。

我們是在清晨啟程的，過河的時候河面上還有一層薄薄的霧氣，凝視著霧中若隱若現的水紋，忽然想到這是與父親相伴最後一次走過萊茵河了。

弟弟開車很穩，每逢轉彎和上坡之時都會稍稍減慢車速，經過了河邊的小鄉鎮之後，我們就開始往山上駛去，由於爬昇的坡度比較大，山路頗有轉折。

我們幾乎是在一片無止無盡的密林之中行駛，山路不寬，然而修得非常平整，因而更像是一條緞帶在林間迂迴繞行。如果是在夏日，繁茂的綠葉可能會阻擋了所有的視線，但是，此刻是葉將落盡的初冬，樹梢只有稀疏的細枝，透過這些深深淺淺的細緻而又濕潤的枝椏，不時可以瞥見林木深處幽微的美景。

從來沒有走過這樣美麗的一條山路。

我幾乎是全神貫注地在貪看著眼前的一切，照理說，這個季節裡山野的風景，原該給人一種蕭索的感覺，但是不知道為什麼，在這個早上，這一整片無止無盡的山林，特別濕潤和秀美，竟然有點像是初春的林木，充滿了生機。

車子轉了個彎，從右邊的車窗望下去，忽然看見在低低的山腳下，萊茵河蜿蜒而過，正閃動著淡淡的波光，而對岸岸邊那一條細長的道路，不就正是我熟悉得不能再熟悉的曾經和父親同行過無數次的那段堤岸嗎？

我猛然領會，那麼，此刻我們所在的地方，就是我曾經從對岸眺望過無數次的那片山林了。

就在這個春天，一九九八年的五月，站在岸邊，父親還曾經對我說過：

「那山上的風景很不錯。」

我還記得那一天，向晚的萊茵河邊，春風撲面，美景如畫，在河對岸的山上，整片樹林全長出了柔嫩的新葉。

我還記得那一天，一如往常，我們父女兩人交談的內容除了孩子們的近況之外，就是關於蒙古高原的今昔。

從一九八九年的夏天開始，九年來，好像是為了加倍彌補那前半生的空白，我一次又一次去探訪蒙古高原。不單是見到了父親和母親的故鄉，更在心中設定了目標，東起大興安嶺，西至天山，南從鄂爾多斯荒漠，北到貝加爾湖，在這片無邊無際的大地之上，一步又一步地展開了我還歸故土的行程。

因此而累積了許多歡喜與困惑，長途電話裡談不完的，都在萊茵河邊的暮色裡一五一十的說給父親聽了。

父親總是耐心地為我解答。在他的記憶裡深藏了半個世紀的故鄉，不曾被污染與毀壞，還保留了由幾千幾百年的游牧生活所鑄造而成的文化與社會的原型，不是一些現實的災劫或者誤解所能夠輕易動搖的。

在一條異鄉的河流之前，父親是如何地盡他所能去帶引我認識我的原鄉啊！而我們父女之間能夠互相印證和分享的，還包括那在千里萬里之外的山川的顏色和草木的香氣。

萊茵河在我們眼前慢慢地流過，暮色用那幾乎無法察覺的速度逐漸逐漸地襲來，如今回首望去，才知道那曾經是多麼美好的時光。

●

而在此刻，滿山的樹葉都已離枝，我從小仰望倚靠好像從來也不會老去的父親，形體也已成灰燼。在這個清晨，辭別了那空空的寓所，雙手捧著父親的骨灰上車的時候，我心中充滿了悲傷和惆悵。

可是，就在剛才，在這片山林之間，我曾經全神貫注地貪看著周遭的幽微光影，幾乎已經忘記了自身的悲傷了。

就在我突然領會到自己正置身在父親曾經讚美過的景色裡，剛剛走過的也正是父親曾經走過的路途之時，心中不由得湧上一股暖流，覺得有種微微的歡喜與平安，好像父親並沒有真正離去，好像他還在我的身邊，在這條美麗的山路上，與我同行。

「爸爸，這是啟蒙的第一課嗎？」

我在心裡輕聲向父親詢問。

這時，我們的車子已經接近坡頂，路牌上標示著再往前行就快要翻越過這座山了。我向右邊的車窗靠近，試著從林木的空隙間望下去，山腳下，晨霧已散，安靜地流淌著的萊茵河，遠遠地向我閃動著一層又一層溫柔的波光。

——選自九歌版《金色的馬鞍》

輯三　此刻

人間煙火（民國九十三年九月初版）
2006 席慕蓉（民國九十六年三月二十日初版）
寧靜的巨大（民國九十七年七月初版）

記憶廣場

斜陽裡　人群散去
鑲著金邊的昨日開始
如層雲般湧來　並且沿著
這灰暗的廣場向四周延伸鋪展
多麼貧乏而又豐美
空虛而又滿盈的往昔啊

這就是我們僅有的
資產和原罪了嗎
在流離的世界裡執著於自身

小小的悲喜

回首之時　有誰願意承認
這廣場中心矗立著的
一座又一座的青銅紀念碑
其實都是　奠基於
我們那無可奈何而又無堅不摧的　青春

●

前幾年，雲門舞集在台北的演出中，介紹了一段來自中國大陸的舞蹈作品，據說是精簡版，時間並不長，整場舞蹈好像都只是一群舞者簇擁著一個四四方方的鋼架子在舞台上跑來跑去。

那是我的最初觀感。

那個鋼架子又高又寬又醜，是由幾條金屬支柱組合而成的，年輕的舞者一面推扯著它，一面卻又變著花樣用它來玩耍；有時候把它當成矮牆，一對情侶跳上去坐個半天，有時候把它當成遊戲的單槓，做出許多誇張又驚險的動作，有時候甚至直接把它當成是依戀的對象，無限纏綿地鑽進鑽出……。

到了最後，那冷而硬的金屬架子幾乎和舞者年輕柔軟的軀體合而為一到不可分離的地步了。

我在台下不禁淚流滿面。

也許，這淚水是「誤讀」的結果，不過，卻也是由於這一場誤讀，啟發了我對青春的敬意。

在一無依憑的青春裡，只有生命本身的驅策讓我們全力以赴。即使整個世界只肯給我們冷硬空洞的教條和制度，年輕的心也會以極為單純的勇氣和渴望，把它變成是一段又一段可以回憶的時光。

即使在像「文化大革命」那樣荒謬與殘酷的年代裡，想必還是埋藏著許多人不得不依戀的記憶吧？只因為當時他們是那樣的年輕。

只因為在那個時代裡有他們的青春，就使得所有曾經冰冷的現實，在回首之時，都有了另外一種溫度，足以熨貼深心。

是青春建構了記憶，而記憶才終於得以重鑄了青春啊！

●

在每個城市裡，每個世代人的心中，都擁有只屬於他自己的記憶廣場。

和M打電話的時候，她就說：

「啊！我們那時候最高興的事情就是可以去中山堂看電影了。法院員工有招待券，爸爸總是叫我們趕快洗澡，早早吃完晚飯就全家一起出門。我還記得有部電影是仙杜拉蒂主演的，其中有首歌後來很流行，到現在偶爾還能聽得到……。」

她還說，那時也常會和父母坐三輪車去三軍球場看陳祖烈打球、看白雪溜冰團等等，有時會去中山堂後面，中華路上的飯店去吃水餃，火車經過的時候，二樓的木頭桌椅和地板都會跟著震動起來，咯咯作響。

經過中華路的火車，應該也會經過廈門街口吧，比她大幾歲的我，也記得那種咯咯作響的震動。那時候我們才剛從香港搬到台灣，已經是民國四十三年的秋天了，住在台北的廈門街底，靠近水源路的堤防。有時候吃過晚飯，母親會帶著我和妹妹，散步到廈門街口，去拜訪一家蒙古同鄉，他們的小木頭房子就在鐵軌附近，火車經過，大家就笑著暫時停止說話。

母親是第一屆國民大會蒙古察哈爾盟八旗群的代表。在初到台灣的那幾年裡，有位阿姨幾乎天天到我們家來。她很風趣健談，只要她出現，就不會有冷場，而且對我們這些孩子也很親切，母親要去那裡她都願意作伴，幾乎是形影不離。後來雖然交往得不那樣密切了，卻也成為母親終生的好友，是我們非常尊敬的長輩。民國七十六年，母親去世之後，這位阿姨流著淚對我說：

「老三啊！其實我當初接近你的媽媽，是有任務的，你們在香港住了那麼多年才搬到台灣來，我必須負責彙報她的一切行動。可是，像你媽媽這麼正直高貴的人，我情願做她一輩子的朋友啊！」

接到詩人邀稿的電話之後，才發現自己其實已經很久都沒去過中山堂了。

昨天下午，有個評審的會議很早就結束了，剛好可以讓我搭上捷運，直奔西門站。

可是，中山堂正在整修，裡裡外外都是堆置的材料，也充滿了灰塵和噪音，我只好先繞到正門前的廣場上。

說是廣場，其實有些勉強，中山堂這棟建築的外觀也實在談不上好看。從高中到大學，上水彩課的時候，常常都會跟隨著老師和同學來這裡寫生，卻始終沒畫出一張自己覺得還算可以的畫來，除了自己的繪畫技巧之外，這幢平平板板的建築實在是個大難題。好像唯一可取的對象就是正門旁花池裡的幾株棕櫚，枝葉伸展得很舒暢，顏色又深濃有力，所以當年許多水彩畫家筆下的中山堂，都缺不了這幾株棕櫚的陪襯。

不過，昨天下午，在我的眼前，這幢平板的建築物好像多添了幾分細緻和優雅，是因為這幾十年的時光嗎？還是因為在它旁邊的兩幢大樓的確是太粗糙又太霸道了？

我再慢慢走到秀山街的側門，那裡原來是國民大會祕書處的舊址，裡面的工程正在進行，也是嘈雜混亂，原本只準備進去略微張望一下就走的，卻沒料到，才只是進門處那兩三層平坦厚實的台階就讓我站住了，有一種難以抗拒的溫暖和親切的氛圍就從這幾級我曾經踏上過無數次的台階開始，向左延伸到原是祕書處辦公室的小小空間，再向右延伸到那暗沉沉的樓梯，更後面的中正廳，然後再往前延伸到另一側的出口之前為止。下午的陽光從對面出口往室內投射過來，幾條浮動的光束裡充滿著灰塵和晃動的人影。整個空間在此刻雖然是嘈雜混亂的，可是，為什麼，我的「昨日」卻能一塵不染，安靜明澈地穿越過這一切，完完整整地重現在我的眼前？

我心中不禁有了依戀和不捨，就站在那裡遲遲無法移步。

原來，每一個空間本身，其實都是有生命的，它可以長久隱沒，也可以突然顯現。無論是建築本身的材質或是形式都會在悠長的時光裡不露痕跡地建構著我的記憶，當然還包括歲月裡的溫度與濕度，包括曾經互相傾訴過的模糊的話語，包括姊姊在這裡舉行獨唱會時那醇厚的高音，包括與母親同行時，她溫柔的凝視，以及她的身體和衣衫的淡香，更包括那生活裡不可捉摸的幸福和憂傷。

我想，在每個人的一生裡，都可能會遇到這樣的時刻吧。不過只是一處小小的毫不起眼的空間，你曾經無所察覺地走過千百次，卻並不知道這千百次的接觸其實沒有遺漏任何一絲細節。所有的一切都在默默地等待，等待與你在多年之後重新相見，就在那一刻，這整個空間的光影、線條、聲音甚至氣味，都會對你散發出一種無法抗拒的溫暖和親切的訊號，就在你躑躅難決的那一瞬間，為你延伸鋪展而成為一處無邊無際的記憶廣場。

每一個人的青春都會過去，每一個世代的華年也一樣，然而，這並不是從此就必須把它忘記並且絕口不提的理由。

一個人，一個世代的生命都是如此，我想，一個城市的生命也是一樣。

——選自九歌版《人間煙火》

真實的人生

師大校本部背後，有條安靜的長巷，為了搜集陳慧坤老師的傳記資料，我前來拜訪師母。老師去了美國，在他的孩子繼平家中暫住，偶爾出去寫生。所以，此刻只有師母一人在家，這正是大好機會，我想先請師母說一說對老師個性的看法。

我們對坐在客廳的沙發上，錄音機的按鈕剛剛按了下去，師母回答的第一句竟然是：

「他的脾氣是很偏激的！」

語氣很重，很認真，這倒有點出乎意料之外。我總以為，平日滿面笑容的師母，對老師的評語應該會稍微溫和一點才對。

然後，師母又接著說：

「還很孤獨，不隨和。怎麼說呢？好像是缺乏安全感。這個，我覺得是他小時候的環境所造成的。」

可是，對我們這些學生來說，老師給我們的印象剛好相反。

三十多年之前，老師站在素描教室門口，給我們的第一印象雖然頗為嚴厲，不過，只要稍有接觸，就能感覺到他其實面冷心熱，對我們又溫和又縱容，並且恨不得把關於繪畫的一切心得，都全部源源本本地說給我們聽。

每年三月美術節的化裝晚會上，老師的打扮比誰都放得開，有時是穿著衛生褲的拿破崙，有時是滿頭羽毛的印第安酋長，又唱又跳，興致比誰都高。這樣溫厚熱情的一位長者，怎麼在師母眼中就完全不一樣了呢？

是不是只有結褵五十多年的伴侶，才能夠真正碰觸到一顆脆弱而無助的心？

老師十二歲失怙，十四歲喪母，跟隨著年邁病弱的祖母度日。父母雙亡，已經是人間絕境，而周圍的親友中，還有人要落井下石。

師母說，在那幾年中，有時候原本只是同輩少年間沒有什麼心機的爭執，想不到往往會有對方的父母突然介入，指著他說：

「你這無父無母的野孩子，還不趕快……」

接下來的任何指責其實都沒什麼意義，這樣的第一句話，已經足夠傷透一個少年的心了，即使自己是站在有理的上風，依然像是被打敗了一樣，無言以對。

哥哥遠在外地求學，弟弟年幼，祖母又那麼衰老，這個少年非常明白自己的孤立無援。即使是這麼大一個家族，眼前站著辱罵他的，就是家族中的一員，應該可以依恃的「親戚」都這樣對待自己，何處還能尋找到真正安全溫暖的依靠？

只好努力讓自己堅強起來。

這種堅強持續下來之後，在繪畫上逐漸造就了一種令人敬佩的特質。然而，在真實生活裡，有時候恐怕不免傷人又傷己吧？

「是啊！很多時候，都是我在打圓場，希望一切能夠得到比較平和的結果。為這個，我只好常常勸他，不過，這麼多年的脾氣，不是容易改的。你們老師就是說話太直。」

白髮童顏的師母此時微微地笑了起來，那笑容中含有許多無奈與寬容。我問師母，老師對她，會有不愉快或者發脾氣的時候嗎？

「那倒也不會。有時候他聲音稍微大了一點，我就會對他說：『當年可是你求著我來你們家的哦！』你們老師就不敢再說話了。」

當年，是超過半個世紀以前的事。

那年春天，師母剛剛廿五歲，而老師三十七歲。對如今的女子來說，廿五歲談婚嫁還算太早。

「不過，在那個時代，我算是年紀大的小姐了！周圍的朋友同事早都嫁了。我二十歲開始做事，在員林教小學，工作環境很愉快，我想，就算是不結婚，也沒什麼不好。」

但是，還是有熱心的朋友作媒，替她介紹了這樣一位對象。學歷很高，是從日本的東京美術學校畢業回來的藝術家，在台中的中學教書。當時，能夠在中學教書的台灣人可說是少之又少，這樣的資歷令人羨慕。不過，也有為難的地方，這位藝術家已經經歷了兩次喪妻之痛，第一位妻子留下的女兒當年也有十二歲了。

二十五歲的小學老師莊金枝，到這天為止，還沒遇到過一個真正讓她傾心相許的人，感情生活像是一張柔軟雪白全新的宣紙鋪在畫桌上。她並沒有什麼特別的奢望，不過，既然朋友熱心，只好勉強應允，約好在一個星期天的早上，讓這位陌生的男子到她的學校來見個面，談談話。

在二十五歲春天的那個早上，莊金枝老師剛好擔任值日的工作，校園空空的，辦公室裡卻還流連著幾位同事。也許他們是真的有事，也許是聽說了有這麼回事，就帶著幾分好奇和她一起等待著。

校門口外的馬路上就是公車站牌，一輛公共汽車停住，門開之後，只下來一位乘客，然後車子就開走了，這位乘客正筆直地朝著學校走了過來。

是位身材高大的男子，越走越近，膚色微黑，然而眉目清朗，身穿一套熨得筆挺的白色文官制服，越走越近，一直朝著呆站在辦公室門口的莊金枝老師走了過來。

「真是緣投啊！」

五十多年之後，白髮已如霜的師母在向我重述當時那一瞬間的感覺之時，仍然忍不住大聲地說出這句讚嘆的話來，一面自己又覺得好笑。好像半個世紀之前，那個春天的早上，年輕的女老師芳心中的激盪還在，那是一種用蘸飽了墨汁的羊毫筆，在宣紙上大筆揮毫之後又暈染開來的狂喜和快意。

「真是緣投啊！我還從來沒見過那麼好看的人！不過，我現在想想，可能是因為那身文官制服熨燙得太漂亮了的緣故。」

就只是那麼一小段從校門口走向辦公室的路，或者是那一整套白色的又乾淨又筆挺的文官制服，年輕的女老師就準備要把一生的幸福都交出去了。

不過，當然，她自己當時並不知道。

當時的她，只知道不能請對方走進辦公室，因為那裡面有太多雙充滿了好奇的眼睛和耳朵。她只好硬著頭皮往前走了幾步，請他到她的宿舍去坐一坐。

「老師向您求婚了嗎？」

「怎麼會？不可以那麼快，第一次見面，總要先談談話才行。他倒是很誠懇，向我直言他已經是兩度喪妻的人，現在和女兒住在學校宿舍裡，希望我有時間到台中去看看。」

坐了不到一個鐘頭，老師就站起來，很有禮貌地告辭了。過了幾天，有信到學校來，請師母如果有空，務必考慮到台中來作客。

師母很認真地考慮了。

「你知道嗎？我其實心裡有點害怕。」

師母對我小聲地說：

「我們台灣有個說法，就是男人如果兩次喪妻，那麼娶進來的第三個也會早逝，要到第四個才能平安無事。我當然知道這只是一種毫無根據的說法，可是，心裡還是有點害怕。而且，廿五歲的我，也不太知道該要如何去做一個十二歲的孩子的母親。」

不過，廿五歲的莊金枝老師，還是答應了老師的邀約。接到信後的一個星期，她回了一封信，說好在下個週日去台中拜訪。

「我從員林坐火車到台中，到了他的宿舍大概快十點鐘了，可是你們老師和女兒兩個人才剛剛起床，屋子裡亂七八糟，老師驚訝得不得了，一面拚命收拾，一面問我說怎麼沒寫封信來通知？可是，我寄了信啦！」

是郵遞失誤嗎？

「不是。後來才知道，是我寄的信被別人偷走了。」

怎麼回事？

看到我疑惑的神情，師母欲言又止，問我：

「這可以說嗎？」

為什麼不能說？

原來，廿五歲的女老師，在學校裡被另外一位男老師暗戀著，幾次示意，我們嬌小端莊的莊金枝老師毫不理會，全無反應。這位失意的男子大概也聽聞了有人替莊老師作媒的事，可能在那個星期天的早上，也曾經遠遠地觀望過。後來，知道有信寄到學校，然後，又過了幾天，再看見莊老師到郵局去寄信，他就潛隨在後，把那封信從郵局裡偷出來了。

然而，偷了一封信出來，又能如何？事情還是在一點一點地往前進行，這位美麗端莊的女子，終於還是坐上了往台中的火車，向她未來的命運出發了。

有什麼能夠攔得住她呢？

「那師母後來是怎麼知道的？」

「還是那個男老師自己說出來的。在我嫁給你們老師之前，還沒有離開學校的時候，有一天，在辦公室裡，他當著大家的面前說了出來。」

應該算是一種道歉的方式吧。

（這位失意的男老師，現在也應該有八十多歲了。如果還健在，並且也看到了這一小段文字，那麼要請老先生原諒。都是我這個好奇的學生惹的事，是我不斷的要求，師母才說出了這段往事的。）

那麼，再回頭來看看當年那位手忙腳亂地收拾著房間的陳老師吧，雖然尷尬無比，卻喜伊人肯親來探訪，事情應該是有希望了！

那個星期天之後，又見了兩三次面，還沒談到正題，突然，自幼依恃的祖母病逝了。

師母還沒拜見過這位老人家。老師趕回老家龍井奔喪，在喪事舉行之前，特意派他哥哥的長子，到員林來邀請師母去參加葬禮。

「你知道，那個時候是戰爭的年代，火車票很不好買，你們老師的侄子只好從龍井鄉下徒步走到員林。好可憐啊！大概是中學生的年齡，就沿著火車路，從龍井、台中、彰化，這樣一直走，走到員林，走了好久好久！我看這孩子真可憐，實在是累壞了。他代表自己的叔叔，慎重地開口，一心一意想邀我去參加喪禮，可是，我不能去！」

為什麼？

「因為，台灣有個習俗，兩個正在交往中的男女，如果可能論及婚嫁，在這時男方有長輩過世，就在喪禮時將女方請過來，一起出現，辦過喪事之後，就等於妻子，就可以正式在男家住下，不再離開，也不用另外舉行任何結婚儀式了。可是，在那個時候，我心裡還一點準備也沒有，所以不肯去。我想，他們大概很失望吧。」

那是一九四三年的六月。

「那師母是什麼時候嫁過去的呢？」

「正式去他們家，是這年的十月了。也是我的老校長勸我的，他說可以啦，接受對方的誠意吧。」

真是位仁慈長者，他其實已經知道這位美麗的女老師芳心已許，需要的只是旁觀者的一點鼓勵罷了。

進了陳家家門之後，師母的快樂與積極帶動了一切，所有前面幾十年的悲慘記憶都逐漸被收藏起來，有的進入老師的深心，有的被師母用溫柔的手勢一一化解。

「剛嫁過去的時候，覺得很奇怪，為什麼家裡沒有你們老師第一位太太的相片。後來才知道是第二位太太在結婚之後，把前面那位的相片都丟了或者撕了。我覺得這樣不好，所以就慢慢整理，補救。把凡是能找到的，不管有沒有破損，都小心地收好，留了下來。」

我們如今才能從這些留下來的老相片裡，看到兩位佳人的芳容，這都是因為師母的開闊心胸。

「對我來說，這些都是你們老師的過去，不可以抹煞，但是也不必放在心裡。我總覺得，人生的一切都在當下，我是樂觀的人，我所擁有的就是『現在』。」

於是，樂觀溫暖的女子進入陳老師的生活也進入了他的生命之中，從此再無厄運來干擾，終於可以專心畫畫了。

常常出去寫生，帶著紙張與畫具，一走就是好幾天。

「大概是太放心了，出去之後從來也不會打一通電話回來。那時候，台中學校的宿舍很大，晚上只有我和曉罔兩個人。我心裡好害怕，但是又不敢表現出來，怕曉罔年幼，心裡會更慌張。只好力持鎮定，在空曠的屋子和更空曠的院子裡靜悄悄地做些家事，自己給自己壯膽。」

不過，老師寫生回來之後，屋子裡就熱鬧了。他把畫都擺了起來，不但逐一地向師母解釋，是在那裡寫生的，把握了或者錯失了什麼特質等等，還會把旅途上的花費金額，以及遇到了什麼人什麼事，種種細節都一五一十的說給師母聽。

「幾十年都是這樣。出門在外的時候一個電話也不打，回到家以後就一直講一直講。其實我從來並不在意他的花費，但是他還是喜歡說給我聽。」

家裡有人在等待著，因而在旅途上遇見什麼的時候，便用心記著，好在回去時都與她分享吧。雖然一工作起來，就不得不聚精會神，卻總有一些甜蜜的牽絆偶爾令人分心。

所以，回來的時候，總會帶些東西。

「如果是去野柳，就會從海邊揀些被海浪侵蝕過的大石頭回來，就是送給我的禮物了。有時候是貝殼，有時候是百合花。野柳海邊的山上，到了季節就會開滿了百合花，老師捧著回來，一大束又香又好看！」

那麼，老師把花拿給師母的時候，是怎麼說的呢？

「他會說：『啊！現在要獻花了！』」

師母學著老師當年的口氣，然後自己又不禁哈哈地笑了起來。這是生命裡愉快而又芬芳的回憶，不過，也有那令人憂急的時刻。

「那年，本來說是要去阿里山的，結果老師臨時改變，就去了玉山。時間過了，還不見他回來，我開始著急，不知道這個人到底在什麼地方？等他終於回到家，才知道是去了玉山。家裡孩子都那麼小，纔平才幾個月大，我問你們老師，為什麼要改變行程，還去那麼不安全的地方？他說很難解釋，人進了山裡之後，實在控制不住，心裡充滿了想要登上主峰去寫生的欲望，四天三夜，著魔似的一直走，一直畫，要不是知道家裡會惦念，恐怕還想多留幾天哩！」

那年是一九五二年，時當八月盛夏，台灣最高山巒之間的色彩與光影變幻，恐怕是令藝術家無法抗拒的強烈誘惑吧。老師這次的玉山之行，累積了許多畫稿，也累積了許多心得，可說是對他日後的創作有很重要的啟發。

然而，對於年輕的師母來說，獨自一人，帶著兩個年幼的女孩，懷中的嬰兒才在襁褓，那種憂急和焦慮的等待，恐怕也是不能忘記的經驗。

嫁進陳家門之後，師母一肩挑起了所有家事和教育子女的重擔。老師平日回到家來，總是只有繪畫一事盤踞在心，一拿起畫筆就什麼都不聞不問了。

然而心裡還是知道的，只是從來不知如何啟口。

「你們老師嘴巴不甜啊！」師母笑著說：「從新婚到現在，這麼多年，人前人後，從來沒對我說過一句甜蜜的話，我也習慣了。」

不過，突然想到了什麼，師母的眼睛忽然亮起來。她說起最近繼平接了父親去美國住，九十二歲的老畫家大概想念起在家中的妻子了，有天忽然打電話回來給師母，說日本的櫻花盛開時極美，最好在明年春天趁花開的時候，去日本走一走。師母說她一個人不認路，沒有人陪，不想出遠門。老師在電話那端忙不迭地說：

「我帶你去，我帶你去。」

師母在向我重述的時候，不禁笑了起來，她說：

「這麼多年了，這是你們老師第一次想到要帶我出去看花啊！我知道他大概是想念我了。我的媳婦秀卿那時就在電話旁邊，聽見你們老師這樣對我說話，後來她也告訴我：『好感動啊！爸爸想媽媽了！』」

不管能不能成行，對於師母來說，老師能夠把邀約的情意說出來，就已經令人欣慰了。

向師母告辭之後，走在安靜的巷道裡，眼前好像依然有那樣一幅畫面，兩位結褵了五十多年的夫妻，互相依傍著走在盛開的櫻花之下，白髮和淺紫緋紅的花簇互相映照，真實的人生，行到此處，自有一種從容愉悅的幸福。

——選自九歌版《人間煙火》

有一首詩

彼黍離離，彼稷之苗。行邁靡靡，中心搖搖。知我者，謂我心憂。不知我者，謂我何求。悠悠蒼天，此何人哉。

彼黍離離，彼稷之穗。行邁靡靡，中心如醉。知我者，謂我心憂。不知我者，謂我何求。悠悠蒼天，此何人哉。

彼黍離離，彼稷之實。行邁靡靡，中心如噎。知我者，謂我心憂。不知我者，謂我何求。悠悠蒼天，此何人哉。

——《詩經．國風》

越過鄉間的公路，再穿過一大片玉蜀黍田之後，在我們眼前，是一座長滿了野草的兩層土坡，順著小徑，有那腳步特別快的朋友先爬上了坡頂，馬上回頭向坡下的我們做出了阻攔的手勢，同時大聲地說：

「葉老師，您就別上來了，這上面什麼也沒有了啊！」

不過，葉老師並沒有聽從他的勸告，還是繼續往前一步步地走了上去。小徑上的野草很高，枝梗蕪雜而枯黃，時時牽扯著行人的衣角。是九月下旬的東北大地，還算溫暖，有陽光，然而空氣裡也有一層薄薄的灰濛的塵霾。

到了坡頂，感覺上原來應該是個面積頗為寬廣的平台，此刻卻長著滿滿的莊稼，就在我們眼前擁擠著矗立著的玉蜀黍一直延伸到遠處，是收成的季節了，帶著紫棕色穗子的玉米粒粒金黃飽滿，藏在脆裂的葉片裡若隱若現，風吹過來的時候，高大的植株微微晃動摩擦，枝葉簌簌作響。

面對著這橫梗在眼前的秋日的玉蜀黍田，葉老師默然無語，獨自佇立了好一會兒之後，忽然回過頭來對我說：

「這真的就是黍離之悲了。我現在的心情，和那首詩裡說的怎麼完全一樣！」

那首詩收在《詩經》裡，說的是周朝東遷之後，有人走過從前的宗廟宮室所在之地，卻發現曾經華美莊嚴的建築都已經完全消失，四野只長著滿滿的莊稼，不禁悲嘆再三，徘徊不忍離去。

那首詩中抒寫著的是接近三千年之前的一個周朝後人的心情，而此刻是公元兩千零二年的九月二十六日，葉赫那拉部族的後人葉嘉瑩教授千里迢迢終於尋到了原鄉，站在承載著先祖昔日悲歡的東北城舊址之上，一切也幾乎都消失了。放眼望去，秋日午後，四野只有無窮無盡的玉蜀黍田，遠方的一條河流，天邊的一輪紅日，以及，心中的一首詩。

一首穿越過邈遠的時空前來相會，卻彷彿是此刻的自己才剛剛寫成的詩。

●

世間的遇合有時非常奇妙。這麼多年來，我都只是個遠遠仰慕著葉老師的讀者，如今卻能陪同她回到原鄉，這一切都是起因於我的好友汪其楣教授最初的一番好意。

其楣是葉老師的學生，二〇〇二年的三月，葉老師在台北講學，其楣寄給她一篇自己剛發表的論文，裡面談到我的一些以蒙古高原為主題的散文與詩，就又催促我也寄本剛出版的散文集《金色的馬鞍》給葉老師看看。

過了幾天，接到施淑教授的電話，邀我到福華飯店與葉老師共進晚餐，使我喜出望外。

更想不到的是，那天晚上，葉老師對我說：

「我也是蒙古人。我們的部族是葉赫那拉。我的伯父曾經告訴過我，葉赫是一條河流的名字，但是我已經不能確定它的地點，也不知道如今這條河流是否還在。」

那天晚上，施淑、靜惠和我，三個人圍坐在葉老師的旁邊，靜靜聆聽她講述先世的歷史與傳說，在燈光下，年近八十的葉老師容顏恬靜開朗，可是，我們能夠感覺得到她心中那種深沉的尋索的渴望，她說：

「我一直希望能找到那一條葉赫水。」

那一條河流彷彿是記憶的根源，如果河流還在，那麼，舊日的城池或許應該也還在，而在天涯遊子心中謹記了多少年的種種線索就終於能夠有所依附了吧。

就在那個時候，我的心裡好像有些什麼忽然燃燒了起來，還等什麼呢？葉老師，我們就去找一找看吧，好嗎？

二〇〇二年三月裡的這個晚上，葉老師微笑著回答我：

「好的。如果你找到了葉赫水，我就和你一起回去。」

當時，我們都沒能預料到，這個願望竟然在半年之後就實現了。

那天晚上，回到家裡我就趕快打電話給住在瀋陽的蒙古朋友鮑爾吉·原野，他是我心儀已久的作家，讀過他的許多作品，卻還沒見過面。在電話裡他感覺到我的情緒，於是馬上又去找到他的滿族朋友關捷，在《瀋陽日報》工作的關捷一口承擔了這個尋訪的任務。

之後的兩三個月裡，台北與瀋陽之間便有了一條熱線。關捷去請教了好幾位專研清史的學者，也到地方上去打聽，然後，美好的消息就傳來了——葉赫水至今猶在，不但沒有乾涸，也沒有改名，而且就發源在葉赫鎮，再從整個城鎮的中間穿過，這個葉赫鎮如今屬於吉林省梨樹縣，離長春市不遠。

九月下旬，吉林大學的劉中樹校長以及多位教授就在長春市迎接葉老師，她在日本教書的侄子葉言材教授也趕來了，還有關捷、鮑爾吉·原野和我，大家一起陪著葉老師走向她念念不忘的先祖原鄉。

「葉赫那拉」在蒙文的字義裡是「大太陽」，也可以引伸為「偉大的部族」的意思。「那拉」在漢譯中有時寫成「納蘭」。

史書上說：「其先出自蒙古，姓土默特氏，滅納喇部據其地，遂以地為姓；後遷葉赫河岸，因號葉赫。」

遙遠的先祖從黑龍江先遷徙到呼蘭河流域，再南遷到葉赫河畔的時候，已經是明宣德二年（公元一四二七年）了。在山川富饒的葉赫河畔，這個部族日漸壯大，子子孫孫，世襲相沿，過了一百九十多年的安穩歲月。明朝時，因為與明貿易於鎮北關，所以被稱作北關葉赫。葉赫與愛新覺羅兩族原先互相通婚友好，但是，最後終於在一場慘烈的戰爭中，被努爾哈赤的後金所滅。就在東北城下，負傷被縊殺之前，葉赫部最後的領袖金台什留下了那句誓言：

「我們葉赫氏就是剩下最後一個女子，也要滅了你們愛新覺羅！」

不知道是不是因為這個緣由，滿清建國以後，葉赫部雖然在八大貴族之列，卻始終與清廷處在一種微妙的距離裡。滿清選后，明令排除葉赫那拉的女子。

然而，誓言猶在朝廷的記憶裡，民間的記憶卻逐漸開始分歧。儘管在史書裡葉赫源出蒙古的記錄始終沒有消失，但是四百多年來，葉赫那拉部族的後代子孫，無論是真正的遺忘還是蓄意的隱晦，有些人最遠只追溯到先世是海西女真扈倫四部之一，從此就以滿人自居了。

在葉嘉瑩教授的家族裡，記憶從未被湮滅，反倒是以一種反覆叮囑的方式傳延了下來。雖然由於一次又一次戰亂的阻隔，使得還鄉的心願延宕到如今才能實現，然而，畢竟是實現了。

此刻，葉赫水正從秋日亮黃沉綠的山林間奔湧而出，穿過葉赫那拉部族曾經生息於其上的大地，穿過那在幾百年間曾經輝耀也曾經晦暗的時光，穿過那急速翻動如四野秋聲一樣簌簌作響的歷史書頁，終於，和緩地放慢了速度，潺潺地流進了千里尋來的遊子心中。

畢竟是實現了啊！這尋索的心願。

站在葉老師的身旁，我也隨著她的視線往四周眺望，但是我深信，天地山川此刻都在向她召喚，葉老師所見到的，必然和我們這些旁人所能見到的是不一樣的。

所以，當有人從坡頂向她高聲呼喊：「葉老師，這上面什麼也沒有了啊！」的時候，我們之中，誰也沒能想到，對於葉老師來說，在這座長滿了荒草和玉蜀黍的土坡上，除了滿滿的幾百年的興衰之外，還有一首詩在等著她。

一首清晰而又貼切，恍如她自己提筆剛剛才寫成的詩啊！

——選自九歌版《人間煙火》

重返灣仔

1

弟弟和我有五年多沒見面了。去年（二〇〇三）十一月，他的公司派他從紐約到香港來出差，而我剛好應邀去南京和南通的兩所大學演講，回程從上海起飛，也可以在香港停留幾天，姊弟倆應該可以聚一聚。

於是，事情就這麼定了。

在上海，我和弟弟再通了一次電話，長途電話裡，弟弟說得很清楚：

「你搭機場的快車，到終點站就是中環，車站就在我們辦公室的樓下，三點左右的時候，我會在附近等你。」

可是，我還是有些隱約的焦慮。

說也奇怪，雖然這半生幾乎常去「闖蕩江湖」，近十幾年來更在蒙古高原上走了不少的路，與朋友約在布拉格或是大興安嶺見面都不會緊張，為什麼獨獨對香港這個城市的空間有一份敬畏之感？總是不怎麼放心？

這焦慮與不安，不知從何而來。難道是因為年幼時曾經在中環與姊姊走散了，一個人站在皇后戲院街邊大哭，最後被帶到警察局去等父親來領回的那段記憶太強烈了，讓我到今天還是餘悸猶存？

好在，第二天，一切都如弟弟所說的那樣清楚和簡單。從上海飛到香港，先寄存了大部分的行李，只背個輕便的背包，從從容容的一個人，搭上潔淨平穩的機場特快，下午三點，車到中環，當我走出車廂才剛在月台上站定的時候，不遠處，就在柵欄之外，弟弟已經微笑著向我揮手了。

原來相約在香港見面可以是這樣輕易和輕鬆的一件事啊！我不禁在心中暗自讚嘆。

然後，就在那一刻，我忽然意識到自己多年來對香港這個城市空間的敬畏與焦慮或許還另有原因，比迷途於中環的那段記憶還要更早一些，甚至更強烈一些——我曾經是那個牽著大人的衣裾在戰亂的年代裡來到香港的小女孩，在初初抵達之時，那些模糊又片段的暗影，到現在還壓在她的心上。

2

一九四九年的夏秋之際，我們這一家九口，兩位外婆，父母和五個孩子，經過了漫長的旅程，從南京、上海、廣州輾轉來到香港，定居了五年。

家在灣仔，從皇后大道東拐進這一條狹窄的上坡路聖佛蘭西絲街，左邊就是秀華台的平台了。平台盡頭，一幢新蓋好的四層雙拼式的公寓，我們住進左邊的三樓，有一間比較大的客廳，三間臥室，從細長的走廊延伸過去，依序是浴室、一間小房間，最後就是還算寬敞的廚房了。剛搬進去的那一天，屋子裡還留有剛粉刷好的氣味以及薄薄的一層塵灰，什麼家具都沒有，是二姥姥用新掃帚把一間臥室地面上的浮灰先掃乾淨，鋪上兩層毯子，媽媽就把還在襁褓中的弟弟放在毛毯上，弟弟睡得很熟，陽光從窗戶照進來，空中因而顯出許多還在飛舞著的細塵，在暗紅的瓷磚地面上，在空曠的房間裡，幼小的弟弟好像顯得更加幼小了。

那時候，我們的身分，應該都算是在戰亂之中逃生的難民吧？但是，這五年居住在香港的時光，對我來說，還是甜蜜的幸福的童年。

屋前有塊鋪著水泥的空地，中間新種下去一棵鳳凰木，樹蔭還很稀疏，幸好前面連接著另外一片更大的長方形的空地，屬於左右兩邊各有兩幢建築的「東都大飯店」所有，是他們的中庭，也就是秀華台的平台。

在平台上，四個狹長的花池一字排開，每個花池裡都種著好幾棵扶桑，濃密的綠葉間，不分四季地開著大朵的紅花。這一塊長方形的平台，由於階梯的阻隔，汽車開不進來，就成了孩子們最安全的遊樂場。

鄰居的小孩都成為玩伴，開始的時候是我和妹妹同進同出，過了兩年，弟弟也參加了進來。我們喜歡騎著三輪小車一遍又一遍繞著這四個花池兜圈子，要不然就是在鳳凰木下和大家一齊玩那些捉迷藏啊、跳房子啊，好像永遠也不會厭倦的遊戲。每天日出而作，日入而息，勤勤勉勉地織造著自己的錦繡童年。

在右邊靠山岩的牆邊，還用圍籬圈出一大塊花圃，有個好脾氣的園丁（我很快就學會了用廣東話來稱他為「花王」）在裡面種了許多專供東都飯店擺設用的盆景和草花。圍籬邊還有好幾株高大的木芙蓉，秋天來時會開出滿樹的花朵，早上純白如雪，近午時分，花瓣就已經被暈染成淺粉，再逐漸轉成櫻般的緋紅，到了傍晚，整朵芙蓉已經成為沉醉的酡顏，並且那紅色還在逐漸加深逐漸變暗，園丁有時候看到天都快黑了，只剩下我一個人還在樹下癡癡觀望，就會笑著喝斥我：

「傻女，返屋企囉！明日再來睇。」

明日復明日，一秋再接一秋，童年的時光無限悠長，童年的天地無限遼闊，我們勤勉織造而成的錦繡始終摺疊在記憶深處，光彩爛然，不離不變。

一九五四年夏天搬遷到台灣，要隔了十年之後，我去歐洲讀書的時候才第一次回來探視，那時童年的友伴還都住在原處。等到又隔了二十年，我再次回到香港，友朋都已星散，只有秀華台和舊居還在。

最近這十幾年，我常去蒙古高原，回程如果在香港停留，總會抽出時間來張望一下。不過，像這樣姊弟兩人並肩站在香港街頭回望我們的童年，卻是一九五四年離開之後的第一次。

接近五十年的時光之後，第一次，我和弟弟在香港相會，一起重返灣仔。

3

從中環坐地鐵到灣仔是段非常短的車程，當我們兩人手牽手從修頓球場的出口走出來的時候，陽光正好，馬路上熙熙攘攘的都是人群。左手邊，球場上正在舉行什麼球賽，小小的場地上歡聲震耳，這幾乎幾乎就是我的從前，沒有絲毫的改變。

弟弟說，其實，前幾天他自己也來走過一回，只是他所擁有的線索比較模糊，沿著皇后大道東一路走來，始終沒有找到秀華台，在附近繞了幾圈就回旅館了。

他說：

「我好像記得在街角有個涼茶店。」

童年的記憶終於在此疊合。

這時，我們剛好走到聖佛蘭西絲街的街口，是的，就是這裡，我指給弟弟看，那間曾經有著苦澀的涼茶和甘甜的陳皮梅的小店，門面還在原處，只是如今換成是賣家具的店了。

我們左轉往坡上行去，斜坡陡峭依舊，可是，整個空間卻顯得出奇的狹小。在秀華台的平台前，我停了下來，轉身對弟弟說：

「你看，就是這裡了！台階還在，花池也還在。」

儘管這眼前的空間如此狹隘如此破敗，完全不能和記憶中的秀華台相比，儘管舊居和東都飯店都已經被拆除改建了，儘管這四個狹長的花池已經寸草不生，淪為被人堆置著建材與雜物的處所；可是，這中間隔了五十年的時光，在一座不斷改換著面貌的小島上，竟然還能留下一處舊日的街巷，留下四塊淺淺地圍著紅磚邊的長方形的輪廓，留下幾級水泥的台階，讓我們能夠前來與記憶中的童年時空相印證，應該也可以算是奇蹟了吧？

天將暮，有行人走過，匆匆看了我們一眼。弟弟向我微笑，在斜陽裡，他的髮色已斑白。

4

在家中，我一直是那個極端外向的孩子，也常會被差遣出去買些小東西，夏天去買雪糕，冬天，在天氣稍微有點陰冷的傍晚，晚餐前，父親或是母親就會徵求外婆的意見：

「怎麼樣？今天晚上喝點酒吧？」

這時，我就自動上場了。拿了一張十元的紙幣，飛也似的開了門，奔跑下樓，穿越過整個秀華台上的空地，從東都大飯店右邊側門的台階走下聖佛蘭西絲街，在斜坡下的一間士多買了酒之後，再沿著原路回去，但是步子就慢多了，因為雙手中捧著一瓶不算太輕的酒。

我到現在還記得那種酒瓶，瓶身寬扁，上面接著一截窄而圓的瓶口，玻璃是透明的白，裡面盛裝著褐色的液體，是蘇格蘭的威士忌，十塊港幣一瓶。

這瓶酒對一個七、八歲的孩子來說，是有些沉重，然而，當我小心翼翼地走完十幾層台階，再向右稍走個三五步，就到了平台上，隔著那四個開滿了扶桑的花池，遠遠就望見了前方三樓上我們家亮著燈的窗戶。如果不是外婆，就是媽媽或者爸爸靠在窗前，笑著向我揮手，抱著滿滿一瓶酒的我，也微笑了起來，心中很有成就感。

當然，也有失敗的時刻。有一次，不知道為什麼，整瓶酒忽然從我手中鬆脫，就墜落在台階上碎成片片了，那玻璃碎裂的清脆聲響，那瞬間滿溢的酒香，那難以收拾的殘局，那強烈的愧疚感，讓我一路哭著往家裡走回去。父親早從窗前看見了我的哭臉，他在樓下門邊迎著我，又交給了我一張十元的紙幣，輕描淡寫地說了幾句：

「再去買一瓶就好了。我們來請人收拾。不哭，不是你的錯。」

我果然就沒有再哭了，轉身又向坡下走去。等我再抱了一瓶酒走上台階的時候，東都飯店的工友伯伯剛剛把酒瓶的碎片掃乾淨，只是那階上的酒漬還在，酒香依舊撲鼻。

回到家裡，一切都是溫暖和光亮的，飯菜已經擺在桌上，父親接過我手上的酒瓶，好像什麼都沒有發生過似的，開始給外婆斟酒了。

其實，大人們喝的也不算多，每人也不過三小杯而已。然而看著他們四個人彼此舉杯，不時笑著說一兩句勸酒的話，餐桌上就會慢慢漾開了一種愉悅和放鬆的感覺，恍如節慶。

要隔了許多年之後，我才明白，當年，就在家門之外，是一個何等波濤洶湧驚心動魄的世界，有多少人只是走錯了一步，就可能從此萬劫不復。而我的外婆和我的父母，他們在孩子面前，曾經是如何地力持鎮定，如何地不動聲色啊！

又要再隔了許多許多年之後，外婆、二姥姥、母親和父親都離開了人世，我才猛省，原來，這麼長久以來，我竟然從來沒有問過他們，從來沒有問過一句，在那個流離傷亂的時代裡，他們究竟是怎麼熬過來的？

如今，每年清明，在四位老人家的墓前，我只能默默地各斟上一杯酒了。

墓園在台灣北海岸的山坡上，我們在園中種了香柏、含笑和紅色的山茶。住在台灣的孩子，只有德姊與我，每年清明，在跪拜、叩首、祝禱等等的儀式都完成之後，我們會在園中的石凳上坐下，近看初春的山色，遠眺海面的波光，在離去之前，再將供桌上的酒杯逐一舉起，將杯中的酒恭恭敬敬地灑在墓前，那潑灑在地面上的酒所發出的香氣，對我來說，是無比的親切與熟悉，彷彿是從來沒有離開過的記憶。

因為，清明的供品總是由我去準備的，那一瓶酒也是，每年，我買的都是同一個廠牌的蘇格蘭威士忌。

5

那天，在灣仔，我們走過了許多街巷。晚上，回到位於半山區的旅館房間裡，兩個人都有點累了。弟弟開了一瓶紅酒，我們各自拿了滿滿的一杯，坐在可以俯瞰香港夜景的窗前，默默地啜飲。

我們已經把房間裡的燈都關了，把窗簾全部拉開，透過整片的大落地窗，窗外是難以計數更難以描摹的璀璨燈火，像是一幅無垠的壁畫，也像是一座深不見底的舞台，我彷彿是台前的觀眾，坐在黑暗的角落裡，默默搜尋著那曾經為我點亮過的一盞燈。

是的，每次回到香港，我總會覺得，童年的我，好像還生活在這個島上，在那些熟悉又親切的街巷裡，在舞台的最深處，還有一盞為我點燃著的一直不曾熄滅的燈光。

——選自九歌版《人間煙火》

七月十日

——二〇〇六年日記

國慶的慶祝活動是從七月十日開始，到十三號結束，今天是第一天。

我渴望能夠看見在《蒙古祕史》中所記載的旗幟——九腳白旄纛，也稱九斿白旗。

這象徵和平的旗幟，在蒙文裡的原音是「查干蘇魯德」。「查干」是「白色」，「蘇魯德」是「大纛」。書上說它是「金剛寶矛的下面裝著圓盤，圓盤上鑽出八十一個眼兒，每個眼兒裡栽入白纓，用皮條聯綴起來，外面再套進柄兒豎立起來，跟八個陪纛鍊在一起使其穩定。」（《成吉思汗祭奠》第二二二頁）

這白纓，是以雄馬的白色鬃毛束集而成。中間有一支主纛，旁邊圍繞著八支陪纛，和平的時候，是這九支旄旗作為國家的象徵。

征戰之時，則是由木華黎家族舉起的「鎮遠黑纛」（又稱四斿神矛）來指揮了。這是成吉思可汗的軍旗，蒙文音「哈剌蘇魯德」。「哈剌」是「黑色」，是以九九八十一隻棗騮公馬的鬃毛束集而成的，黑纛的木柄是用筆直的柏木製成，有一支主纛，四支陪纛。這五支黑色的大纛，又有一義，稱作是「靈魂的靈魂」，是軍威的象徵，也是天賜的神物，意思是說這鎮遠黑纛一出，天下所有生命的靈魂都將被它收服與降伏。

成吉思可汗的「哈剌蘇魯德」，如今還供奉在內蒙古鄂爾多斯伊金霍洛的成陵之中。

蒙古國供奉的「查干蘇魯德」，平日是在烏蘭巴托政府辦公大樓大門入口處，遇到國慶，則由馬隊請出，恭置於市中心的蘇赫巴托廣場之上，然後，再在舉行「那達慕」時，移置在慶典會場的中央。

一九九一年，我和十六位台北的藝文界朋友，曾經應邀前去蒙古國參加那一年的國慶活動。好心的蒙古友人，幫我辦了一張記者證，讓我可以進入「那達慕」會場的裡面，近距離拍攝各項選手們的活動。

我卻對查干蘇魯德情有獨鍾。在藍天白雲的襯托之下，在風中微微揚起的九腳白旄纛實在美麗，接連拍了許多張，回到台灣之後還放大了好幾張送給同鄉。同年九月再去烏蘭巴托之時，也分送給幾位當地的朋友。

可是，底片不知給我放到什麼地方去了。這一次，一定要再去試著拍攝一下。

十一點鐘，其木格來到旅館，帶我和素英走路去到蘇赫巴托廣場。

天氣晴和，廣場上已經圍起了警示的圍欄，標出典禮場地的範圍，由警察站崗，禁止一般民眾進入。素英和我，把採訪證件掛在胸前，其木格是我們的翻譯，三人因此得以通過崗哨，終於進入會場，站在各國記者的行列之中，美夢成真，好不興奮。不過，且慢，有狀況了！我帶了兩個相機，一個小的數位，一個是用了許多年的單眼Nikon。可是，典禮還沒開始，我在拍場內那許多可愛的小馬頭琴手時，老相機就按不下去了。

恐怕是匆匆忙忙換底片的當下，又出了什麼事。真是氣人！大老遠背著個這麼重的東西來到蒙古，一卷底片剛拍完，就報廢了。

這時，護送查干蘇魯德的馬隊已經慢慢走進來，只好拿起數位相機來拍吧，有什麼辦法呢！

數位相機的層次當然是比不上幻燈片，可是，它也有個好處，就是不用一直換底片，我因而得以捕捉到了馬隊的許多動作。

馬隊裡主要的角色是那九個用右手舉著九支白色旄旗進場的士兵，穿著古式的戎裝，穩穩地騎著駿馬成一直線前行，到了會場前方的中間，再一起將馬頭轉過來，排成橫列，手中的旗幟筆直，交給另外九個站到馬前的兵士手上之後，他們才再下馬。那動作真是好看，馬匹也極為安靜，動也不動。果真是馬背上的民族，與馬兒的溝通極為良好（不像我春天在波蘭看見的馬隊遊行，狀況百出）。

會場中央，木製的台座早已擺好，九位士兵，現在是雙手舉著旗幟，跨著正步前行，在環繞了台座一圈之後，第一位舉著主纛的隊長，先登上台座，將旗幟插在中間的位置，他退下之後，其他八位士兵才再一起將八支陪纛插在外環，然後再退下。

藍天白雲之下，查干蘇魯德白色的毛斿在風中微微飄揚起來。

這時，另外有四個負責守護的士兵又跨著正步前來，在台座更外圍的四個角落站定，右手握拳叉在腰間，左手握著佩刀的刀柄，同時一齊仰頭，雙目注視著旗幟，姿勢就從此固定，再也不動了。（我自己忙著拍照，沒替他們計時，不知道這一班要站多久？）

然後，馬隊離場，這時，場邊的軍樂隊開始吹奏一首很緩慢很悠揚的曲子，其木格靠過來對我說，這是古老的軍歌。樂隊人員的穿著，和馬隊以及護旗的衛兵一樣，都是古時候的戎裝，不過設計的感覺很濃，主要的顏色是正紅、稍深的灰藍，還有金邊，當然，還有頭盔。

很有趣的一種時空交錯。穿著古代戎裝的兵士，與穿著現代制服的兵士和警察各司其職，都在等待典禮的開始。

典禮最重要的一刻，是成吉思可汗銅像的揭幕儀式。

在政府行政大樓與蘇赫巴托廣場之間（應該說是緊貼著行政大樓），新蓋起一座窄而長的建築，像有著許多柱子的高大走廊，高度與長度剛好遮住了原來的行政大樓，在這座建築的中間，現在還蒙著藍色布幔的，就是一尊巨大的成吉思可汗座像。走廊兩端，各有一尊比較小的座像，在成吉思可汗右手那端是他的兒子窩闊台可汗，左手那端是他的孫子忽必烈可汗。在成吉思可汗座像前方，在兩層平台之間，是寬闊的梯級直下廣場。而梯級兩方，各有一個長形的高台往前伸出，上面有兩尊騎在馬上的將軍塑像，那兩位將軍的名字，我猜想一位是者勒篾，一位或許是孛斡兒出。

除了成吉思可汗的座像以外，旁邊這四尊雕像都已完整的陳列在眾人眼前，而眾人卻都在等待總統和總理以及貴賓的來臨。

終於，典禮開始了，在致詞、獻花、奏樂種種儀式逐漸展開之際，不知道為什麼，我的注意力卻始終在那九支直直矗立的查干蘇魯德之上。每當有風吹過，那白色的旄纓也在風中揚起，像銀絲一樣的光芒在陽光下閃耀。

八百年了，從在斡難河源土地上矗起的那一刻，這查干蘇魯德就成為國族的象徵，一如贊歌中所稱頌的：

由永恆的蒼天所造化
成為大蒙古國的旗徽

這美麗而又獨特的旗徽，曾經見證過輝煌燦爛的歲月，也曾經經歷過被污衊被埋藏的時光。八百年的滄桑都已過去，如今，它就矗立在廣場中央，矗立在重新得回自由和獨立的國土之上。在旗徽的後方，沿著寬廣的階梯，此刻，眾所矚目的焦點，就是在高處被藍色絲縵所包裹著的可汗座像。

樂聲起處，聖祖成吉思可汗銅像的揭幕儀式開始了。藍色絲縵各從左右方被扯開，以極慢的動作，一寸一寸的從銅像上方往左右邊降下，於是，我們先看見可汗的面容，然後是雙肩，然後是雙手放在兩邊的扶手上，最後靜坐在寶座之上俯視著我們的可汗座像終於完整地顯現出來，全場歡聲雷動。

威嚴、肅穆而又帶著一些些的慈和，這是坐在寶座上，擁有著三千萬平方公里國土的大蒙古帝國可汗在後代子孫心中日夜揣想著的面容吧。在全場的歡呼聲中，忽然，一陣疾風拂過，在聖祖座像目光俯視下的查干蘇魯德，那被日光照耀得絲絲發亮的九斿蓬鬆的白纓同時在風中飛掠而過，那姿態是我從來沒能見過的美麗和昂揚。

晴空麗日之下，可汗座像的沉穩色調，與飛揚著的查干蘇魯德的耀眼光芒，在我眼前，交織成一種莊嚴而又華美的氛圍，我心中只覺得被強烈的孺慕之情所充滿。面對著眼前這萬眾歡騰的典禮，我腦海在同時卻浮現出另外一幅畫面，極為安靜、極為樸素，卻充滿著與此刻完全相同的感覺。

那是去年秋天，在內蒙古阿拉善盟，在那一片四萬七千平方公里的巴丹吉林沙漠深處，一位牧民在他家中牆上所供奉的可汗畫像。應該是台北故宮博物院所藏的那張的版本，但是印刷的效果比較粗糙。而在像前的供桌上，只擺著一個簡陋已極的塑膠小水桶，讓我暗自驚動的卻是桶中滿滿插著的草葉與花。是牧民從沙地裡採來的綠色沙柳和一朵又一朵圓絨絨的金黃色小花（他們叫做「七十顆紐扣」的小花朵），門窗外照射進地面的陽光反映到聖祖畫像和黃色的花朵上，給二者添加了一層流動的柔光。如此簡陋的材質，如此簡單的供品，卻不由得不令人肅然起敬，並且感覺到了那種極深卻又極為沉默的孺慕之情。

請問，在這個世界裡，有哪一位君王能像成吉思可汗一樣，到今天還依然活在他每一個子民的心上？

是的，對於今天遍布在世界各個角落的一千萬蒙古人來說，無論是飄泊在外的，或是世居故土的；無論是在擁擠的都市裡工作，還是在空曠的草原上放牧，我們總是藏著一個神聖的名字在自己心中。

有人也許不停地訴說，有人也許終生保持沉默，但是八百年來，這個深深置放在我們心中的名字卻從無變易，他如父如親，如君王，也如神祇。

此刻，由蒙古國的藝術家所塑造出來的可汗座像終於呈現在眾人的眼前，其木格過來邀我與大家一齊慢慢登上台階，在更近的距離觀看致敬。

典禮已經結束，所有在會場的人士都受到邀請往階梯高處走去。可是我們其實並沒能真正靠近可汗座像，因為在那裡已經有腳程比我們快很多的同胞排起長長的一層又一層的隊伍來了，每個人走到座像之前的時候，都雙手合十，躬身以前額輕觸銅像的基座，默禱片刻，才依依不捨地後退著離開。

隊伍的陣列如此擁擠，就是因為每個人在親近可汗座像時那短短片刻的忘我，也許只有兩三秒鐘，然而，對一個蒙古人來說，是多麼珍貴的片刻啊！

那虔敬的隊伍觸動了我，反而不敢向前了。是的，能夠迢迢千里來到這裡，我已經享有太多的恩寵，心願已足，不可再多有貪求，應該把位子讓出來，讓別的同胞能夠更往前一步吧。

其木格這時也若有所感，在我耳邊輕輕地勸說：

「席老師，我們下去吧。」

我們兩人相對微笑，轉身準備往台階之下走去，卻不禁被眼前出現的景象所震撼，竟然同時驚呼起來：

「啊！」

天哪！站在台階高處，往下看去，才發現眼前的蘇赫巴托廣場已是一片人山人海。原來在廣場周邊攔起的警戒線已經撤下，所有的群眾從四面八方聚集，正緩慢地朝向可汗座像走來，在陽光下，色彩繽紛，如一片鋪展開來的錦繡織成的花毯。在花毯之間，高高矗起，飄揚在風中的，遠處是今日蒙古國的國旗、烏蘭巴托的市旗，而在近處，則是閃著金光，閃著銀光的九斿白纓所組成的查干蘇魯德——從八百年前一直傳延到此刻的大蒙古的旗徽。

在旗徽下的群眾已經離我們很近，微仰的面孔上都帶著笑容。我相信，整座廣場上的群眾也都有著同樣的笑容，不急不趕，緩緩地隨著大家往前移動，這就是「參與」的心情。

在這一刻，所有的蒙古子孫，都別無他求，只想和周圍的人站在一起，緩緩前行，緩緩地感受終於實現了的這種在心中期待已久的「參與感」——是一種把整個人都緩緩包裹了起來的愉悅和溫暖。

這一刻的愉悅和溫暖，足夠我們反芻一生。

從階梯上往下走的時候，人群中有人叫我的名字，原來是父親家鄉的鄉親，十七年前

（一九八九）第一次踏上蒙古高原時曾經見過的一位阿姨與她的先生。然後又有兩三位內蒙古的蒙古人，可能是在電視的訪問裡看過我，也過來彼此問好；廣場的那一邊，正在忙著錄影的賽納和他的工作團隊，是我們昨天就在歷史博物館裡碰個正著的，這些還都是極少的一部分，環顧周遭，我想，應該還有許許多多從內蒙古、新疆、青海、布里雅特蒙古、喀爾瑪克蒙克、圖瓦、阿爾泰以及世界各地前來奔赴這一場盛會的蒙古人吧。

在晴空麗日的撫慰之下，在查干蘇魯德的召喚之下，在聖祖成吉思可汗的俯視之下，這一刻，我們每個人終於都如願以償了。

——選自爾雅版《2006 席慕蓉》

七月十四日

——二〇〇六年日記

早上等候其木格的訊息，她已經找到車子與駕駛了，是我們原來希望的越野車。在蒙古國，一離開烏蘭巴托，最好還是要有一部底盤較高，性能較好的越野車才能上路。

約好下午四點出發，我覺得有點晚，但是，事前的準備工作也確實要做好才行。

素英和我，去旅館附近的老百貨公司買乾糧和途中要喝的水。這個百貨公司好像是一九二四年建的，可真夠老了。

記得一九九〇年第一次來蒙古國，沒帶靴子，我的蒙古朋友阿瑪賽亞就帶我到這間百貨公司來選購。我對店內寬闊的樓梯印象深刻，因為，我去到的那天，從一樓到三樓排隊排得很長，都是些十幾二十歲的小伙子，笑嘻嘻地緊貼著樓梯一邊的扶手排著隊伍。這麼多人也不怎麼吵鬧，好像是電影開演之前排隊的觀眾一樣，也不爭不搶。

我一面從他們讓出的空間拾級而上，一面問阿瑪賽亞這是怎麼回事？她回答我說：

「公司新到了兩百雙皮手套，是男用的，所以這些孩子們排隊等著購買呢。」

那時公司裡的貨樣不算多，不過也還夠我這個觀光客買一雙靴子，又買了一件黑紫羔羊皮所做的大衣，後來在蒙古好幾個寒涼的晚上都是靠它們來渡過的。

如今的百貨公司越開越多，與從前相比真是不可同日而語，貨品大部分從中國和韓國進口，不過歐美與日本的東西也不少。

商品也不採配給制了，樓梯上看不見排隊的隊伍，當年那些笑嘻嘻的小伙子，如今該都已成家了吧？

下午四點，駕駛拉夏先生準時前來，車子狀況也不錯，素英、其木格和我，一車四人就往肯特省出發了。

方向應該是往東然後再往北。第一站是詩人那察克道爾濟（一九〇二—一九三四）的出生地Gungaluut。這裡原該是美麗的草原，可是，八十年代的時候，在這裡成立了一個煤礦區，二十多年來開採而造成的土石，已經堆積成連綿的山丘。蘇俄的工程人員進駐時，蓋了許多粗糙的公寓樓房，成為一個沒有什麼特色的乾澀的小城。

巴格諾爾（蒙語意為「小湖」）就是這個煤礦區的名字。

詩人坐姿的銅像豎立在區公所前的小廣場中心，周圍是雜亂的建築。

多麼悲傷的詩人！他所寫的那首長詩〈我的祖國〉曾經激發了多少蒙古人對這塊土地的熱愛，對自己民族的自豪。而他也因為作品的巨大影響力被逮捕入獄，妻離女散，即使後來被釋放了，精神也難以恢復，終於在一個晚上孤獨地死在烏蘭巴托的街頭。

站在他的出生地上，站在銅像之前，我只希望詩人詩中所歌頌的祖國，千萬別背離了他的期望才好。

重新上路出發，下一個目的地是呼和諾爾（蒙語意為「青湖」），是年輕的鐵木真被自己本部的大呼里勒台會議，推舉為可汗的地方。那年是一一八九年，管轄的是以三河之源為中心的蒙古乞顏部地區。在會議上，成吉思可汗「根據戰爭、生產和生活的需要，建立箭筒、飲膳、牧羊、帳幕車輛、家人丁口、佩刀、調度軍馬、放牧馬群和遠箭近箭九個重要機構」。（《蒙古民族通史》）

在路上停車，拉夏先生指給我看遠遠繞著一處山崖流過的克魯倫河，他說蒙古歷史上有名的五大河流是土拉、鄂嫩（古稱斡難）、克魯倫、鄂爾渾以及色楞格河，問我見過其中幾條河流？

土拉河在烏蘭巴托就可見到，鄂爾渾河在九〇年去哈剌和林故都的路上見過了，克魯倫河在內蒙古呼倫貝爾西邊就已經可以看見，鄂嫩河是我們這次行程的主要目標，馬上就能見到，那麼，對我來說，探訪色楞格河將會是下次前來蒙古時的計劃之一了。

我們先去克魯倫河邊走一走，陽光很強，河水閃著明銳的細碎波光。在河岸上，已經停了兩三部車，是城市裡的家庭帶著孩子到河邊來享受野趣，這是夏季，最舒服的季節，沒有人能夠逃避鄉野的誘惑。

在路邊的一個小飯店裡，吃到新鮮又美味無比的牛肉湯麵。是大概只有十五、六歲的兩個小姊妹做的，從生火、和麵到拿上桌來，好像也沒有多久，可是用的真是燒柴的大灶，現擀現切的麵條。除了這一碗湯麵之外，再加上一碟羊肉餡餅，蒙古話稱做「Hosho」。這一頓吃下來，每個人都覺得好有滋味，上車的時候神清氣爽，覺得可以有力氣走到天涯海角。

不過，接下來就沒這麼如意了。

出發本來已經太遲，拉夏先生開得也不快，常常時速都只有五十公里。我們沿路又想拍照，看到羊群，看到美麗的草原就會央求停車，下來和騎在馬上的牧羊人攀談，這樣耽擱了幾次之後，天色就逐漸不那麼明亮了。

拉夏先生和其木格，原來和我們一樣，都是第一次來肯特省，所以，大家都必須幫忙看路標。

終於見到路邊有小小標示「呼和諾爾三十五公里」之時，我們都歡呼起來，趕緊隨著路牌指示的方向左轉離開公路。

當車子走下公路之時，日已近暮，左前方的山影變得很暗。我們跟著一條草原上的小路走進有松樹的區域，走著走著，林子越來越密，當看到一塊長方形白色的小路牌子寫著「呼和諾爾二十八公里」的時候，才發現車子已經順著林間小徑上了山了。這時，天色已經全黑，山中都是松林，開了車燈，只覺得在燈光的範圍裡，小路無限曲折，兩旁全是直直矗立無窮無盡的斑駁樹幹。素英在前座已經睡著了，其木格和我坐在後座，透過身邊的窗戶往兩側望過去，雖是暗黑一片，可是又覺得在這黑暗裡仍能隱隱感覺到樹影幢幢，在逼視著我們，也在逼近著我們……

其木格小聲問我：

「慕蓉老師，你不害怕嗎？」

我很誠實地回答她，如果是在別的國家遇到這樣的情況，我會害怕，我本來就是個膽小的人。可是，每次來到蒙古高原，知道自己是置身在祖先的土地上，再黑的夜晚，我都還能安心面對。

其木格聽到我這句話時，好半天沒有回答。然後，她問我：

「你在台灣有受到歧視嗎？」

什麼意思？

她再補充一句：

「你在台灣，有因為是蒙古人而受到歧視嗎？」

哦！原來如此。

我正要解釋給她聽的時候，右前方出現了「呼和諾爾十八公里」的小路牌，好消息！應該不遠了。

不過，森林卻是越來越密，我想，如果白天過來，應該是極為美麗的地方吧。

回過頭來重拾剛才的話題，我對其木格解釋，在成長的過程裡，在台灣，我以「席慕蓉」

這個個人的身分，並沒有受到絲毫歧視。（初中時數理不好被老師罵，那是活該，不算是歧視）。但是，當我和對方都隱入各自所屬的族源群體之時，蒙古族群在漢文化所形成的族群之前，確是受到歧視。（譬如在初中地理課那次強烈的感受。）

但是，這麼多年生活下來，我倒比較沒有從「被歧視」這樣的觀點來看待，我一直覺得，我們這個族群是「被誤解」的成分要來得更多一些。

可是，年輕的其木格，一直生活在蒙古國的其木格，為什麼會突然問出這樣的問題？現在，反倒是我很想要弄明白了。

在暗黑的森林裡，其木格慢慢向我說出她的遭遇。原來，在來台灣求學的過程中，在課堂上遇到過許多莫名其妙的說法與待遇，其中的荒謬、蠻橫、無理與無知，讓她難以承受。其木格說，她因此有了很深的感慨，從自身的遭遇，想到一直生活在台灣的這些蒙古人，所受的委屈，會不會比她的更多？

兩人在後座用中文小聲地交談，車外的林木始終深暗濃密，拉夏先生忽然回過頭來說：

「剛才的路牌說的是十八公里，可是從那裡開始，我已經走了三十八公里了。」

（當然，拉夏先生說的是蒙文，必須其木格幫我翻譯才行。）

我們一齊往前方張望，似乎不可能有人煙，甚至一丁點兒的燈光。於是我說還是往回走吧，回到公路上，找一間旅館投宿，等明天白天的時候再回來尋找比較安全。

回頭走時，半路上出現了一處旅遊營地，有十幾頂蒙古包，我們車子靠近營區欄杆，一是為問路，二是如果有空房，就不必回去公路上，在這裡過夜也行。

那時已經是晚上十一點多了。被車燈驚醒的管理人員，從毡房裡出來，告訴我們今夜已經客滿。（的確，柵欄外停了不少部車），他們指點一條路可以另尋他處。

拉夏先生不太放心，走了一會兒之後，看見前面有一頂毡房，於是又準備再去問路。已經接近午夜，這座蒙古包燈火全熄，應該是早已入睡了。可是，拉夏先生把車子幾乎緊貼著毡房的外緣停住，馬達不熄，打開右側車窗輕聲問了兩次：

「狗綁好了沒有？狗綁好了沒有？」

原來，這是草原上的習慣，來客總是遠遠招呼著主人。因為守家的狗非常兇，必須先把它綁好，來客才敢下馬，靠近。

這傳統的招呼沒有奏效，房內一無動靜。

等了一會兒，還是不行。乾脆用現代方式，輕按幾聲喇叭。馬上，從毡房底下的空隙，看見有了暗暗的燈光，有人影晃動，然後門開了，出來的男人還在扣著衣扣，蒙古袍子是剛穿上身的，動作有點慢，是那種剛從床上被叫醒的恍惚，卻也不生氣。

真的！這位先生一點也不生氣，很仔細地給我們輕聲指了路，等我們連連道謝，把車子開走了之後，我回頭張望，看見他又轉身進去睡覺了。（有個扣子好像始終沒扣起來）

祝他有個好夢。

我們重新往山上走，走了很久，依然是無止無盡的松林，很暗很黑，而在林梢之上，是銀白的雲層堆疊在寶藍色的夜空中。

忽然看見一塊小路牌在路邊，可是方向卻是背對著我們，把車子駛過去，再回頭轉過來用燈光一照：

「呼和諾爾十八公里」！

我們又回到原地了。

快兩點了吧。拉夏先生應該很累了。我提議停車，就在車上睡一夜好了。其木格說，其實不必「一夜」，因為四點多鐘天就應該亮了。

拉夏先生想把車子駛開小路，到遠處一塊較寬的草地去停車休息。我覺得不妥，應該停得靠近路邊，這樣萬一路上有車過來，我們還來得及打燈號讓他們暫停。

最後聽了我的建議，就在路邊的草地上停車熄火，四個人坐在車裡，竟然也能入睡。是睡著了，因為聽見馬達聲的時候，我們幾乎是驚跳起來的。

想不到，在半夜兩點多鐘的時候會有一部卡車駛進山中，看見我們打的燈號，車子也停了下來。

好極了，是要給呼和諾爾的旅館送貨的，我們趕快跟在後面。也不知是其木格還是素英說的，到了旅館找到床，誰都不要叫她，她要睡飽了才起床。

這個願望並不容易達到。因為，走了一陣子，前面的貨車又拋錨了，看樣子一時並不可能修好。於是，向他們打聽了方向之後，我們這輛車再單獨向前出發。

也許是我和其木格又開始繼續交談，也許是前座的素英又睡著了，所以我們都沒注意拉夏先生到底又開了多久，行行重行行，這山路似乎無止無盡……

不過，總有驚醒的時刻，好像四個人都在同時起了疑心：「這山路到底有完沒完？」

就在此時，前方出現了一塊豎立著的小路牌，我們都坐直了，車子急急駛上前去。車燈終於照清楚了上面寫的蒙文，四個人一起驚叫。我發誓，我已經學會了這上面所有的字，因為，這路牌已經出現過三次了：

「呼和諾爾十八公里」。

我們再一次回到原地。

快睡吧，快睡吧，我說，什麼都別想了，趕快去找個地方停車睡覺。

拉夏先生讓車子滑離山路，在幾棵松樹之前停下了車，熄火，互道晚安。

車窗外好像露水都已經快浮在草面上了，有一種近似霜白的顏色鋪在上面，四週無邊寂靜，偶爾有一兩聲輕聲的鳥鳴，短又快速，然後復歸沉默。快接近黎明了吧？其實，睡不睡也無所謂。

還是睡著了，而且極沉。

朝霞照醒了我。原來，拉夏先生昨夜（不！應該說是剛才）特意選擇了一處面向東方的坡上停的車，所以，我睜開眼睛之前，已經感覺到了一種光照，然而，卻沒想到是如此鮮活如此旺盛的霞光。太陽其實還沒昇起，可是那樣熱烈的大片的紅霞已經布滿在天邊，如果不是車子前面還有幾棵直立的松樹那安靜的黑色剪影，讓我有了一些空間概念的話，我恐怕真是不知此身究竟是在何方了。

——選自爾雅版《2006 席慕蓉》

十月二十三日

——二〇〇六年日記

去上蒙文課。

學會了寫自己的名字。

在燈下，才剛寫了上面這兩行，忽覺悚然。這樣簡短的兩行字，這樣簡單的事實，如果是發生在六歲那年，是極為歡喜的大事，也值得父母大書特書，把這一天定為孩子啟蒙的紀念日。

可是，如果是發生在孩子已經六十多歲的這一年，父母都已逝去，她一個人在燈下，在日記本裡鄭重地寫下這兩行字的時候，還值得慶賀嗎？

或許，還是值得慶賀的吧。

在南國的燈下，在不斷滴落的熱淚裡，我一個人靜靜地自問自答。

或許，還是值得慶賀的吧。

——選自爾雅版《2006席慕蓉》

關於揮霍
——寫給錦媛

錦媛：

功課忙嗎？我可以想像你在書桌前聚精會神的樣子，還有周圍那滿滿的書。與你相比，我的閱讀好像是太隨興了吧。有時候，會去買一本書只是因為書裡的一句話。

前兩天，在商務印書館看到梁宗岱的《詩與真》，原來只打算稍微翻翻就放下來的，可是，忽然看到一個句子，就是但丁《神曲》裡的第一句。

平常我所讀到的這句，不外是：「當我行走在人生的中途」、「當人生之中路」，或者是「當我三十五歲那年」這樣的譯文。

然而，梁宗岱譯出的卻是：

「方吾生之中途」……

這麼端麗的句子，是對人心的一種碰撞。

能夠譯出這麼美好的感覺的人，寫的書應該也很可看，於是，我就買了這本書，並且在回淡水的捷運上，迫不及待地讀了起來。

果然，雖說是遠在民國十七年到二十五年這幾年寫成的文章，可是，一翻開來，有許多段落就好像是此時此刻專門在為我解說的一樣，使我不得不一頁頁地細讀下去。

在說到為什麼鍾嶸竟然只把陶淵明列為「中品」時，梁宗岱是這樣解釋的：

「……我以為大部分是由於陶詩的淺易和樸素的外表。因為我們很容易把淺易與簡陋，樸素與窘乏混為一談，而忘記了有一種淺易是從極端的緻密，有一種樸素是從過量的豐富與濃郁來的，『彷彿一個富翁的浪費的樸素』，梵樂希論陶淵明的詩是這樣說的……」

錦媛，忽然之間，我就想到了你一再向我解釋的「揮霍」，還有米蘭・昆德拉所引用的捷克詩人楊・斯卡瑟的那段詩句：

詩人並不發明詩
詩在那後面的某個地方
許久許久以來它就在那裡
詩人只是發現它

不知道為什麼，忽然覺得心裡有些地方亮了起來，而這個時候，我乘坐的這一列車也剛從關渡站後暗黑的隧道裡右彎出來，眼前就是淡水河的出海口，對岸的觀音山用很濃很重的大塊的墨綠，把寬闊的河面反襯得明亮極了。

置身在這個物我彷彿都通體透亮的時刻，心裡充滿了難以言說的愉悅和感動，好像隱隱知覺了那個巨大的存在，可是，要向誰去道謝呢？

錦媛，這是多麼幸福的時刻！心中所受到的碰撞不只一處，也不只一個方向；忽然間好像領會了許多東西，可是，在同時，又很明白這些領會是窮我一生也不可能把它們召喚出來，更不可能去一一解釋清楚的。

錦媛，人生會不會有這樣的剎那？忽然感知到了自己周遭如此巨大的存在，在無垠的時空之中，我的生命，只是那如沙如塵極為細小卑微的一點，而周遭的深邃、浩瀚與華美，對我來說，卻都屬必要，也都屬浪費。

關於「揮霍」，你給我的一封信中引用了巴岱儀（G. Bataille, 1897-1962）的一段話，我的了解是如此：

「有機體的存活，受地球表面的能量運作所決定。通常，一個有機體接受的能量都超過維持生命所需。這種過剩的能量如果無法轉而供給另外的有機體成長，或者，也不能在一己的成長中被完全吸收，它就必然會流失，絲毫也不能累積。不論願不願意，它都必須或似輝煌或如災難般地被揮霍殆盡。」

不論願不願意，每個生命，都必須激烈地以或悲或喜的方式，來釋放自身那豐沛的過剩的能量。錦媛，這就是我所能了解的「揮霍」嗎？

生命本身，是宇宙最深沉的祕密，是奢侈的極致！

有一年夏天，睡在花蓮瑞穗的山中，夜晚仰望星空，發現星群聚集得又多又密，竟然有了像浮雕一般的厚度，又像是我們在濕潤的沙灘上用力撥弄出來的大大小小深深淺淺的漩渦，那漩渦之中，星群的密集度，比梵谷所畫的星空不知道要超過幾千萬倍！

從來沒有見過那樣的星空，在震驚的當下，我的心中也彷彿接受了一種難以言說的碰撞，覺得悲傷，卻又感受到深沉的撫慰。

一如詩人所言：

「許久許久以來它就在那裡。」

是的，它其實一直都在。那一刻，我只能說，好像是簾幕忽然被拉開一角，我才知道，環繞著我的竟然是如此幽深寬廣的舞台。

海北的兄長，劉西北教授，也是位物理學家，二十多年前，他曾經對我說及一段他在實驗室裡所受到的觸動。

那是更早以前，用電腦做計算越來越得心應手之時，有一次，他把原來是以字母來作區別的範圍，都換成用不同的顏色來代替（譬如以深綠代替慣用的A，以淺藍代替B等等）。那天深夜，走進實驗室打開電腦，忽然看見用顏色來作區隔的驗算結果，竟然呈現出如蝶翅又如萬花筒般的畫面，繁複、炫麗、對稱卻又變化多端，那震撼讓他久久不能平復。

我追問他做的是什麼實驗？他起先笑而不答，待我再問，他的說法卻讓我至今難忘。

首先，他聲明，如果用正確的方式來向我解釋，我是絕對不可能了解的。所以，他只能以錯誤的方式向我稍做形容，也許，我反而還可以試著去想像一下那實驗的面貌。

然後，他說，我們每個人在輕輕一揮手、一迴身之際，周圍的空氣裡會有許多相對應的細小的力量，以無限繁複的方式延展或呼應著我們的動作；當我們行走之時，身前身後，有許多細微的、眼不能見的波動和變化也如影隨形，宛如彩翼，宛如織錦的披風。

錦媛，這就是在物理學上可以演算可以證明的巨大的「揮霍」嗎？

生命的面貌，遠比我們所能見到的更為精細、繁複與華美。

錦媛，如果我在十字路口與你不期而遇，我們互相揮手的那一剎那，就會有隱形的蝶翅在空氣中緩緩舒展，整個世界，為你的一顰一笑、一舉手一投足，不斷地變化著奢華無比的畫面。

想像著這一幅畫面，這原本是無比真實的存在，卻由於我們自身的眼不能見、手不能觸、耳不能聽和心靈的無所感知而被忽略甚至被否定了的世界，錦媛，我因此而明白了，這世間的一切「隔閡」想必也是如此。

對「真」是如此，對「美」是如此，對「詩」更是如此。

所有的詩人在「發現」詩的過程裡，都必須透過一己的生命，將現實中的觸動重新轉化。而由於生命的厚度不同，感知的層面與方向不同，（甚至包括那不甚自知的暗藏的信仰的不同），呈現出來的，就會有千種不同的面貌，讀者去閱讀與品評之時，又會由於自身的差異而生發出更多的變貌來。

「南山」恆在，「菊」在秋天也總會綻放，但是，當詩人寫出「采菊東籬下，悠然見南山」之後，便成為千古傳誦的文字。

一首詩之所以會包容了這麼多生命現象，被這麼多的心靈所接受，也許不全是因為文字本身，而是在所有意涵之間的可見和不可見的牽連。心與心之間的觸動，不也是會生發出一種難以言說的憂傷和喜悅？宛如透明的蝶翅，宛如隱形的織錦的披風。

所以，我們其實無權判定，何者是「紀實」，何者是「夢幻」。相對於宇宙的深邃與浩瀚，我們甚至也難以判斷，何者為「廣大」，何者為「狹小」了。

如果有人感知了你所不能感知的世界，因而親近了你所不能親近的「美」之時，請別先忙著把他的詩作歸類為「夢幻」，因為，有可能，他的每一字每一句都是「紀實」。

當然，我們也無法斷定，那些激昂慷慨，所謂擲地有聲的詩篇；那些在詩中以豪俠和烈士自許，期盼著自己的詩筆能如刀如劍的詩人們，在此刻是否更近於「夢幻」？

這渺小的一生，在巨大無比的時空裡，簡直難以定義。

齊邦媛教授說：「對於我最有吸引力的是時間和文字。時間深邃難測，用有限的文字去描繪時間真貌，簡直是悲壯之舉。」

可是，每當新的觸動來臨，我們還是會放下一切，不聽任何勸告，只想用自身全部的熱情再去寫成一首詩。

所謂的「揮霍」，是否就是這樣呢？

回答我，錦媛。

慕蓉 二〇〇四・五・二十三

——選自圓神版《寧靜的巨大》

對照集

之一

年初二，是回娘家的日子。

應該是三年前吧？也是個年初二、我開車到淡水市區買些青菜，從頂好超市出來之後，有位滿面笑容身材健碩的婦人向我打招呼，問我：

「怎麼沒回娘家？」

我並不認識她，可是我馬上想起來她應該就是在這條街邊擺攤的婦人，賣的是些在自家田裡種的青菜瓜果，我們曾經有過幾次照面。而這天是大年初二，心情愉快的她願意向我打聲招呼，不過只是把我當作鄰居，向我釋出她的善意而已。

我卻整個人都呆住了。

我為她那樣誠懇又自然的語氣而呆住了，不知道微笑地向她搪塞了些什麼，大概總不外是「新年快樂」或「恭喜恭喜」之類的吧，然後就匆匆進了停在路邊的車子，匆匆開離，等到離開她的視野之後，一個人坐在駕駛座上，眼淚才開始不停地流下來。

我沒有辦法正面回答她。

因為，對她來說是天經地義再自然不過的世界，我卻已經不能再置身於其中——

我已經沒有娘家可回了。

可是，這是我早已明瞭的事實，應該不至於為此而突然落淚吧？

我只好揣想，是一種「對照」刺激了我。

多麼羨慕她語氣中的那種「理所當然」，在此時此刻，她認為每一個和她一樣的婦人，都應該要回娘家去，這是規矩，也是權利，沒有什麼好懷疑的。

是她那正享有著的理所當然的幸福，讓我羨慕，而在那瞬間，忽然省察到自己的羨慕，才是真正使我落淚的原因了。

這樣的對照，會使人在猛然間不知所措。

就像曾經在報紙副刊上看到一位女作家在作品裡所說的那句話，彷彿是一把匕首直直插入心中，她說：

「我不是那種插枝就可以存活的人。」

一句多麼理直氣壯的言語啊！

一句話，就可以概括我的一生，原來，我就是一株被插枝然後惶惶然存活了下來的人。

這樣就可以解釋，為什麼無論做什麼事情，我都要時刻檢視以確定自己的行為沒有什麼差錯才能心安，也許，這就是真正的原因了。

之二

曾經拍攝「駱駝駱駝不要哭」的蒙古國導演琵亞芭蘇倫戴娃，又拍了一部新片「小黃狗的窩」。

在家裡安安靜靜地看了兩次，真的很喜歡。

這位年輕女導演的成功之處，就是她能夠帶領整個工作團隊進入一個蒙古家庭而不驚擾他們，我們這些觀眾因此得以在最近最清楚的距離觀看、聆聽、會心與感動。

整部影片像是一篇節奏舒緩的散文詩。

讓我落淚的是那一幕：在從夏營地轉場到秋營地之時，兩座氈房都已拆淨，和所有的家當一起裝上牛車，整隊待發。從高處俯視，青綠的草原上只留下兩塊土色的圓形的印子，那就是這整個小家庭在其上生活過一個夏季的痕跡。然而，在出發之前，這對夫婦又重新走進已無一物的這片圓形印痕的中心，恭恭敬敬地再祭灑一次大地，當他們說出「美麗的杭蓋草原，感謝你的收留」之時，我的眼淚就流下來了。

那應該也是猛然間的對照，讓我觀照到文化深處我所不曾觸及的絕美的質素，因而悄然落淚了吧。

琵亞芭蘇倫戴娃雖然年輕，卻有整個蒙古高原做她的後盾，讓她可以從容發揮，這是多麼令人羨慕的幸福。

之三

對大部分的人來說，擁有一個故鄉，是天經地義再自然不過的事。

可是，對有些人而言，故鄉並不易得。

故鄉並不易得。因為，她雖是一處空間，卻更需要時間來經營。

首先，她必須是你祖先生活於其上的土地。然後，你必須在那裡出生，在那裡長大。當然，有一天你可能會離開了她，也許是九歲，也許是十九歲，或者是二十九歲，不過，這都沒有什麼關係了，因為，你已符合了所有的條件，取得資格，可以終生擁有這個故鄉了。

但是，在我所屬的這一代裡，多的是如我一般的，所謂「此生已經來不及給自己準備一個故鄉」的人，插枝之後，要如何存活呢？

雖然，往好的方面說，我們因此而擁有了許多處的「家鄉」，對每一塊曾經收留過我們的土地都心存感激。但是，在成長的過程裡，那始終盤踞在靈魂深處的惶惶然，卻是無所不在的啊！

之 四

齊邦媛老師對我說過：

「故鄉可以是一片土地，但更應該是那一群人，那些在你年少時愛過你，對你有所期許的人。」

她說：

「錦衣，是穿給這些人看的，是你要向他們說，你不曾辜負這些期許。錦衣不是炫耀，而是真誠的展示。還鄉，是為了重新面對他們，向他們證明，你已經努力去達成他們為你所設定的目標，實現了他們在你年少時就為你繪出的美夢。」

如此說來，故鄉就不一定依存於空間，而是一段長長的時間了。

齊老師說：她在幾十年前教過的學生，多年後千里尋訪而來，為的就是要在老師面前又謙卑又驕傲地展示那一襲錦衣，這其實也是一種還鄉，在精神上，齊老師就是他們青春時期的原鄉。

這幾十年時間所構築而成的訊息上的空白，在此刻，卻恰恰是一種富足。

多年之後，如果你發現還能擁有在你年少時愛過你、對你有所期許的那一群人，或者甚至是——那一個人的微笑與讚許，你就是被上天賜福的，能夠擁有一處「青春原鄉」的幸福者了。

之五

在電視的公益廣告上，看到撒可努要原住民活出自信，大聲呼喚出自己的名字，我不禁想到了內蒙古的作家鮑爾吉・原野那篇著名的散文〈尋找鮑爾吉〉。內文主要是敘述他以全名向銀行兌現一張稿費的支票時所遇到的麻煩，其中有這樣一段：

她笑了，向同事問：「你聽說有姓鮑爾吉的嗎？」她那同事輕蔑地搖搖頭。她又問柵欄外排隊的人：「你們聽說有姓鮑爾吉的嗎？」她那用化妝品抹得很好看的臉上，已經露出戳穿騙局後的喜悅。

我有些被激怒了，但念她無知，忍住。子曰：「人不知而不慍。」我告訴她：「我是蒙古人，就姓這個姓。」

她的同事告誡我：「就算你姓複姓，頂多姓到歐陽和諸葛這種程度，鮑爾吉？哼。」

……

撒可努和鮑爾吉・原野，他們兩人完全符合要「擁有」一個故鄉的條件，而且，據我所知，他們也沒有因為什麼突發的原因離開過這個故鄉。同時，在這塊土地上，他們的祖先居住的時間絕對比周圍任何人的祖先要更為長久。

可是，即使是不離不棄不奔不逃，他們也沒有多少退路了。時間並沒有站在原住民這一邊，那曾經被一代又一代的族人所深深愛戀過的美麗故鄉，如今，正以飛快的速度在他們眼前在他們腳下消失。

在故鄉的大地上失去故鄉，這句話實在是不通順到極點，可是，我好像也找不到別的句子來代替。

請問，朋友，你能幫我找找看嗎？

——選自圓神版《寧靜的巨大》

走馬

《史記》〈匈奴列傳〉中有這樣一段記載，說是當漢朝初定中國之時，漢高帝曾經因為輕敵冒進，被冒頓單于的四十萬騎精兵圍困於白登，整整七天。

書上是這樣形容匈奴的四十萬大軍：

「匈奴騎，其西方盡白馬，東方盡青駹馬，北方盡烏驪馬，南方盡騂馬。」

年輕的時候，這段文字只是一掠而過，並沒有進到我的心裡面去，也不能察覺，它和自己的生命有些什麼實質的關連。

事情是慢慢開始轉變的。

可以說是從一九八九年的夏天之後，初識原鄉的土地，才逐漸發現游牧文化的源遠流長。在蒙古高原上，眼前的天光雲影映照著書中的歷史陳跡，才知道千年不過是一瞬，這一切的一切其實代代緊密相傳，一直到今天，還能從生活中見到許多幾乎沒有什麼改變的證據。

無論是匈奴還是蒙古，最早的根源都來自亞洲北方阿爾泰語系文化的先民，在深受薩滿教影響的這個文化領域裡，幾千年來，累積了許多極為美麗神祕的史實或者傳說。

英雄與馬，常常都是並列為其中的主角。

好友尼瑪研究薩滿教對游牧文化的影響已有多年，他說，薩滿教信仰的中心是「和諧」。信眾打從心底敬畏敬重宇宙間萬物的運行和調節，長年生活在蒙古高原上的游牧民族，從大自然生生不息的現象中領會，唯有和諧才能臻此神功，因此，在許多行動中常會強調這一種「和諧」，以期能得到宇宙的祝福。

譬如白登之圍裡，匈奴的四十萬大軍就是以符合著方位的和諧顏色來整編馬隊，相信如此陣容必定可以增強戰鬥力。

這是絕對合理的。

從心理學上來說，無論是建立起戰士的自信還是要使敵人喪膽，都沒有比從西方奔湧而來的萬匹又萬匹接連不斷的馬隊那樣讓人心魂震撼的強烈效果了，而且竟然是一色渾然的雪白！再往四周看去，東方茸茸的青灰，北方是沉沉的黑，南方有溶溶的赤紅……

《史記》上只用很少的字句簡略描述了四十萬匈奴鐵騎的表面形象，其實，在顏色與方位之外，要組成這樣的馬隊，還需要更深的用心。

這就要說到什麼是「走馬」了。

「走馬」，在游牧文化裡，可以解釋成是馬匹經過訓練之後的一種獨特的步法，同時，也可以認為是騎者與座騎之間的默契。

有秉賦，又經過訓練，懂得用這種步伐行走的馬匹，萬里崎嶇也如履平地，特別禁得起長途跋涉，即使是長期日夜兼程，也能保持一定的速度。並且騎者與座騎互相配合，在姿勢與著力點上有了默契之後，行進之時，無論是人或馬，都比較不容易疲累。

作戰時，更要求一整個馬隊彼此之間也能建立起默契，無論是多少匹鐵騎，進退也宛如一體，這樣不但易於指揮，攻防的力量也會更為強大。

在我從朋友的引導以及書上的資料裡一點一滴慢慢建立起一整幅畫面的時候，史書上的白登之圍就從表面的數字和顏色裡走出來，成為一幕有聲音有動作的遼闊場景了。

不只是那萬匹又萬匹從西方奔來的白色戰馬雪白的鬃毛如何在逆光處閃閃發亮，還要包括那遠遠傳來如雷如鼓山鳴谷應的貼地蹄聲，馬隊奔近時那如獵鷹般迅疾的速度，越過障礙時那如游龍一般的進退自如；曠野無邊，悲風凜冽，最恐怖的是在狂風裡狂猛逼近的幾十萬戰士與戰馬都極端靜默，不發出任何喝斥或者嘶鳴的聲音，只有雲影挪移之間兵刃上忽然反射出的幾星寒芒，然後，就是那四面暗暗的合圍……再讀《史記》，如今的我每每為這一幕而神往。

依此，我也可以推想當年蒙古大軍的三次西征，馬隊超乎尋常的速度應該是得勝的主要關鍵之一。不管是在花剌子模還是更西的土地，那些城堡裡的守軍原來以為還可以有十天或者半個月的時間來準備，卻忽然間蒙古人就已經兵臨城下了，並且正如海浪一般鋪展開來，那難以置信的速度造成難以瞑目的災劫，「怎麼可能？」這個問題，恐怕是所有被征服的城池裡每一個人心中共同的疑問了吧。

然而，時光疾馳，那速度比任何的鐵騎還要迅猛還要無情，歲月淹沒了一切，無論是匈奴還是蒙古，再廣大的帝國，如今都只能是書頁間的記憶了。

不過，「走馬」的傳統恆在，游牧文化的精神也恆在。

在遼闊的蒙古高原之上，歷史以另一種方式在書寫，許多美好的傳統從未離去，仍然在牧民的生活裡留存著，儘管從比例上看似乎是少數的，從參與的表現上看似乎是沉默無聲的，可是，一旦深入草原，就會發現，那強韌的生命力其實無處不在。

二〇〇二年夏天，我在牧馬人布赫額爾登先生與他的妻子烏雲其其格女士家中作客。清晨起來，橫越過綴滿了露水的草原，眺望正從遠處的山丘上陸續往飲水處走回來的馬群，總數有五百多匹的馬群之中，有老有少，有雌有雄，當然，還有已經去勢的騸馬，似乎是散漫雜亂，其實卻井然有序地分批喝完了水，就又一轉身，向遠方不知道哪一片草原的深處緩緩走過去了。

這些野放的馬一天要回來飲兩次水，若是冬天有雪水可飲，牠們甚至可以兩三個星期都不回家，越走越遠。不過，並不需要擔心，這群習慣於野放的馬，只認自己的主人，任何陌生人都不可能靠近，更遑論進入馬群之中了。

五百多匹馬中，有以兒馬（雄馬）為中心所建立的許多小家庭。本事大的兒馬，可以擁有十幾房妻妾，當然，也會擁有數目很多的兒女。牠的任務就是要照顧和監督這個小家庭的溫飽以及安全，並且不允許那些年輕的剛剛進入求偶期的兒馬來搶奪或者誘拐牠的妻妾。

我問布赫額爾登，在這馬群之中，有幾匹是接受過訓練，可以用來乘騎的呢？

他說有四十多匹，也無需更多。那些有著長長鬃毛的兒馬通常野性極強，不喜歡被約束。平常只需要幾匹騸馬留在氈帳之旁供家人就近騎用，這些在腿上拴了馬絆子的馬不會走遠，不過，一段時間之後，還是要把這些馬匹放回馬群裡去，再換幾匹出來。

我看過好友白龍用了幾個冬天為布赫額登所拍攝的紀錄片，其中有一段就是換馬的過程：布赫額爾登騎著一匹深棕色的馬，手裡舉著長長的套馬桿進入馬群，選上了一匹全身雪白的馬，當然，牠並不願意乖乖就範，所以在追逐了一番之後，再用套馬桿在馬頸上套住，強力地把牠帶離馬群，然後就在遠遠的草地上，開始為兩匹馬換裝。

主人把棕馬身上的馬鞍馬鐙馬籠頭什麼的一樣樣卸下，再依先後秩序搭到白馬的身上。我們真的可以看見白馬的一臉悶氣，不情不願地讓桎梏加身，卻又始終站在原處，忍耐著，沒有移動分毫。倒是那匹深棕色的馬，隨著身上負擔的減少而越來越沉不住氣，動個不停，等到最後，全身都光溜溜了，主人憐惜地為牠拭淨背上的汗水，再在牠身上輕輕一拍，這匹馬登時就撒開大步朝著馬群跑過去。有趣的是，就在馬群的邊緣，牠忽然站定，把兩隻前蹄朝天高高舉起同時放聲嘶叫了一下，然後才一頭鑽進群體之中，再也分辨不出牠的身影了。

我想，這聲嘶叫如果譯成人言，可以是：「萬歲！我回來了！」或者：「謝天謝地！終於自由了！」都不能算錯吧？

我問白龍，為什麼一匹馬不能長期作為乘騎，必得要常常更換呢？

他是這樣回答我的：

「對於牧馬人來說，一匹馬身上那種天生的『野性』是非常重要的。你固然可以說是蒙古人愛馬疼馬，不想讓牠多受委屈，所以不願意長期驅使一匹馬為己用。然而，真正的原因是不能讓牠失去了最寶貴的野性，你必須給牠自由，讓牠重新加入野放的馬群，因為那才是馬兒真正的力量的源頭。」

在茫茫天地之間，對於生命中那野性的本質的敬重，是游牧文化傳承到今日也難以盡言的美麗與神祕之處。

在和諧之中貯存著野性，在野性之中誘導出和諧，這就是游牧文化的精神所在嗎？

遠處的草原上，布赫額爾登的兩個孩子正騎在馬上互相追逐，少年的身影在晨曦中特別顯得輕捷靈巧，彷彿已經和身上的馬匹成為一體。

我想，無論是今天的一個蒙古孩子和他的座騎，還是兩千年前匈奴王朝的戰士與他們的戰馬，也許都一樣明白，那真正的力量，就在於和諧與野性的並駕齊驅吧。

——選自圓神版《寧靜的巨大》

曼德拉山岩畫

——寫給曉風

曉風：

回來已經有四、五天了，很想打電話給你，卻又有點遲疑。這遲疑應該是緣於一種珍惜的心情吧。

我當然可以像往常一樣，拿起電話就向你報告一切。每次從蒙古高原回來，這已經成為我很難改變的習慣了，儘管你有時說是在「享受」，有時候又說是在「忍受」，我都知道你其實還是願意聽我說話的。

可是，這一次，有些感覺讓我捨不得用混亂的言語急匆匆地說出來，所以，還是先來寫這封信，試著以文字來解釋，應該是比較慎重一些吧？

曉風，就在十幾天以前，我終於親眼見到了曼德拉山的岩畫了。

我不能用「如願以償」這樣的意思來形容這次的會面。因為，我所見到的，遠遠超過我所期待的，整座曼德拉山，是一座史前岩畫的寶庫，是我從來無法想像的美麗、清晰、巨大和豐富！

這幾年在書中的摸索與嚮往不能算，這一趟幾千里的奔波不能算，這陡峭難行充滿了碎石塊的山壁不能算，這忍受著腰肌扭傷的疼痛、勉強自己攀爬上山頂的決心也不能算，這一切一切的努力，好像都不能拿來和我與它們終於相見時那心中的暗濤洶湧相比。

我是如此激動，卻又不太能明白自己為什麼會這樣激動。

蒙古高原上有許多許多的史前岩畫，學者推論創作的年代應該從紀元前三千年到一萬年之間。這十幾年來，我也零零星星地見過不少，在攀爬上內蒙古阿拉善盟右旗的這座曼德拉山之前，我才剛去了賀蘭山的賀蘭口，仔細觀察了那一帶的岩畫，雖然很認真地聆聽學者為我們所作的講解，一邊錄音一邊還不停地攝影，心裡卻還是很平靜的。

我不知道為什麼在曼德拉山會激動起來？

山上遍布的，原本多是淺灰色的很容易風化的花崗岩，可是，在許多處隆起的山脊上，卻擠壓出一條又一條有長有短的黑褐色的岩脈。有的矗立在雲天之下，好像一道黑森森的石牆，有的石塊滾落下來，就散置在我們眼前，那石面真是又光滑又平整，而石質更有一種難以形容的緊密和堅實，因而刻鑿上去的畫面可以極為繁複，卻依然深淺分明，清晰可辨。

一幅又一幅有大有小忽左忽右忽高忽低地看過來，心裡滿溢著的都是歡喜與讚嘆。等到終於來到這幅在許多畫冊上看過無數次的，被學者們視為游牧文化裡最早的部落聚居場景的岩畫之前，看到這塊黑褐色的巨石斜斜地橫置在砂質的土地上，有多少年了？好像從來也沒有改變過姿勢似的。曉風，在那一刻，我忽然覺得心中疼痛，繼而無法抑止地顫抖了起來，不禁熱淚盈眶。

在那一刻，是什麼在突然槌擊我心？是感懷於那已永不復返的千年又千年的時光？是揣想那究竟有多少人來遇見過嗟嘆過然後又離開的場景？還是，驚詫於眼前這歷經風霜，卻不曾減損了絲毫美麗的如此樸拙天真的圖象？

曉風，多希望你也在我身旁。

你看，在這幅岩畫裡，這位刻鑿的人是如何質樸地在婦人的身體中畫出一個更小的人形，好來解釋那生命的孕育。（婦人身軀居於畫面的正上方，應該是母系時代的作品吧？）你看他如何認真地訴說著一代又一代家族的綿延和繁殖，他們是如何居住在至今仍然可以在北歐和北亞地方所見到的氈帳或者樺皮帳之中，而那些美麗的坐騎，可能是精心裝飾了的馬，也可能是帶著斑點的鹿……

天色向晚，風吹過來已經帶有寒意，同行的朋友正各自在山頂上散開，我知道前面還有許多幅在書中早已見過的精采的岩畫，可是，站在刻鑿了這幅岩畫的石塊之前，總覺得依依不捨，總想要順著鑿痕再來一遍遍地溫習畫面上所刻畫出的種種細節。

我是如此激動，卻又不太能知道自己為什麼會這樣激動。

一直要等到隔了好幾天之後，穿過沙漠，穿過綠洲，在我反覆自問的路途上，才忽然間有了些領會。

曉風，不管學者要如何去解釋與分類，說這是宗教上祈求的儀式也好，說它們是美術史上的活化石也好，說這些都是至今猶不可解的天書也好，我真正想要向他們請教的，卻只有一個問題：

「為什麼這些岩畫可以存留到今天？」

為什麼？世間許多事物都在時光的流轉中消失了，為什麼這些岩畫卻存留了下來？是什麼讓它們不會消失？又是什麼讓它們不肯消失？

記得在前幾年初初見到紅山文化遺留下來的那座圓形祭壇之時，我心中也有著同樣的驚動。生活在蒙古高原上的先民，曾經整整齊齊在祭壇外圍，以長方形的石塊砌下三道環形邊線，竟然可以歷經五千五百年的時光而依然完好如初！

是什麼力量在支持著它們的不離與不變？

而在曼德拉山的山巔，所有的岩畫也都在原位，好像當年那些刻鑿的人才剛剛離開，我們就闖了進來似的。

是什麼力量讓這些岩畫依然擁有青春的容顏？在這不斷變幻著的時空之中，是誰在選擇可以消失或者不可以消失的詩篇？

是的，曉風，在曼德拉山的山巔，我所見到的，應該就是人類最早最早的詩篇了吧？

當年那些刻鑿的人，應該就是世間最早最早提起筆來的詩人了。

他們應該是一個又一個誠摯和敏銳的靈魂，努力想要在日出日落之間，把握住那有限的時光，在精心選擇好了的稿紙之上，一字一句地刻畫出自己極為珍惜的記憶和願望。

曉風，還記得泰戈爾的那句詩嗎？

「你是誰啊，你，一百年後誦讀我詩篇的人？」

在這裡，我只需要更改一個字：

「你是誰啊，你，一萬年後誦讀我詩篇的人？」

我想，我應該是聽見了。

是的，曉風，那天，站在蒙古高原之上，站在曼德拉山的史前岩畫之旁，我想，我應該是聽見那句問話了。

有人從悠遠的時光裡迴身輕輕問我：

「你是誰啊，你，一萬年後誦讀我詩篇的人？」

做為一個被他的作品所深深感動了的讀者，我應該也已經在當時就回答了吧？

是的，那天，在向晚的亂石嶙峋的峰頂，我不是以虔敬的心、以無法抑止的顫抖和熱淚回報給他了嗎？

曉風，多希望那時候你也在我身旁，我相信你或許會有不一樣的回答，多麼渴望能與你分享。

這就是為什麼想先寫信給你的原因了。

祝福。

慕蓉 二〇〇五・十・十九

——選自圓神版《寧靜的巨大》

瑪麗亞・索

——與一位使鹿鄂溫克女獵人的相遇

二〇〇七年五月三日傍晚飛到北京，氣溫是攝氏三十二度。兆鴻來接我，她說這兩天是突然熱起來的，有點反常。

第二天中午，我們兩人飛到內蒙古東北部的海拉爾，氣溫就低了許多，在攝氏十度上下。不過，白天穿上風衣，外面再加上一條羊毛圍巾，也就可以出門活動了。

可是，昨天，五月七號，我們兩人加上瑞霞，再加上司機先生，一車四人，從海拉爾出發，往東直奔大興安嶺，進入山區之後，寒意就逐漸加深。

越往北走越冷，冷到我最後終於求饒了。懇求司機先生暫停，打開後車門，好讓我從箱子裡找出毛衣和毛褲來匆匆穿上才算好過了一些。

到了大興安嶺北麓的滿歸鎮，發現儘管氣溫這麼低，公家經營的旅館卻已經按照規定停供暖氣。瑞霞說，這樣的話，晚上睡覺恐怕我這個南方人會受凍。於是，我們就去找了一家私人開的小旅舍，設備雖然差了一點，為的就是房間裡還有暖氣。

今天一早，從滿歸啟程，光是從各人的穿著上就可以看出來處。我是從台灣來的，羽絨衣和毛褲都已經上身了；兆鴻是常住北京的漢人，穿了呢子大衣，戴上前幾天臨時才買的毛線帽；而瑞霞卻只是在短袖的線衫外面加了一件薄外套而已，到底是在大興安嶺上土生土長的鄂溫克人，這樣的溫度，對她來說，實在算不上寒冷，到了冬天，真正的低溫是要降到零下三十幾度或者更低呢。

我們此行的目的，是要去拜訪一位我心儀已久的人物——使鹿鄂溫克的精神領袖，八十多歲的女獵民瑪麗亞・索。

●

我們順著林業局開的產業道路往山中的獵民點尋去，遠山和近處的路旁山林間竟然都還有積雪。

「這些積雪，平常要到幾月才會完全溶化？」我問瑞霞，她卻說：

「是新下的雪，恐怕就是昨天晚上才剛剛下來的一場雪。」

已經是五月八號了，在大興安嶺北麓的春天還會降雪。想像著昨夜，沉睡在林中小鎮裡的我，渾然不知綿綿密密的雪花在暗夜裡正寂然降下。

從車窗往外看去，山中有積雪，河岸有冰層，左下方就是激流河了吧？厚厚的冰層才剛從河中央裂開一條大縫，隙縫間水流的顏色是灰藍色的，讓兩旁的冰雪顯得更為潔白。

山路兩旁都是再生的白樺林，細瘦修長的枝幹上還沒發新葉，遠處近處都是密密的一大片，卻又直直矗立在眼前，真的很像是一張還沒著色的風景畫稿，滿滿的都是用鉛筆勾勒從深到淺的細密直線。

點綴在其中的幾點翠綠，是樟子松的幼樹，就在路旁一株兩株的挺立著，綠得讓人心疼。

我問下車拍照的兆鴻，為什麼不給這終年常綠的樟子松拍幾張？她的回答是：

「這些人工種植的行道樹有什麼好拍的？」

瑞霞聽了不禁哈哈大笑，她說：「唉呀！這年頭兒還有什麼人會到這裡來種行道樹啊？」

在嬉笑的語氣背後，為什麼會讓我覺得眼前呈現出來的景象卻正是悲傷的現實？

●

是的，這年頭兒，人口越聚越多，強者打著各種主意前來掠奪，弱者也攜兒帶女在此蠶食一切剩餘的資源，還有誰？還有什麼人會替使鹿鄂溫克人的前途著想呢？

鄂溫克人屬於阿爾泰語系族群中的一支，有學者說他們可以上溯到三千多年前的古代民族肅慎的族系。

鄂溫克人居住的區域極為遼闊，從西伯利亞的森林、苔原，一直到大興安嶺、黑龍江和外興安嶺一帶，還包括呼倫貝爾草原。

在中國境內的鄂溫克人大概有兩萬六千多人，以索倫部人數最多，其次是通古斯部，而人數最少的，就是使鹿鄂溫克人了。

他們的祖先，最早最早，是在西伯利亞境內勒拿河上游的森林苔原地帶生活，在一六八九年中俄簽訂「尼布楚條例」之前，開始往南遷移，經漠河而進入大興安嶺北麓，在激流河流域之旁的山林間生活，由於他們總是有馴鹿為伴，所以被稱為使鹿鄂溫克。最初來到興安嶺時有七百多人，如今卻變成不到兩百人的族群了。

三百多年來，他們與世無爭，在山林間狩獵、採集，並且養著馴鹿，平日以灰鼠皮和猂皮等獵獲物，再加上鹿茸等物資，與蘇俄或者中國的商人交換生活所需，因此又被稱為鄂溫克獵人。

幾百年來，馴鹿都是他們乳製品的來源以及交通馱運的工具。馴鹿身軀高大，卻十分溫順，並且只是吃食森林中的苔蘚與蘑菇，獵民也只是撿取林中的枯枝生火取暖，打獵也從不敢貪多。可是，即使如此小心謹慎、如此謙卑謙順地過著極為低調的日子，這個世界還是越來越容不下他們。

●

是的。這五十年來，無數的人次來到大興安嶺所為的只有一個目的，就是「掠奪」。掠奪，包括私下與公開的行為，包括個人與政府的策略，包括物質與精神的層面，包括無知與有意的欺壓和毀滅。

先是林業局的霸業。幾十年的瘋狂提高生產目標，將一整座蜿蜒伸展在二十二萬平方公里土地上的大興安嶺砍伐得幾乎面目全非。這座南北超過一千公里、東西也橫跨幾百公里的巨大山嶺，已經喪失了「巨樹的故鄉」這個美好稱號。原始林消失了，整座大興安嶺布滿了交織如羅網般的產業道路，山中多添了許多小鎮甚至一座又一座的林業大城，進來了難以計數的人群。就以鄂倫春自治旗這一個小範圍來舉例，原住民鄂倫春人的人口數不到兩千，周圍卻是快速增長到三十萬的漢人移民。

在這幾十年間增長的人口以及所謂「現代文明」的壓力，其實還不只這一百五十倍的重量，還有地方政府許多蠻橫的措施。譬如根河市過去就把醫藥方面的廢棄物一卡車一卡車的運到稍遠處的森林裡面去，就倒在土地上，也不掩埋，也不做任何處理，逐日逐月逐年的傾倒，累積成讓我即使親眼目睹也無法置信的恐怖泥沼。

更恐怖的是，這些人有一天忽然「悔悟」了。他們決定要少砍些樹，要發展觀光業，叫遊客來大興安嶺「看」樹。同時決定要珍惜自然資源，開始「封山育林」。

奇怪的是，封山育林的第一個行動，反倒是先要把這世代與人無爭的一百多個鄂溫克獵民趕出山林。

從前自豪於只要用半個早上，大隊人馬就可以伐平淨空一整個山頭的林業局，如今就是看上了這一處林木尚稱茂密的獵民鄉。當然，不能就這麼拿過來，還是得把事情做得漂亮一點。

於是，再配合上地方政府，在根河市附近挪出一塊平地，蓋了一批外表看起來還不錯的房舍，紅瓦白牆的小平房，就展開了一場所謂「提昇獵民生活水平，接受現代文明」的遷徙行動了。

由於市政府早已喜孜孜地發布了新聞，訂於二〇〇三年八月十日舉行遷徙慶典，連北京中央電視台的工作人員都趕來了，可是，山上的獵民卻都不願意配合。

因為，人下山還勉強，馴鹿這種只吃林中蘚苔為生的動物下山之後，要如何存活？千百年的生活形態，不是你們這些官員說說就可以改變的。

眼看日子越來越近，官員們只好一批又一批地進入山林，跑到獵民點上來做勸說的工作，目標對準八十高齡的女獵民瑪麗亞・索，想以她作為榜樣，只要她點頭，其他的就好辦了。

誰知瑪麗亞・索始終不肯點頭，到了最後，乾脆帶著馴鹿群走進山林深處誰也找不到的地方去了。

官員們只好轉移目標，去催逼、去勸說其他的獵戶們。

終於，有些人心軟了。於是，大隊人馬帶著車輛把獵民和馴鹿以最快的速度運下山，剛好來得及讓從全國各地飛來的記者們，可以報導這幾乎持續了一整天包括晚上的篝火晚會等等的慶祝活動之後，這事情就算結束了。

是的，整個遷徙行動好像就為的是這一天的新聞報導，而也確實只剩下這一天的新聞，因為，第二天之後，由於許多基本生存條件付諸闕如，馴鹿有病死的有餓死的，大部分的獵民又陸續地搬回山林中去了。

但是這些獵民沒有一個人能回到原來的「家」去。他們的原居地敖魯古雅鄉區的山林已經馬上被林業局接管，誰也回不去了。

那年（二〇〇三）的九月二十五日，我趕到大興安嶺去探看的時候，有幾位獵民神色黯然地告訴我，現在臨時棲身的這片山林自然狀況很差，幾乎沒有什麼苔蘚，馴鹿為了吃食要越走越遠，非常辛苦。

而原先天天和顏悅色來勸說他們的那些官員們，此刻一個人影也不見。獵民氣不過，自己找到根河市政府去，等了許久，好不容易見到一個官員，也只能得到幾句極為不耐煩的搪塞的言語。

我的獵民朋友們說：

「早知道就應該學瑪麗亞・索，跟她一樣，無論什麼好話都別信就對了。」

是的，瑪麗亞・索的判斷如今證明是正確的。

八十多歲的女獵人，除了宣示使鹿鄂溫克人在激流河流域的居住權之外，她真正堅持的，應該是超越這一切之上，對自己族群文化的珍惜與信仰吧。

●

「我們到了。」瑞霞說。

車子就停在路旁，在我們左邊是一大片覆蓋著厚雪的草地，稍遠處是長得略顯稀疏的落葉松的樹林，林子裡面更深的地方有一個用綠色棉布搭起的方形帳篷，旁邊還有另外兩個較小的三角形像是古老的「仙人柱」一樣的帳篷遠遠地散置在林中，這應該就是瑪麗亞・索所居住的獵民點了。

另外一部車子也趕到了，我們在稍早經過的小山鎮上買的乾糧和蔬果，此刻正由車上的朋友們往外搬呢。遠處帳篷裡有人向這邊走過來，也來幫著搬運。

雪不算深，只是地面不平，我一腳高一腳低地往前試探著走去，心裡也帶著一些難以理清的忐忑不安。

我聽過一些，也讀過一些關於瑪麗亞・索的報導，但是，對於她來說，我卻是個陌生人，這樣突如其來的拜訪，實在是一種打擾，讓我有些心虛。

可是，我又很想見她，不單是要向她表達敬意，也想向她傳達我所得來的訊息。

好在瑞霞與瑪麗亞・索相識已久，有她的帶領，應該稍稍緩解一些唐突之感了吧。

不過，初初見到瑪麗亞・索之時，我還是什麼話也說不出來。

她就靜靜坐在帳篷裡的一側，雖然只是一位瘦削、蒼老與靜默的婦人，卻依然讓我心生敬畏，不敢多言。

因為，她所經歷的生活，於我已是不可觸及的神話。

在大興安嶺激流河邊出生長大的女子，是十個孩子裡唯一的女兒，卻善射善獵，從小就在山林間奔跑飛躍，腳程之快捷，連男人看了也要為之驚嘆。

受盡父母與丈夫的疼愛，自己也孕育了三男四女，她有過美好的黃金歲月。四十多歲的時候，勤奮持家的她，曾經擁有過成群的數都數不過來的馴鹿。每當春季，各種花色皮毛的小鹿羔兒們一隻又一隻地出生，那種喜悅與感恩的幸福滋味，原本是她所應得的。

而此刻，就在我眼前，山林已遭浩劫，曾經在山林中奔跑飛躍的女獵人，白髮已如霜雪，一目已眇，卻依然不肯屈服，寂然端坐在自己的帳篷裡，隱隱有著一種懾人的氣勢。

原本在靜坐之時帶著愁容，可是，當她凝神聽完了瑞霞對兆鴻和我兩人的介紹之後，卻在瞬間展現出極為歡愉的笑容。那笑容如此光耀，讓整個帳篷的我們這些人好像都被照亮了一樣，尤其是我，好像完全放鬆了，所有的不安都已消釋，她還對著我們說了幾句話，瑞霞轉譯給我聽：

「怪不得今天早上我就有預感，知道會有人來，果然你們就出現了。」

是嗎？

我們是她原來就準備著要接納的訪客嗎？

於是，藉著瑞霞以及剛好也在此作客的瑪尼女士兩位的翻譯，我緩緩向這位女獵人說出自己對她的仰慕之情，同時，我還帶來讀者對她的祝福。因為，我曾經發表過兩篇關於使鹿鄂溫克人遭逢困境的文字，得到了讀者的一些反應，其中也有對瑪麗亞・索用一生來堅持的信仰所表達的敬意。我多希望她能知道，即使是在那麼遙遠的地方，在台灣，也有不少朋友正關心著她。

兆鴻也是一樣，面對著瑪麗亞・索，說了許多心裡的話。她都在靜靜地聆聽。

老人的親人有的已經故去，如今只有長子和兩個女兒還在。不過，現在陪伴在她身邊的，是她已寡居的二兒媳婦王英。

在這個獵民點上，還住著幾位使鹿鄂溫克人，有六十多歲的巴拉杰伊和她的女兒柳霞以及兒子維佳。

在談話中，巴拉杰伊也參加進來，大家坐在一起，聊著各人的近況，聊著山林的近況，包括這剛剛下來的一場雪。慢慢地，小小帳篷裡的氛圍變得溫暖而又放鬆，有人開始一首又一首唱起從前愛唱的歌來。巴拉杰伊和瑪尼都試著用漢語給兆鴻和我翻譯歌詞的大意，古老的民歌詞句簡潔，卻又好像還藏著很多字面以外的意思。

幾首之後，瑞霞開口請求瑪麗亞·索給大家獨唱一曲，出乎我意料之外，老人竟然笑著答應了。

靜默沉思片刻，她就開始唱了。真是不可思議，八十多歲的年齡，聲音卻是出奇的年輕、有氣力，並且出奇的乾淨！

唱完之後，我們不禁歡呼鼓掌。

想不到，還有更大的驚喜在後面等著呢。

原來，曲調是舊有的，歌詞卻是極為新鮮，剛剛才填上去的，瑪尼搶著把它譯出來：

非常可愛的姐妹們

從那麼遙遠的地方來看我
好像是長了兩個翅膀從遠方飛來
見到你們　我感到非常親切
我這孤獨的老婦人
只有小鳥會來與我相見
但是你們怎麼像長了翅膀一樣
從那麼遙遠的地方飛來
謝謝你們啊　長了翅膀的小妹妹們
來看我　來看我這貧窮的老婦人

瑪尼的翻譯是直白，然而如此流暢，可見原文也很接近這種感覺。

在這一刻，我真是受寵若驚，心中充滿了溫暖，而且也真的覺得自己好像長了翅膀一般的愉悅和自由。我的天！要說謝謝的，絕對不是瑪麗亞・索，應該是我、應該是我才對！

在簡樸的言語之中，為什麼會含有這樣純淨的如詩一般的質地，要怎麼解釋？是一種長期與大自然和諧共生的潛移默化嗎？

在這種資產和稟賦裡，誰才是貧窮？誰又才是真正的富足呢？

大自然的賞賜其實是很豐盛的。

瑪麗亞・索招待我們這一群不速之客的飧食，有她自己烤的「咧巴」（是俄文裡的「麵包」轉音而成的稱呼），切成塊狀長條，沾著濃濃的鹿奶吃，入口香醇。瑞霞說，如果在秋天，還會有剛做好的各種漿果的果醬。媳婦王英用朋友們帶上山來的大白菜，加上乾肉，燉煮了一鍋熱湯，放在小碗裡分給每個人。

雖然是簡單的飲食，並且就在這帳篷之內的小小空間，可是卻好像什麼都有了，並且也真的什麼都夠了。

悄然在心中自問，我還要無限制地去擴展自己的物質欲望嗎？

瑪尼在帳篷外面呼喚著我們，她說：

「出來看看剛生下的小鹿羔兒吧。」

春天，五到六月，正是母鹿的生產時節，小小鹿羔兒有各種各樣的顏色，有的深棕，有的真是粉嫩柔白，好看極了。牠們吃飽了奶，用短皮帶拴著，正在雪地上打盹呢。

只有一隻小鹿對著我們走上前來，並且在牠所認定的安全範圍裡，前前後後地跟隨著我們。

瑪尼說：

「好可憐！媽媽不要牠了。都是前幾天那兩個英國人太興奮了，不聽勸，靠牠太近。」

小鹿初生時，如果沾染到人的氣味在身上，母鹿就會因此而棄養。可憐的小小棄兒，一生就此變調。當別的鹿寶寶吃足了母奶安心睡去的時候，牠卻一直在林中尋尋覓覓，跟隨在人類身邊，索求著牠可能永遠也得不到的那種安慰。

瑪尼轉過頭來對我說：

「你相信嗎？小鳥真的會常常飛來找瑪麗亞・索，有時候停在她肩膀上，有時候還會吃她放在手心裡的瓜子仁，我都看見過好幾次呢。」

我相信，生命與生命之間是有著默契與和諧。

林中散臥著剛回來的鹿群，就躺在雪地上，牠們頭上有深有淺的大犄角的毛色，和周圍落葉松灰褐色的樹幹是同一個色系，這應該也是一種和諧吧。

一回頭，看見瑪麗亞・索遠遠地向我們走來，左手牽著一隻馴鹿，右手上拿著一件摺疊起來的什麼。

再走近一點，才看出來那是一件綠色帶著細花邊的使鹿鄂溫克女人的傳統服裝。

我明白她的好意。

這幾年，上山探訪的人其實不少，中外的記者與學者都有，實在也讓她不勝其煩。

所以，我更不希望增添她的困擾。

對我來說，能見到本人，就已經心滿意足了，怎麼還敢提出這樣的要求，讓她穿上自己民族的服裝照幾張相片呢？

想不到，她卻牽著馴鹿帶著衣服向我走來，在鋪滿了霜雪的林間，是何等難得的畫面！感受到她的鼓勵，我馬上舉起相機，捕捉了就在眼前的美好光影。

等她在原來的衣服外面加上了那件民族服裝之後，在我身旁，還加入了一位年輕的攝影家顧桃先生，是瑪麗亞・索在八十年代就認得的一位朋友顧德清先生的孩子，如今從事紀錄片的工作，是兩代的友誼了。

顧桃人高馬大，舉起他的錄影機繞著瑪麗亞・索和她的馴鹿，也不停地拍了起來。

有那麼一刻，瑪麗亞・索被我們這兩個攝影者的連聲驚嘆逗得開懷大笑之時，我好像看見在她身後的那隻馴鹿也瞇起眼睛跟著笑了。

有這種可能嗎？

不過，不管怎麼說，在這個五月的下午，在鋪滿了霜雪的林間，我們的主人瑪麗亞・索，確實是十分愉快的。

●

我讀了一些報導，也看過一些學者們的研究紀錄，好像許多人都在嘆息。他們都在說，使鹿鄂溫克在現代中國是不得不趨向滅亡的族群，瑪麗亞・索的堅持是最後最後的回音。

可是，據我的了解，就在今天，在其他的國家裡，與這些使鹿鄂溫克人同源，或者同屬一個文化圈裡的許多族群，他們還在用著自己的古老傳統方式在好好地生活著。從西伯利亞到蒙古高原，甚至在挪威、瑞典、芬蘭和俄羅斯的森林、苔原之上，一直到今天，還有著成千上萬的馴鹿在奔馳、在成長。

這些國家難道不是正走在現代文明的軌道上嗎？為什麼，他們的人民和政府卻並不會認為這些以放養馴鹿為業的族群必定會趨向滅亡？

所以，問題並不在於「現代文明」的到臨，問題恰恰就在於「假現代之名而行使最不文明的掠奪行為」的到臨！

還有個更嚴重的問題是中國的人口實在太多太多了，這二十年來，社會主義消隱，個人的自由逐漸不再受到限制，就開始往外擴散，東南沿海已達飽和，因此，內蒙古與新疆各地，就成為無數人求生存甚至求發財的一條捷徑。

如今，漫山遍野都充滿了前來掠奪的人群！

鄂溫克獵民的槍枝，已經在二〇〇四年被當地的警察帶著搜查證前來，挨家挨戶地收走了。失去了槍枝的獵民除了自己難以防身之外，也無法再保護馴鹿不受熊和其他野獸的威脅。但是，所有的偷獵者卻都帶著槍、帶著刀上山來，射殺獵民所放養的馴鹿。那槍聲在林間迴響，卻不見有任何警察前來捉拿。

更有人帶著粗糙的套索在林中做成許多陷阱，有人甚至用進口油絲繩做成恐怖的「吊套」，能夠在瞬間把重達四、五百斤的獵物吊了起來，遊走的馴鹿是最大最多的受害者。

動物之外，他們還成群結隊前來採集山中的植物，蘑菇、野菜和野果。原來林中的漿果採下山去作為果醬或者點心的話，所需數量還不會太大。但是，如今竟然設了酒廠，那可是需要一卡車一卡車運送工人上山來採集的，這種種行為，不是掠奪，還能是什麼？

悲哀的是，所有的產業道路，當年都是由使鹿鄂溫克的男人們帶隊做嚮導，一條又一條慢慢修築起來的。那時候，趕著馴鹿，為工程隊伍將修路的工具一批批馱到森林裡面去的獵人們，他們之中恐怕沒有任何人會料想到今日的災劫吧？

●

不過，在這一刻，在這個五月的下午，我們的主人瑪麗亞・索，好像暫時並不想去理會這個問題，她只想對我們善盡她的待客之責。

其他的朋友也都聚攏過來，顧桃安排著要給大家拍個團體照，巴拉杰伊的女兒柳霞和兒子維佳也來參加。維佳是位安靜的青年，喜歡畫畫，翻開他的速寫本，那一幅幅對鹿的素描，線條細緻精確，幾段在圖象角落上書寫的文字就像詩句一樣，令人驚艷，是何等的才情！

只是，再往下翻看，有幾幅素描，他畫的都是被偷獵者的細繩套套住，因而困死在陷阱裡的馴鹿的屍骸。

這醜陋陰險卑鄙的現實，要硬下心腸用多少時間的凝神觀察，才可能以精細描繪的線條轉移到速寫本裡，而此刻的我們，是要繼續翻閱下去，還是暫時把它合起來？

只為，今日的聚會多麼難得，那剛剛才萌發的歡樂情緒，我們實在捨不得讓它就此消散。

瑪麗亞・索站在眾人的中心，她提議說：

「我們來跳舞吧。」

於是，在她的歌聲引領之下，大家與她一起，手牽著手，就在雪地上轉著圈子跳起舞來。歌是古老的重複著的調子，舞是簡單的舞步，可是為什麼卻讓我覺得心神愉悅而又溫暖？

加入的人逐漸增多，圈子也越來越大，年輕的顧桃舉著他的錄影機，就在這圈子內外鑽進鑽出地拍攝著，不過，好像誰也不理會他。

是的，我們由得他去拍攝，來不及理會他。眼前專注的只是怎麼樣聆聽瑪麗亞・索領唱的歌聲，努力試著去與她相合；腳下的地面還是像我早上剛到時那樣高低不平，可是卻不再是我的障礙了。轉著圓圈，我們的舞步卻能越來越快，好像聽到瑪尼在呼叫：

「跳起來，跳起來！」

我就跳起來了。

我真的跳起來了，就在鋪滿了白雪的山林之間，在春日的大興安嶺北麓之上。

這是在我幾十年的生活裡從來沒有經歷過的忘我的感覺，多麼新鮮的感覺！

可是，在同時，為什麼又有一種奇妙的觸動掠過我心，幽微而又模糊，卻似曾相識？

●

這應該是一場再也無法複製的相遇了吧。

在回程的路上，我才猛然省覺，瑪麗亞・索給我的這一天，是非常特別的一天。

其實，所有的陰影，所有現實的逼迫，都並沒有消逝，都還在我們四周。

今天的探訪，本來也很可能會像其他那些來客的探訪一樣，最後都聚焦在女主人的憂傷、憤怒以及她的控訴之上。

那本來也是大家關心的所在，更是我以為我必須達成的採訪任務的主要內容。

可是，為什麼，從見面的那一刻開始，我所經歷的卻大不相同？

從瑪麗亞·索那朵光燦的笑容開始，這一天的相聚就完全不一樣了。

我一直不能知道，究竟是什麼原因，是何種觸動讓她接納了我？

我只知道，她給我的款待無比豐盛。

在這一天的相聚裡，我們的主人瑪麗亞·索下定決心，要把周圍的陰影和逼迫都暫時擱置起來，只向我展現，那屬於使鹿鄂溫克人文化裡原有的美好本質。

那是她極為珍惜的生命本質啊！

在告別的時候，瑪麗亞·索緊緊握住我的手，一再叮囑：

「我只是希望你能記住，我們使鹿鄂溫克人有這麼好聽的歌，這麼活潑的舞蹈。我們原來是一個非常快樂，和大自然很親近，在精神上很富足的民族，我希望你能記住，一定要記住。」

與她相擁，我不禁熱淚盈眶。

可敬的瑪麗亞·索，尊貴的女獵人，我答應你，你給了我這麼難得的一天，我一定會記住，絕對不會忘記。

可是……

可是，此刻在回程的山路上，我卻在心中不斷自問，這剛剛經歷過的一切，難道除了去努力記住以外，就再也沒有任何其他方法讓它可以繼續綿延存活下去了嗎？

車窗外，在公路的右下方，解凍了的激流河正匆匆向前方流去，剛剛聽到的那首鄂溫克民歌就在耳旁：

左邊是狼　右邊是野獸和狍子
我們　我們是鄂溫克獵人在山嶺上
一起奔跑著　奔跑著
生命向著前方……

——選自圓神版《寧靜的巨大》

席慕蓉散文寫作年表

一九八二年　三月《成長的痕跡》出版（爾雅）。
　　　　　　三月《畫出心中的彩虹》出版（爾雅）。
一九八三年　十月《有一首歌》出版（洪範）。
一九八五年　三月《同心集》出版（九歌）。與劉海北合著。
　　　　　　十月《寫給幸福》出版（爾雅）。
一九八八年　三月《在那遙遠的地方》出版（圓神）。
一九八九年　一月《信物》出版（圓神）。
　　　　　　三月《寫生者》出版（大雁）。
一九九〇年　七月《我的家在高原上》出版（圓神）。
一九九一年　五月《江山有待》出版（洪範）。
一九九四年　二月《寫生者》因大雁出版社停業，改由洪範重新出版。
一九九六年　七月《黃羊・玫瑰・飛魚》出版（爾雅）。

一九九七年 五月《大雁之歌》出版（皇冠）。
六月，散文選《生命的滋味》、《意象的暗記》、《我的家在高原上》由上海文藝社出版，此為對大陸出版社正式授權的第一次，之前許多版本均為盜印（但是，之後的盜版也沒有減少）。

一九九九年 十二月《與美同行》出版（上海文匯）。

二〇〇〇年 蒙古國前衛出版社出版蒙文版的《我的家在高原上》。

二〇〇二年 二月《金色的馬鞍》出版（九歌）。
六月，內蒙古人民出版社出版蒙文版的《胡馬・胡馬》。
十二月《走馬》出版（上海文匯）。

二〇〇三年 二月《諾恩吉雅》出版（正中）。

二〇〇四年 一月，新版《我的家在高原上》出版（圓神）。
九月《人間煙火》出版（九歌）。

二〇〇六年 六月《同心新集》（與劉海北合著）由上海三聯書局出版。

二〇〇七年 三月，日記《二〇〇六席慕蓉》出版（爾雅）。

二〇〇八年 七月《寧靜的巨大》出版（圓神）。

二〇〇九年 四月，北京作家出版社出版《追尋夢土》、《蒙文課》兩本散文選。

二〇一〇年 二月《席慕蓉精選集》出版（九歌）。

二〇一一年 七月《以詩之名》出版（圓神）。

二〇一二年　十二月《給我一個島》、《回顧所來徑》、新版《金色的馬鞍》出版（印刻）。

二〇一三年　九月《寫給海日汗的二十一封信》出版（圓神）。

二〇一六年　三月《除你之外》出版（圓神）。

二〇一七年　七月《我給記憶命名》出版（爾雅）。

二〇二〇年　十二月《英雄時代》、《胡馬依北風》出版（圓神）。

二〇二一年　十二月《執筆的欲望》出版（圓神）。

二〇二三年　十二月新版《金色的馬鞍》出版（九歌）。

二〇二四年　七月新版《風裡的哈達：席慕蓉精選集》出版（九歌）。

席慕蓉散文重要評論索引

評論文獻	評論者	原載處	原載日期
鮮活的美術課——我讀《畫出心中的彩虹》	劉錦得	自由日報	一九八二年五月二十二日
驀然回首——喜讀《成長的痕跡》	郭明福	新生報	一九八二年六月八日
時間草原	瘂弦	《有一首歌》序	一九八三年十月
評《成長的痕跡》	蕭蕭	散文季刊	一九八四年四月
有書如歌——評席慕蓉的散文集《有一首歌》	王鼎鈞（朱舞程）	新書月刊	一九八四年五月
淡泊、智慧與愛	心岱	《同心集》跋	一九八五年三月
《寫給幸福》序	王文興	《寫給幸福》	一九八五年九月

從修辭學角度看席慕蓉《寫給幸福》	曾心怡	國文天地	一九九四年四月
盤踞在靈魂深處的故鄉——評席慕蓉《黃羊・玫瑰・飛魚》	沈　謙	聯合文學	一九九六年十月
呼喚天地的英氣與俠情	李瑞騰	聯合報	一九九六年十一月十一日
席慕蓉作品	黃秋芳	翰海觀潮	一九九七年五月
大雁之歌	鍾怡雯	中國時報	一九九七年六月十九日
席慕蓉散文作品的特色與寫作技巧論析	馮光明	伊犁教育學院學報	二〇〇一年第四期
詩人與歷史《金色的馬鞍》	蔣　勳	聯合報	二〇〇二年三月十七日
尋找與失落	張　錯	中央日報	二〇〇二年三月十八日
蒙古人的流離歲月	黃季平	中國時報	二〇〇二年四月十四日
生命形態的把握和感悟——讀席慕蓉的散文	任繼梅	語文學刊	二〇〇二年第四期
溯源之旅	胡錦媛	中國時報	二〇〇二年七月二十一日
憐愛與珍惜——論席慕蓉散文的特色	陸　明	遼寧工學院學報（社會科學版）	二〇〇三年第一期
一條新生的母河	楊錦郁	《我折疊著我的愛》跋	二〇〇四年十月
秋光流淌中深情凝視	石曉楓	中央日報	二〇〇四年十月十七日
讀書記	陳丹燕	中國時報	二〇〇五年一月四日

高原上的山百合——論席慕蓉散文	張瑞芬	五十年來台灣女散文・評論篇	二〇〇六年二月十五日
從摺疊到鋪展的愛——談席慕蓉的原鄉書寫	譚惠文	東吳中文研究期刊	二〇〇六年六月
席慕蓉散文的結構藝術	張鵬振	現代語文	二〇〇六年第六期
我思念的北國公主——評席慕蓉《回顧所來徑》、《給我一個島》、《金色的馬鞍》	張瑞芬	聯合報	二〇一三年四月十三日
席慕蓉的鄉愁	賀希格陶克陶	《寫給海日汗的21封信》	二〇一三年九月
雙領域的席慕蓉	邱馨慧	曠野・繁花——席慕蓉畫集	二〇一四年十一月
自然時空的個性體驗——論席慕蓉的蒙古歷史書寫	張弛	東吳大學主辦席慕蓉研討會	二〇一六年十月
席慕蓉研究總述	李癸雲	台灣現當代作家研究資料彙編	二〇一九年十二月

新　世　紀　散　文　家　2　3

風裡的哈達：席慕蓉精選集

國家圖書館出版品預行編目（CIP）資料

風裡的哈達：席慕蓉精選集／席慕蓉著. -- 增訂新版. --
臺北市：九歌出版社有限公司, 2024.07
面；　公分. --（新世紀散文家；23）
ISBN 978-986-450-678-1（平裝）

863.55　　　　113006348

作　　者——席慕蓉
執行編輯——鍾欣純
創 辦 人——蔡文甫
發 行 人——蔡澤玉
出版發行——九歌出版社有限公司
臺北市八德路 3 段 12 巷 57 弄 40 號
電話／ 25776564 傳真／ 25789205
郵政劃撥／ 0112295-1

九歌文學網　www.chiuko.com.tw

印　　刷——晨捷印製股份有限公司
法律顧問——龍躍天律師 ・ 蕭雄淋律師 ・ 董安丹律師
初　　版——2010 年 2 月
增訂新版——2024 年 7 月
定　　價——450 元
書　　號——0106023
I S B N——978-986-450-678-1
9789864506835（PDF）
9789864506842（EPUB）